W0325047

Hormonyoga und Pfefferspray

Rosi Wanner

3. Auflage Februar 2018

Covergestaltung: Rosi Wanner
Erstlektorat: Astrid Rösel www.schreibbogen.de

Bildnachweis: fotolia.com
Springfield in morning © Mexriz
Fitness frog © eyeQ
Simple metal handcuffs © Sonulkaster
Red leather price tag © Chansom Pantip
Gun revolver © drstokvektor
Set of purple Pasqueflower © laplateresca

Rosi Wanner
97273 Kürnach
kontakt@rosiwanner.de
www.rosiwanner.de

ISBN: 1519261063
ISBN-13: 978-1519261069

Für alle Frauen, die sich in einem bestimmten Lebensabschnitt durch den Alltag schwitzen

Kapitel 1

Amneris schrie so laut, dass die Perlenohrringe an meinen Ohrläppchen hin und her baumelten. Am liebsten hätte ich meinen Kopf zwischen die Knie gesteckt, um meine Trommelfelle und Nerven zu schützen. Mich so an den Rand der Verzweiflung zu bringen, schaffte sonst nur mein sechzehnjähriger Sohn Luca. Ich wimmerte innerlich, rutschte auf meinem Sessel hin und her und spürte mit Schrecken, wie meine Kopfhaut zu kribbeln begann. Nicht auch das noch! Es begann wie immer am Hals, breitete sich über mein Gesicht und meine Brüste bis zu den Armen aus, und sammelte sich irgendwo als Pfütze zwischen Bauchnabel und Venushügel. Ich legte meine Unterarme auf die seitlichen Armlehnen und drückte mich kurz aus dem weichen Sessel, um meiner Rückseite ein wenig Luft zu verschaffen. Ein paar Schweißtropfen nutzten die Schräglage, rollten durch die Falte zwischen meinen Brüsten und ließen die Pfütze zu einem See anschwellen.

Der Ellbogen meiner Schwiegermutter Gerda landete zwischen meinen Rippen. »Was ist los mit dir?«, zischte sie. Die Linie ihrer zusammengekniffenen Lippen bildete einen krassen Gegensatz zu ihrer spitzen Nase. »Kannst du nicht mal eine Stunde ruhig sitzen bleiben?«

Wie denn, wenn Amneris mich mit ihrer hohen Stimmlage folterte und mich zusätzlich Hitzewallungen überirdischen Ausmaßes quälten? Aus dem Orchestergraben zehn Meter vor uns, stieg mir der warme Atem der Musiker in die Nase und verdoppelte meine Hitze. Seufzend sank ich zurück in das rote Polster und zuckte zusammen.

Gerdas kleiner Finger fuchtelte im Takt der Arie ›Ritorna vincitor‹ gefährlich nah vor meiner Nase herum. Sie spreizte ihn bei jeder Gelegenheit ab. Ob beim Kuchen essen, Wein trinken oder Schnitzel schneiden, Gerdas Finger ragte seitlich zur Seite.

Mein Blick verließ den tiefroten Nagellack und wandte sich Aida zu, die Amneris abgelöst hatte und im weiß-wallenden Gewand vor den Toren Thebens ihre Arme gen Himmel streckte. Genauso verzweifelt, wie die Sopranistin den Göttern ihr Leid klagte, fühlte ich mich. Jedes Jahr musste ich das Geburtstagsgeschenk für meine Schwiegermutter über mich ergehen lassen und jedes Jahr wurde es unerträglicher. Es war offensichtlich, dass nicht nur ich in den Wechseljahren dünnhäutiger geworden war, sondern auch mein Trommelfell.

Eine weitere Hitzewelle kündigte sich an. Hätte ich doch bloß meine cremefarbene Bluse angezogen, bei der die Schweißflecken nicht so sehr auffielen wie bei dem enganliegenden, silbergrauen Kleid, das mittlerweile mit sämtlichen Stofffäden an meiner Haut klebte. Ich hob unauffällig den rechten Arm ein paar Zentimeter, senkte mein Kinn auf die Brust und schielte seitlich unter den Dreiviertelarm. Ein dunkler Rand sprang mir entgegen, und ich presste hastig den

Arm wieder nach unten.

»Hör auf damit!«, fauchte meine Schwiegermutter. »Mein ganzer Sitz wackelt.«

Ich schnitt eine Grimasse, die Gerda nicht mitbekam. Wie sollte ich bloß die anstehende Pause mit dem traditionellen Geburtstagssekt überleben, ohne missbilligend von meiner Schwiegermutter auf die Bäche aufmerksam gemacht zu werden, die aus meinen Ärmeln rannen? Fahrig griff ich nach meiner Handtasche, zog ein Taschentuch heraus und tupfte Hals und Dekolleté ab. Der See auf meinem Bauch musste ja nicht auch noch über die Ufer treten. Ich steckte das Tuch zurück und kramte das Programmheft hervor, das Gerda mir zu Beginn der Aufführung demonstrativ in die Hand gedrückt, und ich achtlos in die Tasche gestopft hatte. Mit irgendetwas musste ich mich ablenken, sonst würde ich beim nächsten hohen Ton die Bühne stürmen und morgen in der Bild-Zeitung stehen.

Lustlos blätterte ich die Seiten um. Amneris sah in Wirklichkeit ganz nett aus und hieß Annette Paulsen, was ihre Stimme aber auch nicht erträglicher machte. Auf der gegenüberliegenden Seite hatte sich eine Firma eine ganzseitige Werbeanzeige gegönnt. ›Detektei Deffner, Ihr kompetenter Partner in Sachen Wirtschaftskriminalität und Personenobservationen‹. Ich staunte nicht schlecht. Da ging es um Ermittlungen bei Partnerproblemen, Entführungen und Industriespionage. Ein bisschen beneidete ich die Privatdetektive um ihre Einsätze im kriminellen Milieu. Die waren live dabei und erlebten hautnah die Abgründe menschlicher Psyche.

Plötzlich formte sich ein Gedanke in meinem Kopf. Könnte eine Detektei die Lösung für mein

Problem sein?

Rechts neben mir schnaubte etwas. Mein Kopf wirbelte zur Seite, und ich rüttelte am Unterarm meines Mannes. Erbost schreckte Richard auf.

»Du bist schon wieder eingeschlafen«, fauchte ich, klappte das Programmheft zu und fächelte damit Luft zwischen meine Brüste.

»Du weißt genau, dass ich die Musik nur genießen kann, wenn ich die Augen schließe.«

»Klar, und dabei schnarchst du die Melodie mit.«

»Schscht!« Mit dem Blick, den meine Schwiegermutter mir unter ihrer Hutkrempe zuwarf, hätte ich meine Achselhaare rasieren können. Nass.

Ich lugte hinter Gerdas Blumenhut zu ihrem Mann Paul rüber. Ein gelber Ohrstöpsel, umrahmt von grauen Härchen, stach mir ins Auge. Mist! Warum war ich nicht auf diese geniale Idee gekommen? In Gedanken notierte ich den Kauf von Ohrstöpseln auf meinem nächsten Einkaufszettel. Und da seit Beginn der Wechseljahre nicht nur meine Eierstöcke schwächelten, sondern auch mein Gedächtnis, schwor ich mir, die Stöpsel mit Gerdas Geburtstagsdatum versehen, an meine Pinnwand im Arbeitszimmer zu heften.

Der Kopf meines Schwiegervaters sackte unkontrolliert auf die Brust. Ich unterdrückte ein Grinsen und atmete erleichtert auf, als ein Gong die Pause einläutete. Hastig sprang ich auf. »Gib mir dein Sakko«, raunte ich Richard zu und zerrte an seinem Ärmel.

»Warum?« Verdutzt stellte er sich neben mich und schaute an sich herunter. »Ist irgendetwas nicht in Ordnung?«

»Bei dir ist alles okay, aber bei mir nicht.« Mein

Kinn zuckte erst zu meiner rechten Achsel und dann zu meiner linken, während meine Augen verzweifelt den Zuckungen folgten.

Richard runzelte die Stirn und sein Blick sagte mir, dass er nicht hinterherkam. Ich musste mir eingestehen, wir waren trotz neunzehnjähriger Ehe noch nicht an dem Punkt angelangt, an dem man wortlos miteinander kommunizierte.

»Mir ist kalt«, zischte ich und rüttelte erneut an seinem Ärmel.

»Das kann nicht sein«, schmetterte er meinen zweiten Versuch ab, sein Sakko zu ergattern. »Wenn du im Gesicht so rot bist wie jetzt, dann ist dir heiß ohne Ende.« Er zwinkerte mir zweideutig zu.

»Schon mal was davon gehört, dass, wenn man richtig friert, es einem so heiß wird, dass man sich nackt auszieht?«

»Ja, wenn man kurz vor dem Erfrierungstod steht«, konterte Richard. »Und ich kann dir versichern, dies hier ist ein Opernhaus und kein Kühlraum.«

»Luise, jetzt geh endlich!«, drängte Gerda von hinten und stieß mir unsanft ins Kreuz. »Sonst müssen wir an der Sektbar so lange warten.«

Ich resignierte. Mit dem Zeigefinger deutete ich auf meine Schwitzflecken. »Soll ich so ins Foyer gehen?«, knurrte ich Richard an.

»Warum machst du immer alles so kompliziert? Sag doch gleich, dass du Hitzewallungen hast«, dröhnte das tiefe Organ meines Mannes durch den Saal. Und ich hatte genau das erreicht, was ich vermeiden wollte: Die Aufmerksamkeit aller im Saal verbliebenen Gäste, einschließlich meiner Schwiegermutter.

Gerda rümpfte die Nase und strich ihr rosafarbenes Etuikleid glatt, das perfekt ihre schmale Taille betonte. »Wie unangenehm!« Kopfschüttelnd starrte sie auf die dunklen Schatten unter meinen Achseln. »Wenn du schon so heftig transpirierst, solltest du ein Kleid tragen, bei dem diese Peinlichkeit nicht jedem sofort ins Auge sticht.«

Meine Rede!

Richard zog sein Sakko aus und legte es mir fürsorglich um die Schultern. »Ich liebe dieses enge Kleid an dir«, flüsterte er mir zu und knabberte dabei kurz an meinem Ohrläppchen. »Und mit den dunklen Farbnuancen unter deinen Achseln liebe ich es noch mehr.«

Eine heiße Welle durchflutete mich, die diesmal nichts mit den Wechseljahren zu tun hatte. Meine Freundin Ulla hatte recht. Für diesen Mann konnte man so eine Schwiegermutter ertragen, wenn es sein musste ein ganzes Erdzeitalter lang.

***

Die Stehtische im Foyer waren alle besetzt und die Schlange vor der Sektbar unendlich.

Gerda seufzte dramatisch auf. Das beherrschte sie perfekt. »Habe ich es dir nicht gesagt?«, schimpfte sie mit mir und drückte ihre schmale Handtasche mit beiden Händen vor die Brust, als stünde sie kurz vor einer Herzattacke. »Jetzt müssen wir ewig auf meinen Geburtstagssekt warten.«

Es war nicht so, dass meine Schwiegermutter immer unfreundlich zu mir war. Nur dann, wenn sie gerade Lust dazu hatte, ungefähr an dreihundertvierundsechzig Tagen im Jahr.

»Mutter, reg dich nicht auf.« Richard kramte sein

Portemonnaie aus der Hosentasche. »Wir haben eine Viertelstunde Zeit.«

»Du weißt genau, dass ich Sodbrennen von der Kohlensäure bekomme, wenn ich den Sekt so runterschlingen muss.« Vorwurfsvoll sah sie mich an.

Dass sie den Sekt sowieso nicht in Ruhe genießen würde, wurde mir schlagartig klar, als ich meine Mutter mit einem Glas in der Hand auf uns zuschlendern sah. Auf ihren weißen Locken saß eine ihrer tausend selbstgestrickten Mützen. Eine taillierte Bluse unterstrich ihren zarten Körperbau, und die Beine hatte sie mit einer weiten Hose kaschiert.

Ich stöhnte auf. Heute Abend blieb mir wirklich nichts erspart.

»Da seid ihr ja.« Sie gab mir rechts und links einen Kuss auf die Wange. »Hallo, meine Lieblingstochter.«

Diese Aussage hatte nichts zu bedeuten, sie hatte nur mich.

»Nein, so eine nette Überraschung.« Das war der erste Satz, den ich heute Abend von Paul hörte. Er deutete bei meiner Mutter einen Handkuss an und strahlte. »Guten Abend, Betty. Du magst Verdi?«

»Selbstverständlich, ich verehre seine Musik.«

Das war schlichtweg gelogen. Ich wusste genau, warum sie hier war. Sie hatte sich im Seniorenzentrum gelangweilt und wollte nur … ein bisschen Abwechslung.

»Außerdem habe ich mir gedacht, Gerda würde sich freuen, wenn ich mit euch auf ihren fünfundachtzigsten Geburtstag anstoße.« Meine Mutter hielt kurz inne und tat so, als würde sie nachdenken. »Oder war es der sechsundachtzigste?«

Ich klammerte mich an Richards Jackenärmel. Die erste Runde war eröffnet.

Mein Schwiegervater lachte laut auf. »Du irrst dich. Gerda wird erst neunundsiebzig.«

»Ach, wirklich?« Meine Mutter nippte an ihrem Sekt. »Dabei habe ich immer gedacht, dass sie ein paar Jahre älter ist als du.« Sie legte kurz ihre Hand auf seinen Arm und bedachte ihn mit einem Augenaufschlag. »Du wirkst so jugendlich.«

Neben mir verfiel Gerda in Schnappatmung, und ich schaute mich panisch nach Richard um. Er hatte erst zwei Drittel der Schlange hinter sich gebracht. Ich musste mir also selbst etwas einfallen lassen. »Ist die Mütze neu?«, versuchte ich meine Mutter abzulenken. »Das Zitronengelb steht dir ausgesprochen gut.«

»Mit einer Mütze geht man doch nicht in die Oper.« Gerda machte ein merkwürdiges Geräusch mit den Lippen, so als wolle sie etwas ausspucken. »Was für ein Fauxpas.«

Okay, der Versuch war ein Steilpass für meine Schwiegermutter gewesen.

»Nun ja«, setzte Betty an, »du bist auch der einzige Hut, der hier rumläuft.«

Paul und ich wechselten ratlose Blicke. Zerknirscht zuckte er mit den Schultern. Die Kommunikation zwischen Betty und Gerda spielte in einer anderen Liga. Schon immer.

»Kindchen, was ist los?« Meine Mutter zupfte an meinen Haaren herum. »Du siehst so derangiert aus.« Sie seufzte. »Kein Wunder, dass du nur einen Maurer als Ehemann abgekriegt hast.«

Gerdas Gesicht verfärbte sich, als wären meine Hitzewallungen zu ihr übergeschwappt. »Mein Sohn ist Bauingenieur!«

»So ist es.« Richard trat zu uns, reichte seinen

Eltern und mir ein Gläschen Sekt und prostete meiner Mutter zu. »Aber Hauswände zu mauern, hat mir auch Spaß gemacht.« Er nahm Gerda in den Arm und drückte ihr einen Kuss auf die Wange. »Jetzt trinken wir auf dich, der besten Mutter der Welt. Wir wünschen uns, dass du noch viele Jahre gesund bleibst und weiterhin so blühend und fit aussiehst, als wärest du fünfundsechzig.«

Kein Wunder, dass Gerda ihren Sohn abgöttisch liebte.

Richard nickte meiner Mutter zu, ein amüsiertes Schmunzeln im Gesicht. »Ich wusste gar nicht, dass du dich für die Oper begeisterst.«

Betty verzog ein bisschen die Mundwinkel, mehr nicht.

Inoffiziell mochten die beiden sich, aber niemals vor Gerda, das war ein ungeschriebenes Gesetz.

»Nach der Vorstellung könnten wir Betty mit nach Hause nehmen«, schlug Paul eifrig vor.

»Wir sind schon zu viert«, torpedierte Gerda den Vorschlag. »Da ist für Elisabeth kein Platz mehr.«

Gerda war in unserer Familie die einzige, die meine Mutter nicht mit ihrem Spitznamen ansprach. Das hatte allerdings seinen Grund. Meine Mutter hatte es ihr schlichtweg verboten. Alle anderen durften sie Betty nennen, und dass ihr Paul dazugehörte, wurmte Gerda umso mehr.

Meine Mutter winkte ab. »Ich bin sowieso mit dem E-Bike hier.«

Der erste Gong zum Pausenende übertönte ihre letzten Worte. Ich musste mich verhört haben. »Womit bist du da?«, fragte ich nach.

»Luischen!« Sie bedachte mich mit dem Blick, den sie mir schon als Kind zugeworfen hatte, wenn sie der

Meinung war, dass ich auf der Leitung stand. »Ein E-Bike ist ein Fahrrad mit Elektromotor.«

»Das weiß ich! Aber was hast du mit so einem Ding zu tun?«

»Schätzchen, ich fahre damit.«

»Okay.« Ich bemühte mich, ruhig zu bleiben. »Du hast den Bus verpasst, kein Taxi bekommen und dir das Rad von irgendjemandem ausgeliehen.«

»Ich muss dich leider enttäuschen.« Meine Mutter warf einen Blick auf ihre Armbanduhr. »Seit genau zehn Stunden bin ich stolze Besitzerin eines E-Bikes.«

Ich leerte mein Glas in einem Zug. »Mutti, du bist einundachtzig und erst seit vier Wochen aus dem Krankenhaus. So ein Rad fährt mindestens fünfundzwanzig Stundenkilometer.«

Betty schüttelte den Kopf. »Fünfunddreißig, bergab, am Seniorenzentrum vorbei.«

Ich schielte auf Richards halbvolles Glas.

»Ist das wie ein Mofa?« Paul beugte sich interessiert zu ihr runter.

»Nein, das ist ja das Schöne. Man muss treten, aber es fährt trotzdem wie von selbst.«

»Na ja«, mischte Gerda sich ein, »mit deinen Beinen kann man ja auch kein normales Fahrrad fahren.«

So, jetzt reichte es. Ein paar Sticheleien schön und gut, aber sich über körperliche Makel lustig zu machen, das ging eindeutig zu weit.

Ich warf Richard einen unmissverständlichen Blick zu, und diesmal funktionierte es. Er drückte mir sein Glas in die Hand, hakte seine Mutter unter und zog sie mit sich, während der zweite Pausengong ertönte. »Du willst doch sicherlich pünktlich zum nächsten Akt kommen, oder?«

Erleichtert drehte ich mich zu Betty um, die dicht

neben Paul stand und ihm etwas zuraunte. Ich stutzte. Was hatten meine Mutter und mein Schwiegervater miteinander zu flüstern?

Paul sah auf und bemerkte, dass ich sie beobachtete. Er räusperte sich und trat hastig einen Schritt zur Seite. »Äh, ich bin dann mal weg.«

Stirnrunzelnd guckte ich hinter ihm her.

»Hast du gehört, was diese dumme Kuh zu mir gesagt hat?« Die Stimme meiner Mutter klang ehrlich verletzt.

Ich konnte es nachvollziehen. Seit ihrer Geburt litt meine Mutter unter dieser Deformation und mit dem Alter hatte sie sich stärker ausgeprägt. Als Kind war sie fürchterlich gehänselt worden, aber Ärzte, die ihr hätten helfen können, gab es nicht viele, und damals war es wichtiger gewesen, die Kinder lebend durch den Krieg zu bringen.

Ich musterte Bettys weit ausgestellte Hose. Sie hatte es wirklich gut getarnt, und wer es nicht wusste, ahnte nicht, dass durch ihre O-Beine mühelos ein ausgewachsenes Schwein passte. »Das war nicht in Ordnung«, gab ich ihr recht, »aber du warst auch nicht gerade nett zu Gerda.«

Betty zuckte nur mit den Schultern. »Sie war es, die damals damit angefangen hat.«

»Mutti, das ist neunzehn Jahre her.«

»Zu kurz, um es zu vergessen!«

Seufzend leerte ich Richards Glas. Zum Glück hatte ich keine Probleme mit der Kohlensäure.

Der dritte Gong ertönte. Ein paar vereinzelte Nachzügler strömten zu den Flügeltüren. Ich schob meine Mutter vor mir her. »Wir müssen zurück in den Saal.« Flüchtig umarmte ich sie. »Morgen Vormittag komme ich kurz bei dir vorbei.« Im Moment wusste ich allerdings nicht, woher ich die Zeit nehmen sollte.

»Wenn du mir mein E-Bike ausreden willst, kannst du gleich zu Hause bleiben. Es sei denn, du hast eine andere Wohnung für mich gefunden.« Sie ging davon, ohne sich noch mal umzudrehen.

Plötzlich kam sie mir so verloren und hilflos vor, wie nach dem Tod meines Vaters vor drei Jahren. Ich wusste, sie vermisste nicht nur ihn, sondern auch Hanna.

Kapitel 2

»Warum lässt Luca immer alle Lichter an? Er könnte wenigstens die Rollläden runterlassen.« Ich starrte auf unser hellerleuchtetes Haus. Wir wohnten in einem ruhigen Vorort, in dem die Bewohner einer Straße sich kannten und grüßten. Vom Bürgersteig aus hatte man durch das Panoramafenster des Esszimmers einen freien Durchblick bis zur Küche. »Alle Nachbarn können uns ausspionieren.«

Richard lachte und lenkte das Auto auf die Einfahrt. »Was sollen sie bei uns schon entdecken? Du warst schließlich heute Abend nicht da und bist nackt durchs Haus getanzt.«

Ich boxte ihm auf den Oberarm. »Ich bin noch nie nackt durchs Haus getanzt.«

Mit der Fernbedienung öffnete er die Doppelgarage und parkte das Auto neben meinem Kleinwagen. »Oh doch, früher schon.«

Ja, vor zehn Millionen Jahren, als meine Haut faltenfrei und beulenlos war, ich keine Zahncremetube unter meine Brüste klemmen konnte, und die Besenreiser an den Beinen nicht unter blickdichten Strümpfen verstecken musste.

Richard beugte sich zu mir. Sein Atem roch ein wenig nach Sekt. »Kannst du dich an die Nacht der Nächte erinnern? Wir beide, ganz alleine mit den

Rolling Stones und zwei Flaschen Champagner?« Er grinste mich an. »Du hast sogar nackt einen Spagat auf dem Esstisch gemacht.«

Irgendwo ganz tief in meinem Langzeitgedächtnis rumorte es. »Du meinst den Abend, als Hanna und Luca das erste Mal alleine bei meinen Eltern übernachtet haben?« Ich grinste zurück. »Der Champagner war als Weihnachtsgeschenk für die beiden gedacht.«

Richard nickte. Sein ergrauter, aber voller Haarschopf beugte sich über meinen Ausschnitt und kitzelte meine Haut. »Eigentlich wollten wir ins Kino in ›Herr der Ringe‹, aber dann hast du den Champagner aufgemacht.«

Ich kicherte und drückte seinen Kopf an meine Brust. »Mit fatalen Folgen. Dabei hatte ich mich so auf den Film gefreut und mich extra hübsch angezogen.«

»Die Dessous darunter haben mir eben besser gefallen«, murmelte Richard aus den Tiefen meines Kleides.

»Du hast deine Socken ins Bücherregal gepfeffert«, erinnerte ich mich.

»Und dein BH lag in der Küche im Spülbecken.«

»Meinen Slip hast du über das Foto deiner Eltern gehangen.«

»Ich konnte doch nicht zulassen, dass Gerda uns zuguckt.«

Ich seufzte. Man sollte sich öfters solche Erinnerungen gönnen. »Irgendwann am frühen Morgen sind wir auf dem Teppich im Wohnzimmer eingeschlafen.«

Richard richtete sich ruckartig auf, lehnte sich in seinen Sitz zurück und stöhnte. »Und dann klingelte um sieben Uhr das Grauen an der Haustür.«

Wir starrten durch die Windschutzscheibe, als

würden wir im Autokino sitzen, und die Vergangenheit auf einer Leinwand vor uns ablaufen.

Während ich mir rasch einen Bademantel übergeworfen hatte, in dem Glauben, dass unser Nachbar mal wieder die Samstagszeitung schnorren wollte, lag Richard noch auf dem Teppichboden. Nackt. Eigentlich hatte ich gar nicht vorgehabt, die Tür zu öffnen, aber dann wurde ich über die Dreistigkeit von Herrn Wittmann so wütend, dass ich beschloss, ihm ordentlich die Leviten zu lesen. Ich würde ihm austreiben, uns samstagmorgens zu wecken. Als er mich das letzte Mal angegrinst und geflötet hatte *»Der frühe Vogel fängt den Wurm«*, war ich drauf und dran gewesen, seinen Briefkasten bis zum Rand mit Regenwürmern aus unserem Kompost zu füllen. Zum Glück hatte ich einen besonnenen und auf Harmonie bedachten Ehemann, der mich davon abgehalten und Herrn Wittmann ein paar Stunden später erklärte hatte, dass er ihm die Kinder im Schlafanzug vor die Tür stelle, falls er die beiden noch mal aus dem Schlaf klingele.

Als ich aber diesmal die Haustür öffnete, streckte nicht Herr Wittmann seine Hand nach der Zeitung aus, sondern unser zweijähriger Sohn stürzte sich gemeinsam mit seinem Stoffhasen auf mich und umklammerte schluchzend meine Beine. »Mama, Luca war soooo allein.«

Allein? Das war soooo nicht ausgemacht. Ich hob meinen Sohn auf den Arm, schaute in die übernächtigten Gesichter meiner Eltern und dann nach unten auf seine drei Jahre ältere Schwester Hanna, die die Augen verdrehte.

»Wir haben alle zusammen in einem Bett geschlafen«, sagte sie, und meine Mutter fügte hinzu: »Und keiner hat ein Auge zugetan.« Ihr Lidstrich war ein wenig verrutscht und sogar ihre Mütze hing schief auf den Haaren.

Ich sah Luca an. »Aber dann warst du doch gar nicht alleine.«

»Doch«, widersprach er, »Mama war nicht bei mir.«

Ich wollte mir nicht wirklich vorstellen, wie es gewesen wäre, wenn ich auch noch in dem Ehebett meiner Eltern gelegen hätte, aber Lucas Kinderlogik ließ mein Mutterherz überquellen. »Und du, Hanna?« Überglücklich bückte ich mich zu meiner Tochter. »Hast du mich auch vermisst?« In dem Moment, in dem ich die Frage stellte, wusste ich, ich würde nicht die Antwort bekommen, die ich mir ersehnte. Sie schürzte die Lippen, griff nach der Hand meiner Mutter und sagte: »Nö, ich hab doch Oma Betty.«

Hannas Aussage gesellte sich zu ihren anderen ähnlichen Bemerkungen, die ich tief in einer Schublade in meinem Herzen vergraben hatte. Warum meine Tochter sich mehr zu Betty hingezogen fühlte als zu mir, hatte ich bisher nicht herausgefunden. Und irgendwann war ich einfach nur froh gewesen, dass sie sich nicht Gerda als Muttterersatz ausgesucht hatte.

»Können wir jetzt endlich reinkommen?« Die sonore Stimme meines Vaters tönte vom hinteren Treppenabsatz. »Wir haben nicht mal gefrühstückt.«

In dem Glauben, Richard hätte die Türklingel ebenso gehört wie ich und in der Zwischenzeit sämtliche Beweise unserer nächtlichen Orgie beseitigt, ließ ich alle Familienmitglieder ins Haus. Ich hätte die Tür nicht schließen müssen. Drei Sekunden später stürmte mein Vater mit hochrotem Kopf wieder an mir vorbei und murmelte: »Ich warte im Wagen auf Mutti.«

»Warum schläft Papa auf dem Teppich?« Hannas

Stimme aus dem Wohnzimmer klang kindlich neugierig, die meiner Mutter wesentlich anders. »Richard! Was machst du da?«

OH MEIN GOTT! Ich eilte mit Luca, der schon fast an meiner Schulter eingeschlafen war, zu ihnen. Richard sprang panisch auf, drehte sich nach allen Seiten und griff nach dem erstbesten Gegenstand, den er in die Finger bekam. Die eine Champagnerflasche hielt er vor sein bestes Stück, die andere vor sein Hinterteil.

»Mama, haben Papa und du Doktorspiele gemacht?«

Meine Mutter sah mich genauso erwartungsvoll an, wie Hanna mich ansah. Ich setzte Luca auf den Boden, der quengelig protestierte, und hockte mich vor sie. »Weißt du, Papa ging es gestern Abend gar nicht gut. Er hatte hohes Fieber und ihm war fürchterlich heiß. Ich habe ihn dann untersucht, genauso wie ich es immer bei dir mache, wenn du krank bist, und er musste zwei Flaschen Medizin trinken.« Geschichten zu erzählen, war eine meiner Leidenschaften. »Damit er mich nicht ansteckt, und weil unser Teppich so schön weich ist, hat er im Wohnzimmer geschlafen. Aber jetzt geht es ihm schon viel besser.« Im Hintergrund sah ich Richard heftig nicken, und neben mir glaubte ich, ein Glucksen meiner Mutter zu hören.

Hanna streckte ihren Arm aus und zeigte auf etwas an der Wand. »Und warum hängt deine Unterhose über Oma Gerdas Kopf?«

»Nun ja.« Ich kratzte mich im Nacken. »Der Slip war noch nicht ganz trocken, und darum habe ich ihn dort aufgehangen, sozusagen das Bild als Wäscheleine benutzt.« Dass meine Mutter genuschelt hatte: »*Gerdas*

Kopf sieht so auch viel hübscher aus«, hatte Hanna zum Glück nicht mitbekommen.

Ich zuckte zusammen, als Richard neben mir den Autogurt löste. Er öffnete die Fahrertür einen Spalt breit, und das Deckenlicht verbreitete einen diffusen Lichtschein. Grimmig starrte er mich an. »Wenn wir das nächste Mal in Erinnerungen schwelgen, ...«

»... wissen wir, zu welchem Zeitpunkt wir aufhören müssen.«

»Mama, Papa?« Lucas Stimme drang an mein Ohr. »Was macht ihr da? Warum kommt ihr nicht ins Haus?«

Hastig öffnete ich die Tür und stieg aus. »Ist was nicht in Ordnung?« Zum Glück hatten wir diesmal zur Schonung von Richards Bandscheiben auf Sex im Auto verzichtet. Okay, das letzte Mal war auch schon siebzehn Jahre her.

»Ich habe das Garagentor gehört. Weil niemand ins Haus kam, habe ich gedacht, dass Einbrecher meinen Roller klauen wollen.«

Früher war es der Stoffhase, den Luca keine Sekunde aus den Augen gelassen hatte, heute war es sein Motorroller. Ich grinste ihn an. »Soll ich dir die Isomatte und den Schlafsack neben deine Maschine legen, oder wollen wir versuchen, das Ding über die Treppe in dein Zimmer zu schieben?«

»Sehr witzig.«

Ich lachte, streckte meinen Arm nach oben und wuselte durch seine blonden Haare.

Unwillig zuckte sein Kopf zur Seite. »Mama! Nur gucken, nicht anfassen!« Das war der wohl häufigste Satz, den ich im letzten halben Jahr gehört hatte, dicht gefolgt von: *»Ich habe Hunger«*, *»Ich hasse Pickel«*, *»Keine Ahnung«*, *»Raus aus meinem Zimmer«* und *»Der Lehrer mag* *mich nicht«.*

»Können wir endlich ins Haus gehen?« Richard klimperte mit den Schlüsseln, und wir folgten ihm über den mit bunten Steinen gepflasterten Gartenweg.

Nachdenklich musterte ich meinen Sohn, der mit den Händen in den Jeanstaschen vor mir herschlenderte. Nicht mehr Kind, aber auch noch nicht hundert Prozent Testosterongesteuert. Dafür, dass er drei Monate zu früh auf die Welt gekommen war, hatte er sich zwar prima entwickelt, aber seine Proportionen waren definitiv überarbeitungsbedürftig. Der Kopf war für die Ohren zu groß, die Beine für den Oberkörper zu lang, und in seinen Schuhen hätte man Babys baden können.

Ich seufzte. In letzter Zeit ertappte ich mich öfters dabei, dass ich mir die Stoffhasenzeit zurückwünschte. Das war ein Abschnitt gewesen, in dem meine Kinder mich noch gebraucht hatten. Jetzt näherte ich mich langsam dem Punkt, an dem ich auch Luca ziehen lassen musste.

»Mama, im Kühlschrank ist mal wieder nichts, was mir schmeckt. Nie kauft du das, was ich mag.« Lucas Stimme klang erst nörgelnd, dann hoffnungsvoll. »Hast du mir wenigstens etwas zu essen mitgebracht?«

Ich speicherte sein Gemecker für den Zeitpunkt ab, wenn ich heulend seinem Möbelwagen nachwinken würde. »Wir waren in der Oper, dort gibt es nur Sekt und Laugengebäck.« Ich ließ die Rollläden zur Straßenseite runter, setzte mich auf einen Stuhl an den Esszimmertisch und gähnte. In der letzten Nacht hatte ich mich stundenlang schlaflos rumgewälzt, und im Moment kroch mein Körper nicht mal mehr auf dem Zahnfleisch, sondern bereits auf den Kieferknochen.

»Drei bis fünf Brezeln wären jetzt toll gewesen«, maulte Luca weiter.

»Oma Gerda hätte mich mit ihrer Handtasche aus dem Saal gejagt, wenn ich mich mit fünf Brezeln im Schoß auf meinen Sitz gehockt hätte.« Apropos Oma. Ich sah ihn scharf an. »Hat Oma Betty angerufen, nachdem wir in die Oper gefahren sind?«

Luca öffnete einen Küchenschrank und versteckte sich hinter der Tür. »Mmh«, machte er nur.

»Hättest du sie nicht ins Theater schicken können?«

Erbost klappte er die Tür wieder zu. »Ich belüge doch Oma Betty nicht. Sie ist mein Boss.« Er zog eine Schublade auf und kramte einen Müsliriegel heraus. »Außerdem hätte sie mir sowieso nicht geglaubt, ihr geht doch jedes Jahr in die Oper.«

Ich musste ihm recht geben, und seine Chefin zu belügen, war wirklich tabu. Die Tatsache, dass meine Mutter zum Goldesel für Luca mutiert war, war eindeutig Gerdas Verdienst gewesen. *»Kein Wunder, dass ihre Beine immer krummer werden«*, hatte sie in Anwesenheit meiner Mutter gelästert. *»Ich habe ja Paul, der mir die schweren Einkäufe nach Hause trägt.«*

Ab dem Zeitpunkt stieg unser Sohn in die Schicht der besser betuchten Schüler auf, und die Aussage *»Ich brauche mehr Geld«* rutschte auf der Rangliste der häufigsten Sätze ganz nach unten. Montags und donnerstags buchte Betty Luca für diverse gemeinsame Botengänge. Es war eine logische Schlussfolgerung, dass sie keine Gelegenheit ausließ, Gerda ihren Deal mit Luca unter die Nase zu reiben: *»Habe ich dir schon erzählt, dass ich zweimal in der Woche mit meinem Enkelkind shoppen gehe?«*.

Ich bin mir sicher, meine Schwiegermutter verfluchte diesen einen Tag, an dem sie sich mal wieder über Bettys Beine lustig gemacht hatte.

»Wollt ihr gleich nahtlos zum Frühstück übergehen?«, nuschelte Richard plötzlich neben mir. Mit einer Zahnbürste im Mund und lediglich mit Boxershorts bekleidet, hockte er sich mit einer Pobacke auf die Tischkante und baumelte lässig mit dem Bein hin und her. Sein Sixpack faltete sich unwesentlich zusammen, und ich staunte mal wieder über den Körper meines vierundfünfzigjährigen Mannes. Tja, es hatte eben auch seine Vorteile, wenn man vor dem Studium eine Maurerlehre abgeschlossen und jahrelang auf dem Bau gearbeitet hatte. Auf seinen Lippen bildeten sich kleine Bläschen von der Zahncreme. »Schreibst du nicht morgen eine Lateinklausur?«, fragte er und nickte zu unserem Sohn rüber.

Mein Blick fiel auf die Küchenuhr, 23.35 Uhr. Zu spät für ihn, um ausgeschlafen aufzuwachen.

»Kann schon sein.« Luca zuckte mit den Achseln.

Richard und ich sahen uns an. Mein Mann rutschte vom Tisch, ging zum Spülbecken und spuckte die Zahncreme aus.

»Papa, das ist echt eklig.« Luca drehte den Wasserhahn auf. »Kannst du das nicht im Badezimmer machen?«

Zeitgleich mit der Abnahme seiner hohen Stimmlage, hatte sein Ästhetikempfinden zugenommen, was ich nicht immer unangenehm fand.

»Bist du gut vorbereitet?« Richard klopfte den Zahnbürstenkopf am Beckenrand ab.

Luca zuckte erneut mit den Schultern. »Geht so.«

»Dann hoffe ich mal, dass es morgen besser klappt als beim letzten Mal.«

»Setz mich nicht immer so unter Druck.« Luca

schob den Rest des Müsliriegels in den Mund. »Du hast dein Abitur auch erst später gemacht.«

Ich verdrehte die Augen und überlegte, ob ich schon mal ins Bett gehen solle, da sich das Gespräch erfahrungsgemäß bis morgen früh hinziehen könne. Auf der anderen Seite wusste ich auch, dass es irgendwann lauter werden würde, und ich sowieso nicht schlafen könne, also blieb ich einfach sitzen.

»Weißt du eigentlich, wie anstrengend es ist, wenn man nach neun Stunden Arbeit auf dem Bau in die Abendschule muss?«

Unser Sohn verschränkte seine Arme vor der Brust. »Du hast es mir schon gefühlte zehn Trillionen Mal erzählt.«

»Anscheinend ist es aber nicht bei dir angekommen. Drei Jahre lang habe ich nachts nur fünf Stunden geschlafen, Wochenenden kannte ich gar nicht, und im Urlaub habe ich Klausuren geschrieben und Referate vorbereitet.«

Luca nickte gespielt mitfühlend. »Muss echt öde gewesen sein.«

Mit der Zahnbürste fuchtelte Richard in Lucas Richtung. »Deine einzige Aufgabe ist es, vormittags in die Schule zu gehen und nachmittags zu lernen.« Die Borsten der Zahnbürste näherten sich gefährlich Lucas Nasenspitze. »Ansonsten musst du dich um nichts kümmern. Gar nichts!« Sein kleiner rechter Finger spreizte sich dramatisch ab.

Das waren Momente, in denen mir bewusst wurde, dass leider auch ein Teil von Gerda in ihm schlummerte.

»Die Schule ist dein JOB!« Richards Gesicht hatte mittlerweile eine ungesunde Farbe angenommen. Ein absolut schlechter Zeitpunkt, sich in seiner Nähe aufzuhalten.

Ich machte mich startklar.

»Für einen Job bekommt man Geld.« Luca streckte seine Hand aus. »Du kannst mich ja bezahlen. Vielleicht klappt es dann besser.«

Das war mein Stichwort. Ich sprang auf, packte unseren Sohn am Arm und zog ihn mit mir. In dem Fall war es mir egal, ob Anfassen erlaubt war oder nicht. Hier ging es um sein Leben und um meine Nachtruhe. Nachdrücklich schob ich ihn die ersten Treppenstufen hoch.

»Warum lässt Papa mich nicht einfach in Ruhe?«

»Weil er dir die Abendschule ersparen will.«

Luca schnaubte mich wütend an. »Aber vielleicht will ich ja genau das.«

Das bezweifelte ich zwar, war aber auch nicht abgeneigt, ihn seine eigenen Erfahrungen machen zu lassen.

Das Holzgeländer vibrierte, als Luca die Treppe hochlief und mit der Faust dagegen schlug. Ich konnte den Schlag nachvollziehen, das Bedürfnis hatte ich auch hin und wieder.

Richard war mittlerweile im Bad verschwunden, und mir stieg der Sandelholzduft seiner Hautpflege in die Nase, als ich mich vor dem Doppelwaschbecken neben ihn stellte.

»Ich verstehe Luca nicht.« Er verrieb die Creme zwischen den Handflächen und klatschte sie sich ins Gesicht, als wolle er sich selbst aus einer Ohnmacht holen. »Warum ist ihm die Schule so egal?«

»Er ist mitten in der Pubertät, da sind andere Sachen wichtiger für ihn.« Ich streifte mein Kleid ab und hängte es auf einen Bügel hinter die Tür. Aus der Schublade unter dem Becken kramte ich ein Gummiband hervor, bändigte damit meine kastanienbraunen Locken und prüfte stirnrunzelnd den Haaransatz im Spiegel. Ein paar graue Strähnen grinsten mich an, und ich notierte in Gedanken, dass ich zum Nachfärben einen Termin beim Friseur vereinbaren musste. »Du kannst deine eigenen Erfahrungen nicht auf ihn übertragen. Er muss sie selbst machen.«

Heftig fuhr Richard sich mit dem Kamm durch die Haare. »Hanna war in der Hinsicht viel fleißiger und zielstrebiger.«

Ich sah ihn durch den Spiegel verärgert an. »Hör auf, die Kinder miteinander zu vergleichen. Du weißt selbst, wie unterschiedlich sie sind.«

Außerdem hatte Hanna ein motivierendes Ziel gehabt. Sie wollte nicht nur so schnell wie möglich von zu Hause weg, sondern auch den maximal denkbaren Abstand zu uns schaffen. Sechshundert Kilometer waren ihr gelungen. Da fuhr man nicht einfach auf einen Kaffee hin.

Ein paar Minuten später lag ich im Bett, mein Kopf an Richards Schulter gelehnt.

»Bin ich ein schlechter Vater?«, fragte er zerknirscht.

»Mmh.« Ich stützte mich auf dem Ellbogen ab und schaute ihn ernst an. »Du weißt, dass ich dich nie anlügen würde, oder?«

Er nickte gespannt.

»Du bist despotisch, jähzornig und gefühlskalt.«

Er seufzte laut auf und hielt sich eine Hand über die Augen. »Ich hab‘s gewusst.« Eine Haarsträhne fiel ihm in die Stirn, ich strich sie zur Seite.

»Nun ja, wenn ich es mir genauer überlege, würde ich sagen, deine pädagogischen Fähigkeiten sind nicht ganz ausgereift.« Ich machte eine kurze Pause. »Aber durchaus ausbaufähig.«

Theatralisch drehte er sich zu mir. »Danke! Du bist so gut zu mir.«

Mein Ellbogen zwickte, und ich ließ mich auf den Rücken fallen. »Ich glaube, es war keine gute Idee, deine Eltern und meine Mutter in demselben Seniorenzentrum unterzubringen.«

»Bitte nicht schon wieder dieses Thema«, stöhnte Richard und knipste seine Nachttischlampe aus. »Wir hatten keine andere Wahl. Oder hättest du Betty in Hannas Kinderzimmer einquartieren wollen?«

Diese Alternative wollte ich mir lieber nicht vorstellen. »Wir hätten ein bisschen warten sollen, vielleicht wäre woanders etwas frei geworden.«

»Ja, aber zu weit von uns entfernt. Das haben wir alles schon zigmal durchgekaut.« Sein Atem roch nach frischer Minze, als er mir einen Kuss auf den Mund drückte. »Ich habe morgen einen anstrengenden Tag. Auf der Schiller-Baustelle fehlen die Stahlträger, und der Eigentümer aus dem Rosenweg will einen detaillierten Kostenvoranschlag.« Er klopfte sein Kopfkissen zurecht. »Denkst du am Freitag an Walters Geburtstag?«

Jedes Jahr wurden wir von dem kinderlosen Ehepaar eingeladen, das Richard quasi als seinen Sohn ansah. Walter hatte Richard in seinem Bauunternehmen als Maurer ausgebildet, ihm danach das Abitur und Studium schmackhaft gemacht und ihn anschließend als Bauingenieur eingestellt, bis er selbst in Rente gegangen war, und Richard sich selbständig gemacht hatte.

»Schon notiert«, erwiderte ich. »Besorgst du als Geschenk einen Gutschein für ‚Peppos' Restaurant?«

»Kein Problem. Ich bin dort morgen mit einer

potenziellen Kundin zum Mittagessen verabredet.« Er strich mit einem Finger über meine Halsbeuge. »Wie kommst du eigentlich voran? Neulich hast du mir etwas von enormen Zeitdruck erzählt.«

Ich hätte ihn schlagen können. Für ein paar Stunden hatte ich es geschafft, mein vorrangigstes Problem auszublenden. Jetzt holte es mich mit voller Wucht wieder ein, und ich wusste, es würde mich in geselliger Runde mit Hitzewallungen und Schlafstörungen die halbe Nacht kosten.

»Alles gut«, wiegelte ich ab und machte das Licht aus. Auf dem Rücken liegend starrte ich an die Decke und stellte mal wieder fest, dass nachts alles anders war. Ängste und Sorgen vervielfachten sich in der Dunkelheit, und Probleme schwollen zu unüberwindbaren Hindernissen an. Unruhig warf ich mich auf die Seite. Morgen musste mir endlich eine Lösung einfallen.

Kapitel 3

»Was möchtest du für einen Brotaufstrich?« Ich schnitt das Brötchen in zwei Hälften und wandte mich an Luca, der neben Richard auf einem Barhocker an der Küchentheke saß, im Schnelldurchlauf frühstückte und seine Lateinvokabeln checkte.

»Weiß nicht«, brummte er, ohne aufzusehen.

»Schinken, Salami oder Goudakäse?«

»Leberwurst.«

»Ist heute ausverkauft.«

»Nie hast du das da, worauf ich Appetit habe.«

Den Satz kannte ich. Ich drehte mich um, holte tief Luft und legte vorsichtshalber das Messer aus der Hand. Nicht mal ein Hauch von schlechtem Gewissen plagte mich, als das Brötchen ohne Zugabe von Zusatzstoffen in der Tupperdose verschwand. Mich am frühen Morgen zu ärgern, war keine gute Idee.

Richard faltete die Zeitung zusammen und kippte im Stehen den restlichen Tee hinunter. Er verabschiedete sich mit einem Kuss von mir und schlug anschließend Luca auf die Schulter. »Viel Erfolg in der Schule.« Wie jeden Morgen bekam er nur ein Knurren als Antwort.

Ich kramte in der hintersten Ecke des Küchenschranks nach meinem Kaffee für Härtefälle, extra stark, mit intensiver Geschmacksnote und garantiert nicht herzschonend. Gähnend setzte ich eine Tasse auf.

»Du hast es voll gut.« Luca schnappte sich seinen Schulrucksack. »Kannst den ganzen Tag zu Hause bleiben und chillen.«

Keine Ahnung, wann meinem Sohn abhanden gekommen war, dass ich sehr wohl einen Job hatte. Mein Magen zog sich schmerzhaft zusammen. Bis jetzt hatte ich einen Job.

»Du hast es viel besser«, erwiderte ich und schob ihn in Richtung Haustür. »Du darfst deine Lehrer an den Rand der Verzweiflung treiben, das ist Spaß pur.«

»Muss ich wirklich zur Schule? Irgendwie ist mir ganz schummerig.«

Trotz meiner übermüdeten Augen versuchte ich, ihm einen strengen Blick zuzuwerfen. »Ich weiß. Außerdem tut dir alles weh, und wenn ich dich jetzt in die Schule zwinge, musst du garantiert kotzen.« Ich öffnete die Haustür, drückte ihm den Motorradhelm in die Hand und drängte ihn raus.

»Du bist echt unfair«, beschwerte er sich. »Nie glaubst du mir.«

»Vielleicht hast du morgen Fieber«, tröstete ich ihn, »aber heute erkenne ich nur die Symptome einer ausgeprägten Lateinphobie.«

Der Kaffee war durchgelaufen, als ich in die Küche zurückkehrte. Allein der Duft weckte bereits die ein oder andere Nervenzelle in meinem Gehirn. Heute würde ich ihn schwarz trinken, ohne mildernde Umstände.

Ich öffnete die Terrassentür und freute mich über die klare Morgenluft. Mein Blick fiel auf die Hortensien, die den Weg zum Gemüsebeet säumten. Aufgeblasen wie rote und blaue Luftballons thronten die Blütenbälle auf ihren Stängeln. Ich zog meinen Morgenmantel ein bisschen enger zusammen, setzte mich auf einen Gartenstuhl und nippte an dem Kaffee. Mit geschlossenen Augen legte ich den Kopf in den Nacken und spürte jeden einzelnen wärmenden Sonnenstrahl auf der Haut. Vor meinen Lidern tanzten bunte Punkte wie Konfettiregen, und in einem der Nachbargärten hörte ich leise das Brummen eines Rasenmähers. Ich seufzte. Wie gerne hätte ich diesen Sommer genossen, stundenlang in der Erde herumgewühlt, den Tomaten beim Wachsen zugesehen und meine Probleme für eine Weile unter den Blumenwurzeln vergraben. Stattdessen blieb mir für den Rest des Jahres nichts anderes übrig, als den Garten zu vernachlässigen und im Arbeitszimmer abzutauchen. Aber vorher stand mir ein Gespräch mit meiner Mutter bevor.

Die Sonne verschwand hinter den Wolken, der Konfettiregen mit ihr. Ich trank den letzten Schluck Kaffee. Er schmeckte nur noch halb so gut.

***

Architektonisch war das Seniorenzentrum wirklich nicht der Hit, aber meine Schwiegereltern wohnten hier seit zwei Jahren in einer Service-Wohnung und fühlten sich rundum wohl. Es lag nahe, dass wir auch Betty dort unterbrachten, nachdem sie in Folge eines Oberschenkelhalsbruches nicht mehr in ihre Altbauwohnung ohne Fahrstuhl zurückkehren konnte.

Als ich in die Straße zu der Anlage einbog, drückte die graue Fassade des rechteckigen Flachbaus wie immer meine Stimmung. Das an den Ecken abgeflachte Gebäude erinnerte mich an die Form eines

Sargs. Entweder hatte der Architekt unter einer merkwürdigen Form von schwarzen Humor gelitten, oder aber war morbide veranlagt gewesen.

Ich parkte das Auto und machte mich auf den Weg in den dritten Stock. Zum Glück war die Inneneinrichtung freundlicher gestaltet. An den pastellfarbenen Wänden hingen bunte Aquarellbilder und in jeder Ecke verschönerten ein paar Grünpflanzen den Hausflur. Vor einer weiß lackierten Tür, dessen Wohnungsschild unbeschriftet war, blieb ich stehen, holte tief Luft und klingelte. Nach ein paar Sekunden öffnete sich die Tür einen Spalt breit, mehr nicht. Keine Betty, keine Begrüßung. Tage, die so begannen, hasste ich mehr als Opernarien.

»Hallo, Mutti!«, flötete ich auf gute Laune machend und beschloss kurzerhand, nicht sofort mit der Tür ins Haus zu fallen.

Ich betrat die Zweizimmerwohnung und wedelte mit einer Bäckertüte. »Was hältst du von frischen Brötchen?«

»Kannst du wieder mitnehmen. Ich habe schon gefrühstückt.« Betty saß leicht vornübergebeugt am Esstisch und las die Tageszeitung, zumindest tat sie so. Auf dem Hinterkopf trug sie eine marineblaue Mütze, passend zu ihrer Strickjacke.

»Schade, ich noch nicht. Kann ich mir Marmelade aus der Küche nehmen?«

Ohne sich umzudrehen, nickte meine Mutter. »Kaffee ist in der Kanne.«

Ich überlegte kurz, ob ich mir eine weitere Tasse gönnen sollte, entschied mich aber dagegen, da ich aus Erfahrung wusste, dass ich anschließend mein Herz beim Hürdenlauf anmelden konnte. Daher kramte ich einen Teebeutel aus einer Schublade, stellte den Wasserkocher an und holte einen Becher und Marmelade aus dem Küchenschrank. Während der Tee durchzog, schmierte ich mir ein Brötchen und setzte mich anschließend zu Betty an den Tisch.

Eine Lesebrille hockte auf ihrer Nasenspitze und die Lippen bewegten sich wortlos beim Lesen, während ihr Zeigefinger die Zeile entlangfuhr. Plötzlich ärgerte es mich, dass sie mich so offensichtlich ignorierte. Ich schob meinen Teller zur Seite, verschränkte die Arme vor der Brust und sagte schärfer als beabsichtigt: »Was hätten wir denn tun sollen? Es gab keine Alternative zu diesem Seniorenzentrum.«

»Doch!« Streitsüchtig sah sie mich über den Rand ihrer Brille an. »Meine eigene Wohnung, in der ich fünfundvierzig Jahre mit deinem Vater gelebt habe.«

»Und in der du fünf Stunden hilflos gelegen hast, nachdem du beim Gardinenaufhängen von der Leiter gestürzt bist. Hätten die Nachbarn deine Schreie nicht gehört, wären deine Umrisse heute noch im Teppich zu sehen.« Ich breitete die Arme aus und sah mich um. »Außerdem hast du eine eigene Wohnung. Du kannst kochen, bist selbständig. Niemand kommt hier rein, wenn du es nicht willst.«

»Es stinkt überall nach Krankenhaus und jede Woche kommt der Leichenwagen.« Bettys Mütze rutschte ein Stück nach hinten, als sie ihre Worte mit einem heftigen Kopfnicken unterstrich.

Leider konnte ich ihr nicht widersprechen. Dadurch, dass im ersten und zweiten Stock die Pflegestationen untergebracht waren, zog der Geruch von Desinfektionsmitteln durch das ganze Haus, kroch durch jede Türritze und nistete sich in den Teppichen und Vorhängen der Service-Wohnungen ein.

»Vorgestern ist Frau Mitzka, meine Nachbarin, in

eine Klinik eingeliefert worden.« Betty fummelte die Brille von der Nase und zeigte mit dem Bügel auf mich. »Du hast sie beim Umzug kennengelernt.«

Und ich hatte gehofft, meine Mutter würde sich mit der rüstigen alten Dame anfreunden.

»Vor einer Stunde hat Frau Walle, die Leiterin des Zentrums, mir mitgeteilt, dass Frau Mitzka gestorben ist.« Betty blinzelte etwas mehr als gewöhnlich, legte die Brille zur Seite und faltete die Zeitung zusammen. »Weißt du, was ich glaube? Die haben sie einfach aufgeschnitten und als Organspenderin missbraucht.« Ihre flache Hand knallte auf die Zeitung. »Wir dienen hier als Ersatzteillager. Hier fragt doch kein Mensch danach, woran wir sterben.« Sie machte eine allumfassende Handbewegung. »In dieser Vorstadt des Todes.«

Ich ahnte schon seit längerem, dass ich meine Fantasie und gelegentliche Theatralik meiner Mutter zu verdanken hatte. »Organe einer Fünfundachtzigjährigen?« Ungläubig starrte ich Betty an.

Meine Mutter zuckte mit den Achseln. »Was weiß denn ich, was die alles gebrauchen können.«

Ich beschloss, das Thema zu wechseln. »Hast du dich schon mal an dem Spielenachmittag beteiligt?«, fragte ich betont fröhlich. »Das ist doch ein netter Zeitvertreib. Mit Papa hast du auch immer Backgammon und Rummikub gespielt.«

Betty winkte ab. »Alles alte Schachteln. Die eine hört nichts, die andere sieht nichts, und die dritte schnallt nichts mehr.«

Es hatte keinen Sinn meine Mutter darauf hinzuweisen, dass sie ebenfalls zum älteren Semester gehörte. Da sie weder Probleme mit den Sinnesorganen noch ihrem Denkvermögen hatte, sah sie das definitiv anders.

Ich stand auf und öffnete die Balkontür. »Diese Aussicht ist ein Traum. In der Stadt hattest du nicht so einen wunderbaren Balkon.« Der Geruch von reifen Weizenfeldern wehte mir um die Nase, und ich wünschte mich plötzlich ganz weit weg, auf eine einsame Blumenwiese, nur der Himmel, die Sonne und der Duft des Sommers.

»Leider kann ich ihn nicht genießen«, durchkreuzte Betty meine Träume. »Jedes Mal, wenn ich es mir draußen gemütlich mache, kommt die Giftspritze raus und bleibt stundenlang auf ihrem Plastikstuhl kleben. Wie eine Nacktschnecke saugt sie sich daran fest.«

Dass nur die Wohnung neben meinen Schwiegereltern frei gewesen war, war wirklich ein unglücklicher Zufall. »Du musst Gerda doch nicht beachten«, schlug ich vor. »Ignorier sie einfach.«

»Wie denn, wenn meine Hände zucken, sobald ich ihren Hals sehe.« Betty machte eine Handbewegung, als wolle sie einen Putzlappen auswringen. »Außerdem ist es hier stinklangweilig. Total tote Hose. Paul ist der einzige stattliche Mann in diesem Mausoleum.«

In meinen Ohren klingelte es Alarm. Ich überging das Signal. Mir stand nicht der Sinn nach völlig absurden Gedanken.

»In der Stadt konnte ich mich in jedem Café mit einem netten Herrn unterhalten«, nörgelte meine Mutter weiter und rückte energisch ihre Mütze zurecht. »Aber ich habe mich bereits bei Frau Walle darüber beschwert.«

»Dass es hier keine Männer gibt?« Vor Entsetzen rollte eine Hitzewelle über mich hinweg. Meine Mutter als Männervamp? Kein guter Einstand!

Außerdem glaubte ich nicht, dass die Seniorenleitung etwas an der kürzeren Lebenserwartung der Männer drehen konnte. Es sei denn, meine Mutter hätte doch recht mit dem Verdacht des Organspendenhandels.

»Luischen! Da kann doch die Frau Walle nichts dafür. Über das Freizeitangebot habe ich mich aufgeregt. Paul findet es übrigens auch unzureichend. Ich habe Frau Walle vorgeschlagen, einmal wöchentlich Geräteturnen anzubieten, sowie Yoga-Kurse und Bogenschießen.«

Sie sprang auf und demonstrierte mir ein paar Kniebeugen, wobei ihre Beine sich so weit nach außen bogen, dass ich meinen Stuhl hätte durchschieben können. Beim Bockspringen würde Betty jedenfalls keine Probleme haben, und dass bei ihr alles knackte, was Gelenke hatte, interessierte sie nicht.

»Ich bin topfit.« Sie schnaufte wie vorhin ihr Wasserkocher. »Wir könnten sogar eine Seniorenolympiade ausrichten.« Ihre Augen leuchteten plötzlich. Aufgeregt setzte sie sich wieder zu mir. »Das wäre doch ein tolles Event.«

Meine Gedanken rannten gleichzeitig in drei Richtungen: Um ein Reck gewickelte Leiber, beim Lotuspflug verdrehte Körper und mit Pfeilen gespickte Senioren. Kein Thema, der Inhaber des Leichenwagens konnte sich als Dauermieter im Seniorenzentrum einnisten.

»Wie hat denn die Leiterin auf deine Vorschläge reagiert?«, hakte ich nach, ohne auf ihre olympischen Höhenflüge einzugehen.

»Äh, sie hat im Moment keine Plätze im Pflegezentrum frei, um solche Sportarten anzubieten, aber sie würde eventuell darauf zurückkommen, wenn die Lage sich entspannt hat.«

Ich unterdrückte ein Grinsen.

»Außerdem hält sie Servietten falten, Mandalas ausmalen und Sitzgymnastik für völlig ausreichend.« Aufgebracht schüttelte Betty den Kopf. »Für die alten Leute mag das stimmen, aber nicht für mich.«

Innerlich verdrehte ich die Augen. »Und darum hast du dir ein E-Bike gekauft.«

Meine Mutter grinste wie ein Honigkuchenpferd. »Das Ding macht richtig Spaß. Damit kommst du jeden Berg hoch. Außerdem ist das Rad so schnell, dass der Fahrtwind meine Falten glatt bügelt.« Sie klopfte auf ihre Wangen. »Seit gestern fühle ich mich um zehn Jahre jünger.«

»Versprich mir, dass du auf dich aufpasst.« Ausreden konnte ich ihr das Rad sowieso nicht. Betty hatte schon immer gemacht, was sie wollte.

»Aber sicher, mein Kind.« Sie tätschelte meine Hand und grinste noch eine Spur breiter. »Schneller als vierzig Stundenkilometer fahre ich nicht.«

»Wo ist denn dein Notrufknopf?« Es wurde Zeit, den eigentlichen Grund meines Besuchs anzusprechen.

Meine Mutter kramte einen runden Gegenstand an einer Kordel aus ihrer Hosentasche und legte ihn auf den Tisch. »Keine Sorge, den trage ich immer bei mir. Genauso, wie wir es besprochen haben.«

»Ein Mitarbeiter der Notrufzentrale hat bei mir angerufen. Kannst du dir vorstellen warum?«

Betty wich meinem Blick aus, stand hastig auf, zog wahllos eine Kommodenschublade auf und wühlte darin herum. »Nö, wieso?«

»Mutti, du hast letzte Woche zwölf Mal deinen Knopf gedrückt. An einem Tag sogar fünf Mal hintereinander. Warum machst du das?«

»Was hat denn der Mitarbeiter gesagt, der dich angerufen hat?«, wollte Betty wissen und zog ihren Kopf aus der Schublade.

»Er hat behauptet, du hättest dich am Telefon quietschfidel angehört.«

»Woher will der Mann das wissen?«

»Du hast ihm weder von akuten Herzschmerzen noch einem Blinddarmdurchbruch oder wenigstens einer Magenverstimmung berichtet. Stattdessen hast du ihm von deiner Enkeltochter erzählt, die in Hintertupfingen studiert, von Luca, der dir Facebook erklärt, wofür auch immer, und zum guten Schluss hast du ihm das Rezept für deinen Puten-Apfel-Curryauflauf durchgegeben. Was hast du dir bloß dabei gedacht, immer wieder den Notruf zu blockieren?«

»Ich fand die Gespräche mit dem Herrn sehr nett«, nuschelte Betty vor sich hin und zuckte mit den Schultern. »Woher soll ich denn wissen, dass andere Leute auch mit ihm telefonieren wollen?«

Ich gab auf. Wenn Betty sich dumm stellte, hatte nicht mal der liebe Gott eine Chance. »Ruf einfach mich an, wenn du Redebedarf hast. Du weißt doch, ich bin immer für dich da.«

Ihre Stimme wurde leiser. »Aber du sprichst nicht mit mir über Hanna.«

Stimmt, warum sollte ich auch? Wir hatten nie über Hanna geredet, nie darüber diskutiert, warum sie ihre Oma mir vorzog.

Betty schloss geräuschvoll das Schubfach, setzte sich zurück an den Esstisch und reichte mir eine Postkarte. »Sie fehlt mir.«

Was sollte ich dazu sagen? Ich hatte Hanna ihr ganzes Leben lang vermisst. »Sie hat dir geschrieben?«

Mit dem Daumen fuhr ich über den regelmäßigen Schriftzug. Ich hatte bisher nie Post von meiner Tochter bekommen. Ich gab Betty die Karte zurück und stand auf. »Vielleicht kommt sie in den Semesterferien.«

Meine Mutter schüttelte den Kopf. »Wohl eher nicht. Sie muss eine Hausarbeit vorbereiten und jobbt nebenbei in einer Kneipe.«

Schön, dass ich das auch mal erfuhr. Warum Hanna mir nicht selbst aus ihrem Leben berichtete, würde wohl für immer ihr Geheimnis bleiben. Seufzend schob ich den Gedanken an sie zur Seite. Zu oft schon hatte ich mich in Grübeleien und Schuldgefühlen verstrickt.

Ich brachte das unberührte Frühstück zurück in die Küche. In den letzten zwei Jahren hatte ich vier Kilo zugenommen.

»Das ist völlig normal in den Wechseljahren«, hatte mein Frauenarzt behauptet. Er hatte wirklich ›normal‹ gesagt. Für mich war überhaupt nichts mehr normal. Im Gegenteil. Alles war anders. Mein knurrender Magen sah das genauso. Wieso sollte er auch verstehen, dass er jetzt täglich dreihundert Kalorien weniger brauchte als vor zwei Jahren?

»Nimmst du mich mit in die Stadt?«, rief Betty von der Garderobe her.

Ich lugte um die Ecke und nickte ihr zu. »Bist du verabredet?«

Meine Mutter hatte ihre besten Pumps angezogen und stöckelte vor dem Spiegel auf und ab. Sie zuckte nur mit den Schultern. »Ich gehe einen Kaffee trinken.«

Vor dem Fahrstuhl warteten bereits vier ältere Damen. Zwei von ihnen saßen auf dem Sitz ihrer

Rollatoren und starrten auf die Aufzugstür.

»Wir gehen über die Treppe«, flüsterte meine Mutter und zog mich am Ärmel mit sich, bevor uns jemand in ein Gespräch verwickeln konnte.

»Muss das sein?«, protestierte ich. »Das sind drei Stockwerke.« Ich hatte schon auf das Frühstück verzichtet. Um die dreihundert Kalorien einzusparen, reichte das völlig aus.

»Keine Ahnung, ob die Angst haben, dass wir in dem Ding ein Schleudertrauma kriegen, aber das Teil fährt so langsam, dass wir verschimmelt sind, bevor wir unten ankommen.«

Kein netter Gedanke, aber nicht ganz abwegig bei meinen feuchten Zuständen.

»Wo soll ich dich rauslassen?«, fragte ich meine Mutter, als ich mit dem Auto von der Seniorenwohnanlage auf die Straße in Richtung City einbog.

»Am Rathauscafé.«

Mein Blick streifte das Häuschen der Bushaltestelle, das gleichzeitig mit dem Bau des Zentrums angelegt worden war. Um ein Haar hätte ich eine Vollbremsung hingelegt. Paul im schicken, dunklen Anzug, ohne Gerda? Das hatte ich noch nie erlebt.

Kapitel 4

Meine Emails zu checken, war völlig in Ordnung, beruhigte ich mich und rief den Internetbrowser auf. Außerdem könnte ich nachsehen, ob der Gästezähler meiner Homepage neue Einträge registriert, jemand auf meiner Facebookseite gepostet oder es weitere Kundenrezensionen auf Amazon gegeben hatte. Ich musste schließlich auf dem Laufenden bleiben. Das waren Verwaltungsarbeiten, das gehörte zu meinem Job. Meine Finger erstarrten über der Tastatur. Aber doch nicht alle fünf Minuten! Ich war schließlich keine berühmte Schriftstellerin, deren Bücher im Sekundentakt über den Ladentisch gingen, sondern lediglich eine von vielen Krimiautorinnen, die zweihundert Jahre leben mussten, um von ihrem Honorar einen Urlaub bezahlen zu können.

Von meinem Schreibtisch aus warf ich einen Blick in den Garten. Ein paar Spatzen lärmten in der Birke von Herrn Wittmann, und das Plätschern unseres Springbrunnens drang durch das gekippte Fenster bis zu mir nach oben ins Arbeitszimmer. Kein Wunder, dass mir nach anderthalb Stunden immer noch eine weiße Seite auf dem Bildschirm des Laptops entgegengrinste. Wie sollten mir bei dieser Idylle blutige Mordszenen, Banküberfälle mit Geiselnahme oder

Attentate auf Atomkraftwerke einfallen? Selbst Herr Wittmann, der weiterhin unsere Samstagszeitung schnorrte und sich gelegentlich an unserem Obst vergriff, eignete sich allenfalls als nervige Nebenfigur.

Ich starrte auf das Kreuz in meinem Kalender. Blutrot leuchtete es mir entgegen, wie ein Hinweis auf eine Hinrichtung. Und das würde es auch werden, meine eigene. Am liebsten hätte ich die Stirn auf die Tastatur gehämmert, am besten gleich mehrmals. Irgendwie musste es doch möglich sein, meine Gehirnzellen zur Produktion von Ideen zu animieren. Mir reichte es völlig, dass meine Eierstöcke schlapp machten, da musste nicht auch noch meine Kreativität auf der Strecke bleiben.

Ich atmete tief durch die Nase in den Bauch, öffnete den Mund und ließ die Luft langsam wieder ausströmen. Beruhigen, entspannen. Eigentlich war ich schon tot. Einatmen, ausatmen. Das zumindest hatte meine Lektorin mir vor zwei Wochen angedroht, wenn nicht bis heute ein Exposé und die ersten drei Kapitel auf ihrem Schreibtisch liegen würden. Fatalerweise saß Kriminalhauptkommissarin Stefanie Schöller immer noch tatenlos in ihrem Büro. Ihre ersten beiden Fälle hatte sie mit Sachverstand, logischen Schlussfolgerungen und einem hohen Maß an Empathie aufgeklärt, aber nun saß sie gelangweilt an ihrem Schreibtisch und hatte vom übermäßigen Kaffeekonsum eine Magenschleimhautentzündung.

Ich vergrub meinen Kopf in den Händen und spürte fast körperlich, dass mein Problem von Sekunde zu Sekunde in Richtung unlösbar marschierte. In einem Umfang von vierhundert Seiten sollte Kommissarin Schöller ihren neuesten Fall aufklären. Bis zum Abgabetermin hatte ich dafür, abzüglich der

Wochenenden, Arzt- und Geburtstagstermine, sowie unseres Jahresurlaubs, genau 161 Tage Zeit. Das reichte bei meinem momentanen Schreibtempo nicht mal für einen Kurzkrimi in einer Klatschzeitung.

Stöhnend lehnte ich mich im Stuhl zurück und starrte auf die Regalwand neben mir, in der sich über fünfhundert Bücher aneinanderreihten. Woher nur hatten all diese Autoren ihre Ideen genommen? Wie so oft in letzter Zeit sehnte ich mich nach meinem alten Job zurück, einer Stelle als Redakteurin in einer täglich erscheinenden Lokalzeitung mit vorgegebenem Themenbereich. Manchmal vermisste ich auch die Außentermine, die Begegnung mit interessanten Menschen und Kollegen, mit denen ich mich austauschen konnte.

Nach der Geburt der beiden Kinder war der Vollzeitjob nicht mehr möglich gewesen, und eine halbe Stelle konnte man mir nicht anbieten. Daher hatte ich schweren Herzens beschlossen, meine Arbeit aufzugeben und erst mal zu Hause zu bleiben. Später war die Rückkehr in den Beruf aussichtslos. Wer nahm schon eine Wiedereinsteigerin kurz vor der Menopause, die sich zehn Jahre lang nichts anderes als Gute-Nacht-Geschichten für ihre Kinder ausgedacht hatte? Irgendwann begann ich zu schreiben. Am Anfang Kurzgeschichten, dann Fantasyromane, die allesamt in der Schublade vergammelten. Die Wende kam erst, als Stefanie Schöller in mein Leben trat. Plötzlich interessierte sich die Verlagswelt für meine ehrgeizige Hauptkommissarin, deren Ziel es war, zur ersten Polizeipräsidentin der Hauptstadt ernannt zu werden. Hochmotiviert hatte ich ihre Pläne unterstützt und ihren Namen mithilfe von zwei genial gelösten Kriminalfällen, in die Köpfe ihrer

Vorgesetzten katapultiert.

Seufzend lehnte ich mich zurück. Und nun das! Meine seit Monaten anhaltende Ideenlosigkeit würde nicht nur zum Karriereknick der Kommissarin führen, sondern auch zu meinem eigenen. Für den Verlag wäre ich gestorben, wenn ich den dritten Band nicht liefern würde. Meine Laufbahn als Schriftstellerin konnte ich unter dem roten Kreuz in meinem Kalender begraben.

Hinter meinen Augen begann es zu brennen. Auf gar keinen Fall wollte ich zurück in die KKk-Falle: Kinder, Küche, keinen Cent selbstverdientes Geld in der Tasche. Ich brauchte eine Aufgabe, die mich ausfüllte, schließlich würde mich auch Luca bald verlassen. In Gedanken sah ich mich schon meine Bücher alphabetisch nach Autoren ordnen, die Lebensmitteldosen im Vorratsraum zu Pyramiden stapeln und das Altpapier nach Datum sortieren. Letzte Woche hatten sie in Lucas Ethikstunde über die Rollenverteilung in der Familie diskutiert. Mein Sohn hatte mir das Ergebnis mit einem Satz präsentiert *»In unserer Leistungsgesellschaft bist du als Hausfrau nur das Staubkorn eines Staubkorns«*. Und ich hasste Staubkörner! Jetzt liefen die Tränen in Strömen, keine Chance mehr sie aufzuhalten. Ich schluchzte um mein Leben und das von Kommissarin Schöller. Diese mit den Wechseljahren einhergehenden Stimmungsschwankungen und das Geheule um jeden Pipifax, nervten mich unendlich. Aber meine berufliche Existenz war schließlich auch kein Kinderkram, entschuldigte ich meinen Gefühlsausbruch. Außerdem liebte ich es, Geschichten zu erfinden, schon deshalb musste ich um jeden Preis dieses Manuskript abliefern.

Wütend fegte ich das Programmheft von gestern Abend quer über den Schreibtisch. Aufgeklappt blieb es vor dem Tischkalender liegen und die Werbeanzeige der Detektei Deffner sprang mir erneut ins Auge. Ich gab einen erstickten Laut von mir. In deren Aktenschränken stapelte sich vermutlich Stoff für tausend Krimis, Material über menschliche Tragödien und kriminelle Abgründe - wie geschaffen für Kommissarin Schöller. Solche Dramen bräuchte ich für ihre und meine Karriere.

Ich starrte minutenlang auf die Anzeige, las jedes Wort zweimal und plötzlich blitzte in meinem Kopf die Idee wieder auf, die bereits in der Oper ihren Anfang genommen hatte. Innerhalb von Sekunden entwickelte ich den Gedanken zu einem absolut genialen Plan, der meine Protagonistin wieder zurück ins Rennen um den Posten des Polizeipräsidenten schicken würde. Ich musste mir Zutritt zu einer Detektei verschaffen! Mit dem Ärmel wischte ich mir die Tränen aus dem Gesicht. In meiner Vorstellung sah ich mich schon an Schubladencontainern in Aktenmappen schnüffeln und Fotos mit dem Smartphone von den Unterlagen machen. Natürlich heimlich und immer mit wachsamem Blick auf die Tür. Aber wie kam ich an eine Detektei? Als Mandantin hatte ich keine Chance an die Aufträge zu gelangen, ich musste schon Mitglied des Teams werden, zeitlich begrenzt. Was tat man, wenn man in einen Beruf reinschnuppern wollte? Man bewarb sich um einen Praktikumsplatz. Mit neuem Elan schnappte ich mir das Telefon und wählte die Nummer aus dem Opernführer.

»Detektei Deffner. Sie sprechen mit Alina Schuster. Was kann ich für Sie tun?«

»Ähem«, hüstelte ich, »ich würde gerne ein Praktikum bei Ihnen machen.«

»Tut mir leid, aber wir vergeben grundsätzlich keine Praktikumsplätze.«

Das wäre ja auch zu schön gewesen, wenn ich gleich beim ersten Versuch gepunktet hätte. Ich verabschiedete mich, googelte nach weiteren Detekteien in unserer Stadt und griff erneut zum Hörer. Drei von ihnen boten ebenfalls keine Praktika an, zwei nur in den Osterferien, bei einem erreichte ich lediglich den Anrufbeantworter, und der letzte fragte mich doch tatsächlich nach meinem Alter. Es war aber auch zu albern. Ein Praktikum mit achtundvierzig!

Ich ließ mich in den Stuhl zurückfallen und pfefferte den Opernführer in den Papierkorb. Auf was für absurde Einfälle man doch kam, wenn man verzweifelt war.

Missmutig guckte ich in den Garten. Ein Vogelschwarm flatterte plötzlich aus dem Kirschbaum, und ich drückte mich ein paar Zentimeter aus dem Stuhl, um die Ursache ihres Abflugs zu ergründen. Grimmig schüttelte ich den Kopf. Herr Wittmann hockte in beigefarbenen Shorts, braunen Sandalen und mit einem Eimer bewaffnet auf einem höher gelegenen Ast des Obstbaumes. Seine mit ausgeleierten Socken bestrumpften Beine baumelten hektisch hin und her, während er seinen Arm teleskopartig ausfuhr, um an die Kirschen zu gelangen. Es sah nicht wirklich gesund aus und offenbar wusste er nicht, dass in die Jahre gekommene Kirschbäume brüchig wurden und kein gutes Klettergerüst abgaben. Ich gönnte ihm die Kirschen wirklich von Herzen, na ja fast, aber ich hatte keine Lust auf Krankenwagen, Notarzt, Schmerzensschreie und schon gar nicht darauf, Herrn Wittmanns Kater Balduin als Pflegefall an der Backe zu haben. Das Tier, schwarz wie des Teufels Seele, respektierte in keinster Weise das Eigentum anderer Leute. Was es zwischen seinen Krallen bekam, wurde entweder gefressen, zerfetzt oder abtransportiert.

Seufzend stieg ich die Treppe runter und kühlte im Bad meine verheulten Augen mit Wasser. Anschließend öffnete ich die Tür zum Garten und schlich mich über den Rasen in Richtung Kirschbaum. Ich musste umsichtig vorgehen, Herr Wittmann war nicht mehr der Jüngste. Seit vierzig Jahren lebte der pensionierte Finanzbeamte und eiserne Junggeselle in dem Einfamilienhaus, das neben unserem quadratischen, zweistöckigen Haus, wie eine Kinderschuhschachtel wirkte.

»Halloooo!«, rief ich vorsichtig, aber Herr Wittmanns Beine ließen nicht darauf schließen, dass er mich gehört hatte. Abgerissene Blätter trudelten mir entgegen, als ich mich mit verschränkten Armen an den Baum lehnte und zu unserem Nachbarn hochsah, der eine Handvoll Kirschen nach der anderen in den Eimer schaufelte. Ich hatte keine Ahnung, wie er dort oben hingekommen war, aber es musste mit seiner ehemaligen Karriere als Kunstturner zusammenhängen, von der er uns immer wieder mit leuchtenden Augen vorschwärmte.

»Guten Morgen, Herr Wittmann«, sagte ich etwas schärfer.

Die Sandalen zuckten kurz, der langgestreckte Arm fuhr hastig zurück und zwei Kirschen plumpsten mir vor die Füße. Ein paar Zweige teilten sich und Herr Wittmann lugte durch die Blätter zu mir nach unten.

»Hallo, … Frau Wenzel.« Sein Gesicht wurde so bleich wie seine Wadenbeine. »Es ist nicht das, wonach es aussieht.«

Ich verkniff mir ein Grinsen. »Was ist es dann?« Mit spitzen Fingern hob ich eine der Kirschen auf, die vor meinen Füßen lagen und streckte ihm das Corpus Delicti entgegen, prall, dunkelrot und ohne jeden Schönheitsfehler.

»Nun, äh«, stammelte er und kletterte so schnell vom Baum, dass mir fast schwindelig wurde. Mit einer formvollendeten Verbeugung überreichte er mir den randvollen Eimer, wobei sein Blick sehnsüchtig die reifen Früchte streifte. »Ich habe mir überlegt, dass ich Ihnen bei der Kirschernte helfe, da Sie mir freundlicherweise jeden Samstag Ihre Zeitung überlassen.«

Gut gebrüllt Löwe, dachte ich und nahm den Eimer entgegen. »Das ist wirklich nett von Ihnen, allerdings ist der Baum an manchen Stellen brüchig. Wenn Sie uns unbedingt unterstützen möchten, würde ich vorschlagen, dass Sie am Samstagvormittag vorbeikommen und meinem Mann die Leiter halten.« Ich jubilierte innerlich. Welch ein geschickter Zug von mir, würde es mir doch Zeit zum Schreiben einräumen.

Herr Wittmanns Kinnlade sackte auf die Brust. »Nun ja, eigentlich ...«

»Sicherlich fällt dabei auch die eine oder andere Kirsche für Sie ab«, lockte ich ihn, und hielt ihm ein besonders knackiges Exemplar unter die Nase.

»Gut, abgemacht«, antwortete unser Nachbar, drehte sich um und stolperte beinahe über Balduin, der aus unsere Küche schoss, als wäre ein Kampfhund hinter ihm her.

So ein Mist! Ich hatte gegen den obersten Paragraphen unseres Familiengesetzes verstoßen: Niemals durfte eine Tür zum Garten oder zur Straße ohne Aufsicht eines Familienmitglieds, offengelassen werden. Das letzte Mal war mir noch dramatisch in Erinnerung. Der Kater hatte nicht nur meine Sofakissen und Vorhänge zu Stoffstreifen verarbeitet, sondern auch meinen neuen, roten Spitzen-BH aus dem Schlafzimmer entwendet und ihn unseren linksseitigen Nachbarn, dem Ehepaar Pawlowski, untergejubelt. Das wiederum brachte Herrn Pawlowski in arge Erklärungsnot und solange Balduins Intrige nicht aufgedeckt war, musste Herr Pawlowski täglich Abbitte leisten, einkaufen, kochen, Schuhe putzen und seiner Frau dreimal täglich die Füße massieren.

Mit einer unguten Vorahnung stürzte ich ins Haus und scannte im Quadrat- und Sekundentakt Küche, Ess- und Wohnzimmer ab. Erleichtert atmete ich auf. Balduin hatte uns diesmal verschont. Auf den Schreck brauchte ich erst mal etwas Süßes, so eine geniale Erfindung wie Schokolade, Schokoküsse, Schokobananen, Schokolinsen oder Schokokekse.

In der Küche öffnete ich alle Schränke, durchwühlte die Speisekammer, kramte in den Schubladen, sogar in denen mit Besteck, durchforstete meine zehn Geheimverstecke und musste mir irgendwann eingestehen, dass außer den vertrockneten Marshmallows, die ich hinter den Gewürzen gefunden hatte, keine Süßigkeiten und schon gar keine Schokoladentafeln aufzutreiben waren. Aber ich brauchte Zucker. Unbedingt und sofort, als Treibstoff für mein Gehirn, um endlich den entscheidenden Geistesblitz für die arbeitslose Kommissarin zu bekommen.

Enttäuscht zog ich ein Stück Mäusespeck aus der offenen Tüte. Normalerweise war er weich und fluffig und zerging auf der Zunge. Dieser hier war so hart wie der Küchenstuhl, auf den ich sackte. Plötzlich fiel mir ein, dass wir letztes Jahr im Garten über der Feuerschale Marshmallows geröstet, und die unglaublich gut geschmeckt hatten. Okay, ein offenes Feuer in der Küche war keine gute Idee, eine Mikrowelle besaßen wir nicht und über einer Kerze würde es zu lange dauern. Mein Blick fiel auf den Toaster. Das war es! Ich kramte einen Schaschlikspieß aus einer Schublade, spießte das Marshmallow auf, drückte die Taste des Toasters nach unten und hielt den Spieß über die beiden Schlitze. Gleichmäßig drehte ich den Mäusespeck über der aufsteigenden Hitze und schon nach kurzer Zeit stieg mir der Duft von karamellisiertem Zucker in die Nase.

Ich konnte es kaum abwarten, in die aufgeblähte Masse zu beißen. An manchen Tagen hatte ich den Eindruck, dass mit dem Abfall des Östrogenspiegels mein Bedarf an Zucker überproportional gestiegen war. Mit geschlossenen Augen ließ ich meine Zunge durch die süße Masse kreisen. Ich röstete mir ein weiteres Marshmallow, dann noch eins, ein viertes, fünftes …, bis mein ganzer Mund zusammenklebte und mein Magen rebellierte. Was zum Teufel taten die Hersteller eigentlich in diese Dinger?

Ich schleppte mich zurück an den Schreibtisch und starrte genauso unkreativ auf den Bildschirm wie Kommissarin Schöller. Der einzige Unterschied zwischen uns beiden war, dass sie Kollegen hatte, die ihr beistehen konnten. Ich setzte mich aufrecht hin. Natürlich! Was macht man mit Kollegen am liebsten? Meine Finger sausten über die Tastatur. Sollte

Kommissarin Schöller doch erst mal eine Runde tratschen gehen. Kurzerhand ließ ich sie ins Nebenzimmer wandern und die Story vom Kirschendieb erzählen.

Ich machte mir keine Sorgen darüber, dass Herr Wittmann sich wiedererkennen könnte. Bisher hatte er nie durchblicken lassen, dass er meine Bücher las. Vom kriminellen Nachbarn zog sich der Klatsch über den unbeliebten Polizeipräsidenten, bis hin zur neuen Gespielin des Bürgermeisters. Ich hielt inne. Sollte ich seine Ehefrau aus Eifersucht Amok laufen lassen? Welche Frau ließ sich schon gerne durch eine jüngere austauschen? Erst recht nicht eine Frau im Klimakterium, wenn es einem so richtig dreckig ging, man stundenlang grundlos heulen könnte und sich mit Handschellen an der Heizung festketten musste, um nicht die ausgezogenen Kinder zurückzuholen. Da erwartete man von seinem Partner Verständnis, liebevolle Zuwendung und Notlügen wie *»Du bist immer noch ein heißer Feger«* und *»Dein Po ist so knackig wie meiner«*. Ich dachte mich zusehends in Rage. Typisch Mann! Da brachte man seine Kinder zur Welt, opferte sich für die Familie auf, um letztendlich durch eine Barbiepuppe in der Besenkammer ersetzt zu werden.

Nur gut, dass Richard von ganz anderem Kaliber war. Der hatte nichts mit diesen Bierbäuchen am Hut, die sich aus dem Staub machten, wenn das Eheversprechen in die bösen Tage rutschte.

Kapitel 5

»Mama?«

Luca? War es schon so spät? Seufzend drückte ich die Energiespartaste des Laptops. Kommissarin Schöller war zwar endlich aus ihrer Apathie erwacht, aber Blut spritzte immer noch keins.

Ich machte mich auf den Weg in die Küche, in der Luca wie ein Hund mit erhobener Nase durch die Gegend schnupperte.

»Warum riecht das hier so gut? Irgendwie nach Weihnachtsplätzchen.«

Dass der Duft der gerösteten Marshmallows in der Luft hing, würde ich ihm nicht unter die Nase reiben, sonst konnte ich ein gesundes Mittagessen vergessen. Ich zuckte mit den Schultern. »Das ist wahrscheinlich der Toast von heute Morgen. Was hältst du von einem Omelette mit Schinken und Paprika?«

Luca nickte, hockte sich an den Esstisch und kramte sein Smartphone aus der Hosentasche.

Ich setzte die Pfanne auf den Herd, holte die Eier aus dem Kühlschrank und stellte die Rührschüssel bereit. »Wie ist Latein gelaufen?«

»Keine Ahnung.«

»Was hast du für ein Gefühl?« Ich fummelte die Rührstäbe in den Mixer und drehte mich zu ihm.

»Keine Ahnung.« Luca sah nicht mal auf, tippte

nur auf dem Ding herum, und ich war mir nicht sicher, ob meine Fragen überhaupt an der richtigen Stelle seines Gehirns angekommen oder im pubertären Nichts versickert waren. Ich würde es später noch mal versuchen, so in ein bis zwei Jahren.

Das Öl in der Pfanne brutzelte vor sich hin. Kommissarin Schöller liebte Omelette in allen Variationen. Manchmal nahm sie sogar ein paar vom Vortag mit ins Büro.

Ich nahm drei Eier in die Hand und kurbelte meine Fantasie an. Was sollte denn jetzt mit dem Bürgermeister passieren? Seine Geliebte könnte sich als Edelnutte entpuppen, die ihn mit eindeutigen Sexfilmchen erpressen wollte, und er würde sie mit Hilfe eines Auftragskillers in der Spree versenken.

Seufzend schüttelte ich den Kopf. Wie langweilig! Alles schon mal dagewesen.

»MAMA! Was machst du da?«

Ungläubig sah ich zu, wie das Eigelb über den Rand der Arbeitsplatte kippte, sich auf dem Weg nach unten einmal um sich selbst drehte und auf meinen rotlackierten Fußnägeln zerplatzte.

Luca sprang auf, hastete zu mir und hielt mit beiden Händen die anderen zwei aufgeschlagenen Eier fest, die sich ebenso wie ihr Vorgänger über die Klippe stürzen wollten. Kopfschüttelnd beförderte er die klibbrige Masse in die Rührschüssel. »Wieso schlägst du die Eier nicht über der Schüssel auf?«

Tja, das hätte ich auch gerne gewusst. Ich bewegte meine Zehen in den Flipflops. Es fühlte sich an, als wäre ich in eine Qualle getreten.

»Mensch Mama, wenn du dein Arbeitszimmer verlässt, musst du Kommissarin Schöller darin einschließen. Wie oft habe ich dir das schon gesagt?«

»Ja, ja«, meckerte ich. »Ich kann nicht auf Knopfdruck aus der Geschichte raus. Sie beschäftigt mich, sie lebt mit mir, so lange, bis sie fertig ist.«

»Und du tot im Acker liegst.«

War ja klar, dass Luca mir wieder den alten Unfall aufs Butterbrot schmieren musste. Nur weil ich einmal ein Stoppschild überfahren hatte und durch mein Ausweichmanöver in einem Rübenacker gelandet war. Zu der Zeit war Kommissarin Schöller gerade über ihre erste Leiche gestolpert.

»Oder du dir Schmerzgel statt Zahncreme auf die Zahnbürste streichst, oder mir eine Flasche Ketchup statt Apfelsaftschorle mit in die Schule gibst«, zählte Luca meine weiteren Verfehlungen auf.

Zum Glück wusste er nichts davon, dass ich letztes Jahr im Morgenmantel beim Bäcker gewesen war.

»Ich brause meine Füße ab«, murmelte ich und schlurfte zum Badezimmer. Bei jedem Schritt quietschte das Ei zwischen meinen Zehen. Ich hockte mich auf die Badewanne und hievte meine Beine über den Rand.

»LUUUCAAA!«

Mein Sohn stürzte zu mir ins Bad, als müsse er die nächste Katastrophe verhindern.

»Was macht die Maus in der Badewanne?« Streng sah ich ihn an und zeigte mit dem Finger auf eine braungraue Waldmaus, die über dem Ausguss hockte und uns mit großen Augen anstarrte.

»Ist die süß.« Luca kauerte sich vor die Wanne. »Ich werde sie Mausi nennen.«

Ich warf ihm einen mitfühlenden Blick zu. Leider hatte mein Sohn nichts, aber auch gar nichts von meiner kreativen Ader geerbt. »Hast du sie mit nach Hause gebracht?«

»Nein, hab ich nicht.« Er streckte eine Hand nach ihr aus. »Ich nehme Mausi mit in mein Zimmer und baue ihr ein kleines Häuschen.«

»Auf gar keinen Fall! Und lass die Finger von ihr. Vielleicht ist sie krank.« Ich überlegte. »Wenn du es nicht warst, wer war es dann?«

Wir sahen uns an und antworteten wie aus einem Mund: »Balduin!«

»Verstoß gegen §1 des Familiengesetzes?« Luca hörte sich an wie ein Richter des Obersten Gerichtshofs.

Ich nickte, peinlich berührt.

»Zur Strafe musst du mir zum Nachtisch ein Rieseneis spendieren.« Luca klopfte mir auf die Schulter, während ich von der Badewanne zum Waschbecken humpelte und meinen Fuß samt Flipflop unter dem Wasserhahn einseifte.

»Es hätte schlimmer kommen können«, tröstete er mich. »Stell dir mal vor, es wäre eine Ratte gewesen.«

Den Tag hätte Balduin definitiv nicht überlebt.

»Hol zwei Paar Gartenhandschuhe aus dem Schuppen«, bat ich Luca. »Wir müssen das Mäuschen einfangen.«

Nach mehreren ergebnislosen Versuchen hockten wir nebeneinander auf dem Boden und schnauften erst mal gründlich durch. Entweder war Mausi über unsere Hände gehüpft, untendrunter abgetaucht oder wie wild durch die Wanne geschlittert.

Ich warf Luca einen Seitenblick zu. »Können Mäuse schwimmen?«

»Was hast du vor?« Empört richtete er sich auf.

»Wenn Wasser in der Wanne ist, kann sie nicht weglaufen.«

»Aber sie kann vor Panik tot umfallen«, regte er

sich auf.

»Wir können auch Balduin holen und ihn sein Werk vollenden lassen«, murmelte ich grimmig.

Mein Sohn schleuderte mir einen bösen Blick entgegen, und ich verwarf den Gedanken sofort wieder. Er hatte recht, das wäre Mausi gegenüber nicht fair.

»Okay, dann Eimer, Speck und Käse«, ordnete ich an und stand auf, um die Sachen zu holen.

Das Mäuschen musste sehr hungrig sein. Es dauerte keine dreißig Sekunden, bis es sich über die Leckereien hermachte, und wir es nach draußen transportieren konnten.

Luca stellte den Eimer auf den Terrassentisch. »Wo sollen wir sie rauslassen?«

»Am besten im hinteren Teil des Gartens«, schlug ich vor. »Hast du Balduin irgendwo gesehen?« Suchend sah ich mich um. Wir mussten unter allen Umständen verhindern, dass der Kater sich sein Spielzeug zurückeroberte.

Luca zuckte nur mit den Schultern. »Wahrscheinlich schlummert er in der Hollywoodschaukel von Pawlowskis.«

Das glaubte ich kaum. Seit der Sache mit dem BH, hatte sich das Ehepaar verbarrikadiert.

»Mausi frisst noch.« Grinsend beugte Luca sich über den Eimer. »So gute Sachen hat sie vermutlich noch nie gegessen.« Er machte es sich auf einem Gartenstuhl bequem. »Wir warten so lange, bis sie alles verputzt hat.«

Ich schielte auf meine Armbanduhr. Die Zeit wurde langsam knapp. »Lass uns schon mal zur hinteren Hecke laufen«, wandte ich ein und streckte die Hand nach dem Henkel aus. Mein Blick richtete sich auf das Mäuschen am Eimerboden, das auf den

Hinterpfoten selig vor sich hinschlemmte, als der Eimer plötzlich mit einem gewaltigen Tatzenhieb aus meinem Blickfeld verschwand, und stattdessen Balduin fauchend auf dem Tisch vor mir auftauchte.

»NEEEIIIN! Mausi stirbt!« Luca hockte auf den Boden. Das Mäuschen kauerte orientierungslos vor ihm und pumpte wie ein Maikäfer.

Mein Blick glitt zurück zu Balduin. Seine Augen signalisierten: »*Lass die Finger von meinem Eigentum*«.

»Pass auf! Er kommt!«, konnte ich gerade noch brüllen, bevor der Kater sich vom Tisch stürzte.

Luca warf sich über Mausi und versuchte krampfhaft keine Lücke freizulassen, während Balduin um ihn herumschlich und darauf wartete, dass sein Mittagessen irgendwo herausschlüpfte.

»Mama, hilf mir!«

Was wäre ich für eine schlechte Mutter, wenn ich nicht mit allen Mitteln versuchen würde, der neuen Liebe meines Sohnes das Leben zu retten.

Ich eilte zum Gartenschlauch, zerrte ihn hinter mir her, drehte das Wasser auf und zielte auf die beiden Knäuel am Boden. Schon beim ersten Wassertropfen wirbelte Balduin um seine eigene Achse und hetzte über den Gartenweg, der Wasserstrahl hinter ihm her. Mit einem Satz sprang der Kater auf die Schulter eines hellrotgeblümten Sommerkleides und rettete sich mit einem weiteren Sprung auf unsere Garage. Die Rosen auf dem Oberkleid des Kleides färbten sich dunkelrot, und die sonst so gepflegten Haare meiner Schwiegermutter nahmen die Form von gewaschenem Schnittlauch an.

»Luise! Was geht hier vor?«

Der Gartenschlauch glitt mir aus der Hand und das Wasser sickerte über die Steine ins Gras. Dieser

Tag verschlechterte sich gerade um zweihundert Prozent.

»Gerda, was, … was machst du denn hier?«, stotterte ich.

»MAMA! Was soll ich mit Mausi machen?«

Ich drehte mich zu Luca um, der weiterhin schützend über der Maus auf dem Boden kauerte. Das Wasser tropfte aus allen Fäden seines T-Shirts und der Jeans.

»LUISE!«

Ich wirbelte zurück zu Gerda, deren Augen herumrollten, als wäre sie vor den Kirschbaum gerannt.

»MAAAMAAA!«

Mir wurde fast schwindelig von der ganzen Dreherei. Ich musste Prioritäten setzen. Hastig lief ich zu Luca und kniete mich neben ihn. »Lebt sie noch?«

Er nickte selig, und dafür liebte ich ihn umso mehr.

»Lass Mausi einfach frei«, schlug ich vor. »Sie hat genug Zeit, sich zu verstecken. Balduin sehen wir so schnell nicht wieder. Der muss sich erst von der Dusche erholen.«

Luca richtete sich auf. Mausi auch. Sie warf ihm einen letzten, wie mir schien, verliebten Blick zu und verschwand mit ein paar Hüpfern durch den Zaun von Pawlowskis.

»Dreh bitte den Wasserhahn zu und hol Oma Gerda ein Handtuch«, flüsterte ich Luca ins Ohr und half ihm beim Aufstehen.

»LUIIISEEEE!«

Die Tonlage meiner Schwiegermutter erinnerte mich an Aidas Sopran.

»Wie lange willst du mich hier noch stehen lassen?«

Bis die Müllabfuhr kommt und dich entsorgt, war mein erster Gedanke, böse Schwiegertochter mein zweiter, und, es ist die Mutter deines geliebten Ehemannes, mein dritter. Mit einem lahmen Lächeln wandte ich mich ihr zu. »Tut mir wirklich leid, aber du hättest klingeln und nicht durch den Garten kommen sollen.«

»Ich habe geklingelt, mindestens fünfmal.«

»Na ja, du hast ja gesehen, was hier los war. Dann haben wir es wohl nicht gehört.«

»Gesehen? Dieses Vieh hätte mich beinahe umgebracht.« Sie warf mir einen eisigen Blick zu. »Und du mich mit einem Wasserwerfer ertränkt.«

»Möchtest du dich umziehen?«

»Du hast ja sowieso nichts, was mir passt«, giftete sie, und ich überlegte ernsthaft, ob ich den Wasserhahn wieder aufdrehen sollte.

»Dann setz dich erst mal hin«, seufzte ich und schielte erneut auf meine Armbanduhr. Es blieben mir noch dreißig Minuten.

Luca trat hinter Oma Gerda und legte ihr fürsorglich ein Handtuch über die Schultern, wofür er einen dankbaren Blick von ihr einheimste. Einen weiteren bekam er von mir, als er vorschlug, sich sein Omelette selbst zu braten.

»Richard war in deinem Alter genauso ein höflicher Junge.« Gerda tätschelte den Arm ihres Enkels, und Luca flüchtete, mehr oder weniger begeisternd grinsend, in die Küche.

»Gibt es einen besonderen Grund für deinen Besuch?«, fragte ich und setzte mich ihr gegenüber. Ich konnte mich nicht daran erinnern, dass Gerda jemals alleine bei uns gewesen war.

»Ich suche Paul.« Sie stellte ihre Handtasche auf

den Schoß und klammerte sich an die Bügel.

Es überrollte mich eine äußerst unehrenhafte Schadenfreude, als ich an meinen herausgeputzten Schwiegervater im Wartehäuschen der Bushaltestelle dachte, und ich verkniff mir die Frage, ob Paul jemals in New York, auf Hawaii oder in San Francisco gewesen war. »Was ist denn passiert?«, fragte ich stattdessen.

»Heute Morgen habe ich etwas länger geschlafen als üblich, und als ich aufgestanden bin, war er weg.« Über ihr Gesicht huschte ein Hauch von Verzweiflung, und sie tat mir fast ein wenig leid. Fast.

»Vielleicht hatte er einen Arzttermin und wollte dich nicht wecken?«

Gerda schüttelte nachdrücklich den Kopf, wobei Wassertropfen aus ihren Haaren in alle Richtungen spritzten. »Ich kenne seine Termine.«

Offensichtlich nicht, dachte ich und überlegte, ob ich ihr von Paul im Wartehäuschen erzählen solle. Ich entschied mich dagegen. In was für Aktionen auch immer mein Schwiegervater verwickelt war, ich würde mich nicht einmischen. »Und warum suchst du ihn bei uns?«

Sie zuckte mit den Schultern. »Richard hat ihm gestern Abend etwas von Kirschen pflücken erzählt. Es hätte ja sein können, dass er euch helfen wollte.«

Ich zog scharf die Luft ein. Das hätte mir gerade noch gefehlt. Ich brauchte keinen zweiten Rentner, der dachte, er wäre Fabian Hambüchen. »Hast du versucht, ihn telefonisch zu erreichen?«

Gerda schüttelte erneut den Kopf. »Er hat unser Handy mitgenommen und einen Festnetzanschluss haben wir nicht mehr.« Sie klang, als hätte Paul ihr Sparschwein mit den gesamten Ersparnissen geklaut.

Ich sprang auf, holte mein Smartphone aus der Küche und wählte die Nummer meiner Schwiegereltern.

Hoffnungsvoll beugte Gerda sich vor. »Ist er dran?«

»Nur die Mailbox. Mach dir keine Sorgen«, beruhigte ich sie. »Vielleicht ist er schon wieder zu Hause. Ich muss sowieso in die Stadt und kann dich am Seniorenzentrum rauslassen. Gib mir zehn Minuten.«

»Fünf!«

Bevor ich mich umzog, checkte ich kurz meine Emails. Die Zeit musste sein. Und ich wurde fündig. Eine Buchhandlung aus einer fünfzig Kilometer entfernten Stadt suchte kurzfristig Ersatz für eine erkrankte Autorin. Ich freute mich und sagte den Lesungstermin sofort zu. So kam ich mal wieder mit meinen Lesern in Kontakt und würde zusätzlich ein ordentliches Honorar kassieren.

Zehn Minuten später stand ich in Sommerrock und Bluse, bepackt mit einer Sporttasche, vor Gerda. »Es kann losgehen«, flötete ich. Kommissarin Schöller hin oder her, der Dienstagnachmittag mit meinen beiden Freundinnen war mir heilig.

Kapitel 6

Rechts von mir schleuderte Ulla ihre Arme gleichzeitig auf und ab und schnaufte wie ein Blasebalg. Wir wärmten uns mit Bhastrika-Atemübungen auf. Dafür mussten wir kräftig durch die Nase ausatmen, den Bauch aktiv nach innen einziehen, kräftig einatmen und den Bauch wieder nach außen drücken. Es hatte ungefähr drei Übungsstunden gedauert, bis ich die Koordination auf die Reihe bekommen hatte. Ulla hatte doppelt so lange gebraucht, was sie auf ihre etwas fülligere Figur schob, die sie laut eigenen Angaben einfach nicht in den Griff bekam. Ganz im Gegensatz zu Michaela an meiner linken Seite, die gleichzeitig zum Sonnengruß einen Hula-Hoop-Reifen kreisen lassen und ein paar Teller auf dem Kopf jonglieren könnte. Ihre Modelmaße unterstrich sie durch ein enganliegendes, neongelbes Tanktop, für dessen Anblick man eine Sonnenbrille brauchte.

Ein angenehm kühler Luftzug wehte durch die Fenster des Gesundheitszentrums, bauschte die bodenlangen Gardinen auf und machte die Sommerhitze in dem hellen Raum etwas erträglicher.

Seit zwei Jahren besuchten wir jeden Dienstag den Hormon-Yogakurs für Frauen in den Wechseljahren und hofften, dass die Übungen durch die Anregung der Eierstöcke, Schilddrüse und Nebennieren unsere Östrogene positiv beeinflussen würden.

»Einatmen. Atem anhalten.« Unsere Yogalehrerin mischte sich in meine abschweifenden Gedanken. »Beckenboden ganz fest nach oben ziehen, noch ein bisschen, noch ein bisschen und dann zum linken Eierstock ausatmen.«

Die Sache mit dem Ausatmen durch irgendwelche anderen Körperteile als Mund und Nase, hatte ich nie wirklich begriffen, aber ich gab mein bestes, um Sauerstoff in die stillgelegten Produktionsorte meiner Eizellen zu pumpen.

Kurz darauf lag ich wie ein umgedrehter Käfer auf der Isomatte. Die ›Welle der Schönheit‹ war eine meiner Lieblingsübungen. Ich umschlang meine Beine und atmete zu Gesicht und Haaren aus. Hierbei gab ich mir immer besonders viel Mühe. Wenn man wusste, dass sich das Äußere nicht mehr zum Besseren ändern würde, dann blieb einem nur die Chance zur Schadensbegrenzung. Ich atmete, was das Zeug hielt und bedachte dabei besonders meine Krähenfüße an den Augen.

Die nachfolgende Übung galt der Steigerung der Libido. Ulla neben mir gab richtig Gas. Sie knallte ihre Fersen und Unterschenkel gegen den Po, als würde es kein Morgen mehr geben.

Dass mit der Libido war in ihren Augen sowieso ein biologisches Ungleichgewicht, bei dem die Natur einen erheblichen Korrekturbedarf hatte. Sie musste es wissen, schließlich war sie Doktorin der Biologie. Letzten Dienstag fragte sie uns empört, wie es sein könne, dass die Eierstöcke der Frau in ihren ›besten Jahren‹ schrumpften, während die Hoden des Mannes munter weiterschaukeln durften.

Wir konnten ihr nicht widersprechen. Wer Bitteschön brauchte siebzigjährige Papas, die ihren Kindern an den Arthroseknoten das Rechnen beibringen konnten und mit dem Rollator im Sand auf dem Spielplatz stecken blieben?

Die Wissenschaft habe bisher keine befriedigende Begründung für die Menopause der Frau gefunden, belehrte Ulla uns weiter. Selbst in der Tierwelt blieben die Weibchen bis kurz vor ihrem Tod fruchtbar.

Es gab nur zwei Säugetierarten, bei denen eine Menopause nachgewiesen werden konnte: bei Grind- und Schwertwalen. Hallo? Welche Frau wurde schon gerne mit einem Wal verglichen? Ulla hoffte, dass die Evolution das Klimakterium in den nächsten zehntausend Jahren in den Griff bekommen würde.

Meine Finger krallten sich um die Zehen, und ich rollte mich auf die linke Seite, wo Michaela mich in der gleichen Position angrinste. Sie war wie immer perfekt geschminkt und formulierte lautlos das Wort *»Cappuccino«* mit ihren knallroten Lippen. Ich freute mich schon auf unser Après-Yoga, antwortete mit *»Erdbeertorte«* und drehte mich auf die andere Seite. Da lachte mir Ullas Rückseite mit der Aufschrift ›Ich habe fertig‹ entgegen. Das T-Shirt hatte sie sich nach der Geburt des vierten Kindes gekauft und jahrelang als Nachthemd benutzt.

Ich setzte mich auf, stellte den linken Fuß über den rechten Oberschenkel, drehte mich mit der Schulter nach links und dachte über Ullas Worte nach. Warum sprachen die Leute eigentlich von den ›besten Jahren‹ wenn man jenseits der fünfzig war? Mir fehlten zwar noch zwei Jahre, aber meine beste Zeit war definitiv in den Zwanzigern gewesen, zwar finanziell nicht belastbar, aber mit dem Überschwang junger Menschen, dass man alles schaffen könne, dass irgendwann bestimmt etwas Großartiges aus einem werde, dass einem die Welt gehöre und man einfach unbesiegbar sei. Ohne Angst vor Gebrechlichkeit und Krankheit im herannahenden Alter, ohne Sorgen um die fast erwachsenen Kinder und in die Jahre gekommenen Eltern, einfach leben mit der Unbekümmertheit der Jugend.

Manchmal sehnte ich mich nach diesem Gefühl zurück. Und in Hinblick auf Kommissarin Schöllers möglichem Tod, stellte ich mir die Frage, ob man in meinem Alter noch mal etwas völlig Neues beginnen könne. Mit einer lebensbejahenden Begeisterung, die Berge versetzte: Ich will das! Ich kann das! Ich schaff das! Bisher hatte ich keine Antwort darauf gefunden.

»Wir verabschieden uns in Harmonie mit uns selbst und einer gestärkten inneren Balance.«

Mit aneinandergelegten Handflächen verneigten wir uns vor der Yogalehrerin, und wie immer nahm ich mir vor, zu Hause mehr für mein inneres Gleichgewicht zu tun und regelmäßiger zu üben. Vielleicht ergab sich dann die eine oder andere Antwort von selbst.

***

»Guten Tag, meine Damen«, begrüßte Max uns freundlich. »Ihr Tisch ist wie jeden Dienstagnachmittag für Sie reserviert.« Der Inhaber des Bistros begleitete uns lächelnd zu unserem Sommertisch auf der Dachterrasse. Dabei ruhte sein Blick anerkennend auf Michaelas langen Beinen und sie dankte es ihm, indem sie den Minirock etwas höher rutschen ließ, als er ihr den Stuhl zurechtrückte.

Ulla seufzte auf, als Max sich entfernte und beugte sich zu Michaela. »Sag mal, wie oft hat er dich schon um ein Date gebeten?«

»Zwischen zwanzig und dreißig Mal«, antwortete Michaela mit unschuldiger Miene, und wir kicherten los. In all den Jahren, in denen wir uns bei Max trafen, hatte sie ihm nie verraten, dass sie auf weibliche Kurven statt maskuline Muskeln stand.

Wir bestellten uns Cappuccino, Erdbeertorte und Prosecco.

Ich hob mein Glas. »Lasst uns auf unser dreiblättriges Kleeblatt aus der Grundschule anstoßen.« Die Gläser klirrten aneinander.

»Auf ein bisschen Klatsch und Tratsch«, führte Michaela unseren Trinkspruch fort.

»Und auf die Gesundheit«, vollendete Ulla das wöchentliche Ritual. Dass mit der Gesundheit hatten wir erst eingeführt, nachdem wir alle die Fünfundvierzig überschritten hatten.

»Gestern Abend hat ein Double von Jennifer Aniston bei mir eingecheckt«, schwärmte Michaela, die als Empfangschefin in einem Fünf-Sterne-Hotel arbeitete und zurzeit in keiner festen Beziehung steckte.

»Äh, eingecheckt oder … eingecheckt?« Fragend sah ich sie an und ließ dabei die Extraportion Sahne auf meiner Zunge zergehen.

Michaela grinste wortlos und schob dermaßen frivol eine Erdbeere in ihren Mund, dass ich mich beinahe verschluckt hätte.

Ullas Stöhnen kam aus den Tiefen ihrer sportlichen Sneakers. »Du siehst wenigstens täglich Frischfleisch. Bei uns im Institut laufen nur alte Professoren mit weißen Socken, Polyesterhosen und

Sandalen herum. Wenn man denen auf die Schulter klopft, staubt es.«

Unsere Freundin hielt Vorträge an der Universität, verfasste Abhandlungen in Wissenschaftsmagazinen und wuppte die Organisation von vier Kindern und einem Bären. Sie war das Genie unseres Kleeblatts und wir wussten, dass sie niemals ihr Bärchen verlassen würde.

»Habt ihr auch manchmal das Bedürfnis, etwas ganz Neues anfangen zu wollen?« Nachdenklich rührte ich den Milchschaum des Cappuccinos um und sah erst Michaela und dann Ulla an.

Die beiden warfen sich fragende Blicke zu.

»Willst du dich etwa von deinem Mann trennen?«, fragte Ulla entrüstet. Für sie war Richard der Inbegriff von Männlichkeit, mit Tendenz zum perfekten Ehemann.

»Natürlich nicht«, winkte ich ab. »Ich meinte eine berufliche Veränderung.«

»Liegt Kommissarin Schöller immer noch auf Eis?« Michaela schaute mich mitfühlend an.

Ich nickte seufzend und legte den Löffel zur Seite. »Mir fällt einfach nichts mehr ein. Ich bin völlig leer, so fantasielos wie ein Kieselstein.«

»Und was meinst du mit beruflicher Veränderung?«, hakte Ulla nach.

»Weiß ich selbst nicht so genau«, druckste ich herum, guckte in die ratlosen Gesichter meiner Freundinnen und wusste, was sie dachten.

Ulla sprach es aus. »Na ja, wir gehören demnächst zur Generation Fünfzigplus. In der freien Wirtschaft zählt man uns zu den Arbeitskräften, die dem Tod schon in die Suppe spucken können.« Sie verscheuchte eine Wespe, die beharrlich um ihren Erdbeerkuchen flog. »Kein Unternehmen kauft ein Haus, dessen Grundmauern bereits wackeln.«

Na super, jetzt ging es mir doch gleich viel besser. Ich legte den Kopf in den Nacken und starrte auf die Fliegen, die gegen den Himmel des Sonnenschirms stießen. So ähnlich fühlte ich mich. Ideenlos drehte ich mich im Kreis und fand keinen Ausweg aus der Rotation.

»Der Prosecco macht mich fertig.« Mit hochrotem Kopf griff Ulla nach der Kuchenkarte und fächelte sich Luft zu. »Wusstet ihr, dass Alkohol den Östrogenspiegel senkt?«

»Ja, und Kaffee auch«, erwiderten Michaela und ich gleichzeitig.

Jede Woche wies Ulla uns darauf hin, aber wir wollten trotzdem nicht auf unser Gläschen verzichten. Stattdessen schnappte Michaela sich die Getränkekarte, ich mir einen Bierdeckel, und gemeinsam wedelten wir um die Wette. Im Kollektiv Hitzewallungen zu überstehen, war ungemein tröstlich.

»Du brauchst keinen neuen Job, du brauchst einen knackigen Fall für deine Kommissarin«, behauptete Michaela und legte den provisorischen Fächer zurück auf den Tisch. »Du suchst nur deshalb nach einer Alternative, weil dir die Ideen ausgegangen sind.«

»Mag schon sein«, gab ich zu, »aber wenn nicht bald das Blut einer Leiche auf Kommissarin Schöllers Stiefeletten spritzt, kann ich erst sie und dann mich erschießen.«

»Was hältst du von einem Schwiegermuttermord?« Ulla zupfte an ihrer Blümchenbluse herum und fächelte sich Luft in den Ausschnitt. »Du könntest deine eigenen Erfahrungen verarbeiten und musst dir nichts ausdenken.«

Nickend stimmte Michaela ihr zu. »Schreib einfach alles auf, was Gerda dir in den neunzehn Jahren angetan und an den Kopf geworfen hat. Ich bin mir sicher, da kommt ein ganzes Mordmotivbündel zustande.«

Die zwei klatschten sich grinsend ab, als hätten sie mein Problem auf einen Schlag gelöst, hatten sie aber nicht. Zwar konnte ich nicht abstreiten, dass ich Gerda gerne das eine oder andere Mal vors Auto geschubst hätte, aber ich hatte nicht die geringste Lust, das Klischee der bösen Schwiegermutter in meinen Krimis zu bedienen. Nachdrücklich schüttelte ich den Kopf. »Erstens liest Gerda meine Bücher, und ich habe nicht die Absicht ihr weiteren Zündstoff zu liefern, und zweitens fände Richard das sicherlich nicht sehr lustig.«

»Stimmt«, meinte Ulla und legte die Kuchenkarte zur Seite. »Aber Stoff hättest du reichlich. Hat deine Schwiegermutter nicht vor ein paar Jahren Richard gegenüber behauptet, dich mit einem anderen Mann in eindeutiger Situation in der City gesehen zu haben?«

»Das war ganz am Anfang unserer Beziehung.« Ich hebelte das letzte Stück Erdbeertorte auf die Kuchengabel. Natürlich hatte Gerda gelogen, aber nicht, weil sie mich nicht als Schwiegertochter akzeptieren wollte, sondern weil sie generell jede Liebelei ihres Sohnes demontierte. Sie wollte für ihn die einzige Frau in seinem Leben bleiben. Das wäre ihr auch beinahe gelungen, wenn Richard nicht an einem Dezemberabend auf der Eisbahn des Weihnachtsmarktes über Michaelas Beine und damit in mein Leben gestolpert wäre. Da er dabei meine neuen Schlittschuhe mit Glühwein ruiniert hatte, sah er sich gezwungen, mich zum Abendessen einzuladen. Ich dachte immer wieder gerne an diese Nacht zurück.

»Magst du noch ein Glas Rotwein?«, hatte Richard mich beim Italiener gefragt, obwohl wir beide schon gemeinsam eine Flasche geleert hatten. Es war fast Mitternacht und einer der Kellner deckte bereits die Tische für den nächsten Tag. Keiner von uns beiden wollte gehen. Wir klebten mit den Blicken aneinander, als würden wir ›Blinzeln‹ spielen, und Richards Hand hatte meine schon vor ein paar Stunden gefunden.

»Ich mag lieber etwas anderes«, flüsterte ich ihm zu.

Eine leichte Röte schlich über seine Wangen, und ich verkniff mir ein Grinsen. Er war so süß. Schon nach dreißig Sekunden hatte ich mich in seine bernsteinfarbenen Augen und seine humorvolle Art verliebt.

»Dann lass uns gehen«, murmelte Richard. Er zahlte, holte unsere Sachen aus der Garderobe und half mir in die Daunenjacke.

Unser Atem erzeugte kleine Dampfwolken, als wir das Restaurant verließen. Richard legte seinen Arm um mich, und wir liefen kichernd an den geschlossenen Buden des Weihnachtsmarktes vorbei. Niemand war zu sehen und nur die tausend Kerzenlichter der haushohen Tanne beleuchteten den Marktplatz.

Unter dem Baum blieben wir stehen. Richard nahm mein Gesicht in beide Hände. Mit seinen Daumen strich er über meine geschlossenen Augenlider. »Du bist mein Weihnachtsgeschenk.« Er küsste mich zärtlich, knabberte an meinen Lippen und drückte sich fordernd an mich.

Wenn ich auf der Eisbahn gestanden hätte, wäre sie unter meinen Füßen geschmolzen.

»Ich wohne nur fünf Minuten von hier entfernt«, flüsterte er mir ins Ohr.

»Zu weit, viel zu weit.« Mit den Händen tastete ich mich zu seinem Hosengürtel vor. Ich war keine zwanzig mehr und wusste genau, was und wie ich es wollte.

Als Richard mich mühelos auf den Arm hob und mit mir über den Holzzaun der lebensgroßen Weihnachtskrippe stieg, wusste ich, dass ich meinen Prinzen gefunden hatte. Ich ignorierte den strengen Blick von Josef und konzentrierte mich auf den Inhalt von Richards Jeans. Und während das Jesuskind in seiner Holzkrippe mit weit geöffneten Augen die Sternschnuppen am Himmel zählte, hatte ich im Stroh unter den Mänteln von Caspar, Melchior und Balthasar unsere Hanna empfangen.

»Luise!« Michaela holte mich aus der Erinnerung zurück. »Wo bist du mit deinen Gedanken?« Sie zuckte kurz mit dem Kopf nach rechts. »Seht euch mal den Typen dort drüben an. Wisst ihr, wer das ist?«

Neugierig musterte ich den etwa fünfzigjährigen Mann in Jeans und Karohemd, der sich an einen Tisch in die hinterste Ecke der Terrasse verkrochen hatte. Kein Adonis, aber auch niemand, der sich verstecken musste. »Was ist los mit dir? Wechselst du in den Wechseljahren die Seiten?«, fragte ich sie.

Ulla prustete in den Cappuccino und Michaela sah uns strafend an. »Ich kenne den. Das ist ein Privatdetektiv. Der spioniert ab und zu in unserem Haus Hotelgäste aus.«

Keines meiner Härchen blieb auf seinen Platz, und ich hörte plötzlich das Blut in meinen Schläfen pochen. Aufgeregt nippte ich am Prosecco und lugte über den Glasrand. Der Mann trank einen Kaffee und aß ein Stück Apfelkuchen. Es gab keinerlei Hinweise darauf, dass er jemanden observierte.

Mit kriminalistischem Spürsinn überprüfte ich die Umgebung. Rechts neben uns saß ein Pärchen im mittleren Alter mit gleichem Ehering. Uninteressant. Auf der anderen Seite stocherte ein junges Mädchen mit gesenktem Kopf in ihrer Donauwelle herum, während ihr Freund mit Händen und Füßen auf sie einredete. Ich gab der Beziehung keine zwei Stunden mehr. Ein weiterer Tisch war mit Damen in Bettys Alter belegt, die sich mit Sahnetorte den Lebensabend versüßten. Lediglich ein Tisch fiel mir auf, dessen Gäste sich von den anderen abhoben. Es verirrten sich zwar hin und wieder Geschäftsleute in das Bistro, aber es war eher ungewöhnlich. Einer der beiden Männer zog ein Smartphone aus der Innentasche seines dunklen Anzugs und legte es auf den Tisch, während der andere in einer Aktentasche herumkramte.

Ich wandte mich an Michaela. »Was meinst du, ob der Detektiv hier ermittelt?«

»Ich habe keine Ahnung«, antwortete sie. »Aber es nervt mich ohne Ende, dass mir der Name von dem Typen nicht mehr einfällt. Die ganze Zeit grüble ich schon darüber nach.«

»Das passiert mir in letzter Zeit ständig«, klagte Ulla. »Ich erzähle Bärchen von den neuesten Forschungsergebnissen meiner Kollegen und plötzlich sind ihre Namen spurlos aus meinem Gedächtnis verschwunden, als wären sie über den Steigbügel durch meine Ohrmuscheln nach draußen gerutscht.« Frustriert schob sie sich ein Stück Kuchen in den Mund. »Wenn das so weitergeht, weiß ich in fünf Jahren nicht mehr, wie meine Kinder heißen.«

»Guckt euch das an«, zischte Michaela durch die Zähne. »Jetzt filmt er mit einem Kugelschreiber die beiden Geschäftsmänner. Ich habe in unserem Hotel schon mal beobachtet, wie er das macht. Die Kameralinse befindet sich genau über dem Bügel.«

Wir starrten alle auf den Typen, aus dessen Brusttasche ein Stift ragte. Ulla beugte sich weit über den Tisch, da sie mal wieder ihre Brille vergessen hatte.

»Nicht so auffällig«, schimpfte Michaela.

Ich holte einen Schminkspiegel aus der Handtasche und tat so, als würde ich meinen Lippenstift überprüfen, während mein Blick zwischen den beiden Tischen hin und her schnellte.

Michaela schnippte mit den Fingern. »Jetzt weiß ich es wieder. Er heißt Viktor Deffner.«

Fast wäre mir der Spiegel aus der Hand gerutscht. Deffner? Der Deffner von der Detektei aus dem Opernführer? Mein Herz vollführte Hürdensprünge, und Kommissarin Schöller überprüfte intuitiv ihre Dienstwaffe. »Was sind das für Leute, die er observiert?«, wandte ich mich an Michaela.

»Politiker, Unternehmer und Ehepartner, die fremdgehen. Personen, die etwas zu verbergen haben, was für jemand anderen von Bedeutung ist.«

Meine Aufmerksamkeit richtete sich wieder auf die zwei Männer. Der ältere der beiden schob dem jüngeren eine Mappe zu, die der sofort in seiner Aktentasche verschwinden ließ. Wie ein Kettenkarussell rotierte meine Fantasie. Was für Informationen waren in dieser Mappe enthalten? Handelte es sich um Wirtschaftsspionage, Datenklau oder vielleicht um einen Auftragsmord? Egal. Da hinten saß Viktor Deffner! Das war meine Chance, mir Zutritt zu dieser Detektei zu verschaffen.

Ich sprang auf. Der Tisch kippelte und Ulla konnte gerade noch ihr Sektglas vor dem Absturz retten. »Hallooo? Was ist los mit dir? Was hast du vor?«

»Ich frage den Deffner, ob ich ein Praktikum in seiner Detektei machen darf«, raunte ich. »Da werden mir massenhaft Krimiideen auf dem Tablett serviert.«

Ulla sah mich an, als wolle ich mich zum Spitzenballett anmelden. »Ein Praktikum, in deinem Alter?«

»Dann nenn es eben einen Schnuppertag, wenn dir das besser gefällt«, erwiderte ich schnippisch.

»So etwas wie ein Girls-Day?«, schnaubte Michaela und gackerte zusammen mit Ulla los.

In meinem Magen grummelte es. Ich strich meinen Rock glatt und drehte mich um. Denen würde ich es zeigen. Ich würde Kommissarin Schöller das Leben retten und mir meine Schriftstellerkarriere. Erhobenen Hauptes schritt ich in roten Sommersandalen auf das Karohemd zu. Die verblüfften Blicke meiner Freundinnen bohrten sich in meinen Rücken und trieben mich vorwärts.

Fünf Minuten später stand ich wieder vor ihnen und wedelte mit einer Visitenkarte. »Morgen früh um neun Uhr.«

Kapitel 7

Rot. Das war mindestens die zehnte Ampel, an der ich halten musste. Nervös malträtierte ich mit den Handflächen das Lenkrad, starrte zum wiederholten Male auf die Uhr am Armaturenbrett und wieder auf das Chaos vor mir. Busse, Taxis und berufstätige Pendler verstopften die Hauptachse ins Stadtzentrum. Ich trommelte weiter auf das Leder ein. Am ersten Tag des Praktikums zu spät zu kommen, war kein guter Einstieg. Normalerweise wäre ich heute früh pünktlich losgefahren, aber Richard hatte Gesprächs-bedarf gehabt, da ihn das merkwürdige Benehmen seines Vaters von gestern keine Ruhe ließ.

Mich ärgerte mehr das Verhalten von Gerda. Nachdem ich sie am Seniorenzentrum abgesetzt hatte, hatte sie über das Telefon einer Nachbarin Richard angerufen. Völlig außer sich hatte meine Schwiegermutter irgendetwas von Krankenhaus, Tod und Verderben gefaselt. Daraufhin brach Richard ein wichtiges Kundengespräch ab und eilte zu seiner Mutter, die gerade ihren wieder aufgetauchten Paul unter den Teppich fegte. Der stand mit einem Blumenstrauß in der Hand vor ihr und stammelte Entschuldigungen im Sekundentakt. Richard erzählte mir, dass *»Auf der Parkbank eingeschlafen«*, *»Im Kaufhausaufzug steckengeblieben«* und *»In einem Banküberfall verwickelt«*, die glaubwürdigsten Beteuerungen gewesen waren. Jetzt machte er sich Sorgen um seinen Vater, sprach von Verwirrtheit und beginnender Demenz. Zum Glück konnte ich ihm das ausreden. Paul machte gestern auf mich an der Bushaltestelle ganz und gar keinen verwirrten Eindruck. Im Gegenteil, adrett und gepflegt gekleidet hatte er, meiner Meinung nach, genau gewusst, was er wollte.

Die Ampel sprang um, und ich fuhr los. Im nächsten Moment fiel mir ein, dass ich vergessen hatte, Richard meinen Termin für heute Abend aufs Auge zu drücken. Luca hatte in der Schule eine Informationsveranstaltung zu den kommenden zwei Oberstufenjahren. Da ich nicht wusste, ob ich heute schon an Ermittlungen teilnehmen durfte, die vielleicht bis in die Nacht andauern würden, sollte Richard für mich einspringen. Seine Reaktion, auf meine für ein paar Tage befristete Tätigkeit in einer Detektei, war eher verhalten gewesen. Bei mir dagegen beschleunigte sich der Puls bereits bei dem Gedanken, dass ich bei einer Personenobservation oder Verfolgungsjagd mitmischen könnte. Ich sah mich schon nachts in einer dunklen Gasse auf dem Beifahrersitz eines Überwachungswagens hocken, drei leere Kaffeebecher im Fußraum und zerknülltes Fastfoodpapier auf dem Armaturenbrett. Neben mir der beste Mann der Detektei. Seine Fingernägel würden ein schabendes Geräusch verursachen, während er immer wieder über seinen Dreitagebart strich und mir nicht nur von seiner gescheiterten Ehe berichtete, sondern auch die spektakulärsten Fälle seiner langjährigen Praxis preisgab. Explosiver Stoff für Kommissarin Schöller! Und Spannung pur für mich! Endlich würde ich mal das erleben, was sich in meinen Krimis nur in meiner Fantasie abspielte.

Ich angelte nach dem Smartphone, wählte Richards Handynummer aus und wechselte auf die linke Fahrspur. Zügig ging es vorwärts. Wenn ich jetzt gut durchkam, könnte ich es pünktlich schaffen.

»Richard?« Mit der linken Hand hielt ich das Handy ans Ohr und mit der rechten kuppelte ich in den vierten Gang. Direkt hinter mir ertönte plötzlich das Martinshorn eines Polizeiautos. Mist! Einen Unfall auf der Strecke konnte ich gar nicht gebrauchen. Ich fuhr wieder nach rechts rüber, um den Wagen vorbeizulassen.

»Richard?«, rief ich ein zweites Mal ins Handy. »Hörst du mich?«

Der Lärm war ohrenbetäubend. Das Auto überholte mich, setzte sich vor meine Stoßstange und ein roter Schriftzug mit dem Hinweis ›BITTE FOLGEN‹ leuchtete mir durch die Windschutzscheibe entgegen.

Wie? Die meinten mich? Mein Smartphone flog über die Kopfstütze auf den Rücksitz. Hatten die wirklich wegen mir die Sirene angestellt und allen Leuten im Umkreis von tausend Metern einen Tinnitus verpasst? Ich bremste hinter der Polizei ab, die in zweiter Reihe parkte, und öffnete die Fensterscheibe.

Zwei Beamte stiegen aus, einer beugte sich zu mir. »Guten Morgen.«

»Äh, ja, dauert es lange? Ich habe um neun Uhr einen Termin bei der Detektei Deffner.« Vielleicht würde es ihn ja beeindrucken, dass ich quasi bei seinen Kollegen vorbeischauen würde.

»Machen Sie bitte den Motor aus.«

Ich schluckte. Bei dem Tonfall wäre auch ein Termin beim Polizeipräsidenten ins Leere gelaufen. Seufzend drehte ich den Schlüssel um und zog die

Handbremse an.

»Sie wissen, warum wir Sie angehalten haben?«

Ich zuckte mit den Achseln. »Keine Ahnung«. Um meine Unschuld zu beteuern, drehte ich die Handflächen nach oben.

»Luise? Was ist los? Nun sag doch endlich was!«, schallte Richards Stimme vom Rücksitz.

Meine Hände sanken in den Schoß, mein Gesicht wechselte die Farbe zum Rot der Polizeianweisung, und ich brachte nicht mehr als eine Grimasse zustande.

Der zweite Beamte öffnete die hintere Wagentür, nahm das Smartphone von der Rücksitzbank und reichte es mir. »Möchten Sie das Gespräch noch beenden?«

»Richard, ich kann jetzt nicht«, hauchte ich ins Handy. »Ich melde mich später.«

»Führerschein und Fahrzeugpapiere, bitte. Danach möchte ich Ihren Erste-Hilfe-Kasten und die Warnweste sehen.«

Als ich in die Seitenstraße einbog, die parallel zu der Straße verlief, in der sich die Detektei befand, war ich um hundert Euro ärmer, um einen Punkt reicher, und ich würde definitiv zu spät kommen.

Ich stellte das Auto in einem Parkhaus ab und zog meine Jacke aus, während ich auf den Bürgersteig eilte. Es war schon ungewöhnlich heiß für die Uhrzeit. Männer mit Aktenkoffern und Frauen in enganliegenden Kostümen drängten mit Smartphone am Ohr und Zeitung in der Hand an mir vorbei. Der Essensgeruch von altem Fett und verbrannten Zwiebeln, aber auch der Duft von ausgepressten Orangen, hing noch zwischen den Häuserfassaden, an denen ich entlanghastete. Die laue Nachtluft hatte nicht ausgereicht, um die Gerüche der Großstadt des gestrigen Tages zu vertreiben.

Überzeugt davon, dass es sich um das richtige Haus handeln müsse, lief ich zielstrebig auf ein etwas abgenutzt wirkendes Gebäude zu. Doch ich irrte mich. Der Bau daneben trug die Nummer, die auf Viktor Deffners Visitenkarte stand.

Meine Halswirbel knackten, als mein Blick an der breiten Glasfront bis zum siebten Stockwerk nach oben glitt. Ich biss mir auf die Unterlippe. Was hatte ich erwartet? Ein verwahrlostes Büro mit Backsteinwänden und Einschusslöchern in Schreibtisch und Aktenschränken? Mir schwante, dass ich in meiner Jugend zu viele amerikanische Krimis gesehen hatte.

Mit gemischten Gefühlen öffnete ich die Tür. Das Foyer glich mit seiner Empfangszentrale und den modernen Sitzecken einer Hotellobby. Ein paar gutaussehende junge Leute standen vor einem Fahrstuhl, und zwei Frauen im Minirock durchquerten mit Aktenordnern unter dem Arm die Halle.

»Bitte nehmen Sie in der Sitzecke Platz«, wies mich Alina Schuster an, mit der ich gestern telefoniert hatte, und die ich an ihrem Namensschild erkannte. »Herr Deffner wird gleich für Sie da sein.«

Ich versank in einem eckigen, schwarzen Ledersessel und empfand plötzlich einen beschämenden Anflug von Neid auf diese eleganten Berufstätigen, die am Anfang ihrer Karriere standen und das Leben noch vor sich hatten. Schlagartig wurde mir bewusst, dass ich in diesem Foyer der älteste Mensch war. Ich steckte zwar mittendrin im Leben, aber das Ende war schon bedrohlich nahe gerückt.

Dein Selbstmitleid schwemmt dich gleich aus dem Gebäude, dachte ich unwillig, setzte mich aufrecht hin und verscheuchte die trüben Gedanken aus dem Kopf. Ich kramte das Smartphone aus der Handtasche und schickte Richard über WhatsApp eine Nachricht, mit dem Hinweis auf den abendlichen Schultermin. Anschließend kontrollierte ich, wann Hanna das letzte Mal online gewesen war. Das tat ich regelmäßig. Wenn sie sich schon nicht bei mir meldete, wusste ich dank WhatsApp wenigstens, dass sie noch lebte.

»Frau Wenzel?« Ein Mann in einem eleganten, dunklen Anzug reichte mir die Hand.

Überrascht sprang ich auf. »Herr Deffner?«

Er lachte, wobei sich zwei Grübchen in seinen Wangen vertieften. »Gestern war ich, naja, sagen wir mal so, etwas verkleidet.« Er sah an sich herunter. »Damit wäre ich zu sehr aufgefallen.«

Da musste ich ihm uneingeschränkt recht geben. Nicht nur der Anzug saß perfekt, auch die dunklen Haare waren im modernen Nass-Look lockig nach hinten frisiert, und sogar die Augen kamen mir blauer vor als gestern. Er beugte sich leicht zu mir, sodass ich Pfefferminze in seinem Atem riechen konnte.

»Ich hoffe, du bist nicht enttäuscht?«

Irrte ich mich, oder blieb sein Blick einen Tick zu lange an meinen Augen hängen, und was sollte das vertrauliche Du? »Nicht wirklich«, konterte ich. »Im ersten Moment dachte ich, mein Ehemann steht vor mir.«

Ein Lächeln huschte über sein Gesicht. »Er muss ein glücklicher Mensch sein.«

Das ging mir runter, wie gestern die Marshmallows.

»Ist das mit dem Du in Ordnung für dich?« Er breitete die Arme aus. »Wir sind hier eine große Familie, ein Team. Ich möchte, dass meine Mitarbeiter sich wohlfühlen. Bei den Aufträgen, die wir durchführen, müssen wir uns hundertprozentig aufeinander verlassen können. Ein Du schafft ein engeres Verhältnis zueinander. Einer muss für den anderen da sein, wenn es mal zu einer brenzligen Situation kommt.« Fragend sah er mich an.

»Das ist kein Problem«, erwiderte ich. »Ich bin Luise.«

»Prima. Dann ist das ja geklärt.« Er legte kurz seine Hand auf meinen Rücken und schob mich in Richtung Fahrstuhl. »Ich heiße Viktor.«

Wir fuhren in den siebten Stock und er erläuterte mir, wie viele Mitarbeiter er beschäftigte, dass sie weltweit tätig waren und sogar gelegentlich bei ungeklärten Mordfällen um Hilfe gebeten wurden.

Mein Herz stolperte vor Freude.

»Auslandsaufenthalte sind vor allem bei der Suche nach vermissten Personen oder Wirtschaftsdelikten notwendig«, fuhr Viktor fort.

»Bei den zwei Männern, die du gestern beobachtet hast, handelte es sich dabei um Wirtschaftskriminalität?«

Erst zog er ein erstauntes Gesicht, dann lachte er auf. »Du meinst die beiden Geschäftspartner, die sich gegenseitig Akten hin und her geschoben haben? Das waren nicht meine Zielpersonen.«

»Nicht?« Dieses Mal sah ich ihn überrascht an.

Amüsiert schüttelte er den Kopf. »Ich habe eine der älteren Damen an dem Tisch mit den vielen Tortenstückchen observiert.«

Was? Die hatte ich als völlig harmlos eingestuft. »Will ihr Ehemann wissen, wie viel Kuchen sie am Tag verdrückt?«

»Leider nicht«, seufzte Viktor. »Ihr Neffe ist der

Meinung, dass seine Tante sein Erbe verprasst, weil sie ihre Freundinnen nicht nur zum Kaffee, sondern auch zu Wellnesswochenenden, Städtetouren und kulturellen Veranstaltungen einlädt. Wir sollen ihm einen Beweis dafür liefern, dass sie geistig unzurechnungsfähig ist, damit er sie entmündigen lassen kann. Sie würde einen Vormund bekommen, hätte keinen Zugriff mehr auf ihr Vermögen und ihr Neffe erbt alles, wenn sie das Zeitliche segnet.«

Der Fahrstuhl öffnete sich und meine Sandaletten versanken in einem wollweißen Teppichboden. Wir liefen an Räumen vorbei, die nur durch eine Glasfront vom Gang abgetrennt waren. In jedem Zimmer stand ein Schreibtisch mit PC und Telefonanlage. Fast alle Räume waren mit Mitarbeitern belegt. Hin und wieder steckte Viktor kurz den Kopf in ein Zimmer und fragte irgendetwas.

Mich beschlich langsam nicht nur ein schlechtes Gewissen, sondern ich bekam auch Angst vor meiner eigenen Courage. Das hier waren alles Privatdetektive. Vielleicht konnten die schon an meinem Gesichtsausdruck erkennen, dass ich eine Spionin war.

Wir blieben vor einem Raum stehen, den man nicht vom Flur aus einsehen konnte.

»Normalerweise bin ich nicht mehr oft im Außendienst tätig«, führte Viktor seine Erklärungen fort. »Aber die ältere Dame ist eine Nachbarin meines Vaters. Deshalb habe ich mich selbst darum gekümmert. Allerdings werde ich dem Neffen keinen Beweis für seine Geldgier liefern.«

Viktor wurde mir von Minute zu Minute sympathischer. Er öffnete die Tür und ließ mir den Vortritt. Der Duft eines dezenten Rasierwassers wehte mir um die Nase und verstärkte sich, als ich mich der Zimmermitte näherte, die von einem massiven Holzschreibtisch eingenommen wurde. Dahinter, direkt an der Glasfront zur Cityseite, stand eine cremefarbene Sitzgruppe, die in jedes elegante Wohnzimmer gepasst hätte.

Viktor bat mich mit einer Handbewegung, Platz zu nehmen. »Kaffee, Latte Macchiato, Cappuccino, Espresso oder Tee? Was darf ich dir bringen?« Er trat an ein Sideboard, auf dem eine silberfarbene, quadratische Maschine stand, die ich sonst nur aus Cafés kannte.

Ich entschied mich für einen Cappuccino und es imponierte mir, dass er nicht eine Sekretärin dafür beauftragte, sondern sich selbst darum kümmerte.

Er stellte eine Tasse mit perfekt aufgeschäumter Milch vor mir auf den Glastisch, setzte sich mir gegenüber und nippte an seinem Kaffee.

»Dein Auftritt gestern hat mich sehr beeindruckt. Normalerweise vergeben wir keine Praktika.« Sein Blick nahm etwas Prüfendes an. »Unsere Arbeit beinhaltet den Kontakt mit hypersensiblen Daten. Die Gefahr ist zu groß, dass jemand sie missbraucht.«

Fast hätte ich mich an dem Schaum des Cappuccinos verschluckt. Ich sank tiefer in die Polster.

»Aber du warst so wild entschlossen zu diesem Praktikum, dass ich dir nicht widerstehen konnte.«

Flirtete er etwa mit mir? Ich war mir nicht sicher, das letzte Mal war schon so lange her.

»Möchtest du wirklich in den Beruf der Detektivin einsteigen?«

Heftig nickte ich. »Mich hat dieser Bereich schon immer fasziniert. Und irgendwann muss man ja mal seine Träume leben«, führte ich ihn auf den Pfad der Menschen, die in ihrer Lebensmitte plötzlich alles verändern wollten.

»Da bin ich völlig deiner Meinung.« Viktor schlug die Beine übereinander und gestikulierte mit beiden Händen. »Was man in unserem Alter nicht mehr angreift, das passiert auch nicht mehr. Man muss nur den Mut haben, seine Ideen umzusetzen.«

Am liebsten hätte ich mir selbst auf die Schulter geklopft. Kommissarin Schöller tat es für mich.

Viktor stand auf und stellte die Kaffeetasse auf das Sideboard. »In unserem Beruf brauchen wir Leute mit Lebenserfahrung und Menschenkenntnis, die in gewissen Situationen gelassen reagieren.«

»Kein Problem. Ich habe einen Teenager als Sparringspartner.«

Viktor lachte leise. »Leider kann ich mich nicht selbst um dich kümmern, aber ich habe einen guten Mitarbeiter, der sich deiner annehmen wird.«

In mir machte sich ein bisschen Enttäuschung breit. Viktor hätte sicherlich ein paar interessante Praxisfälle auf Lager gehabt. »Das ist völlig in Ordnung«, antwortete ich und drückte mich aus den Polstern. »Ich freue mich sehr, dass ich hier sein darf.«

Wir gingen zurück in den Flur, und Viktor führte mich in einen der Glasräume. Ein Mann, um die dreißig mit Glatze, erhob sich und umrundete den Schreibtisch.

»Das ist Oliver Moosmann«, stellte Viktor mir seinen Mitarbeiter vor. »Unser bester Mann, wenn es um verdeckte Ermittlungen und Personenüberprüfungen geht.«

Ich jubilierte innerlich. Wenigstens ein Teil meiner Tagträumerei war in Erfüllung gegangen. ›Bester Mann‹ hörte sich nach dramatischen Fällen und ungewöhnlichen Methoden an.

»Ich bin Luise«, stellte ich mich vor, schüttelte seine ausgestreckte Hand und wunderte mich. Bei dem Körperbau hatte ich mehr Gegendruck erwartet. »Ich bin schon sehr gespannt auf unsere Zusammenarbeit.«

Er antwortete mit einem spröden Lächeln, das seine Augen nicht erreichte.

Hatte ich mich zu weit aus dem Fenster gelehnt? »Äh, gespannt darauf, was du mir so alles zeigen wirst«, korrigierte ich mich.

Viktor hatte in der Zwischenzeit das Zimmer verlassen, und Oliver stellte mir einen Stuhl vor den Schreibtisch. Er nahm wieder Platz, stützte seine Ellbogen auf den Stuhllehnen ab und spielte mit einem Kugelschreiber. Dabei fixierte er mich mit schmalen Augen, als wäre ich eine Verdächtige in einer Vernehmung, und er der Ermittler, der sich die nächste Frage überlegte. Nichts war zu hören, bis auf das Klicken, mit dem er die Mine seines Kugelschreibers ein- und ausfuhr.

Ich bemühte mich um ein entspanntes Lächeln. »Also, was machen wir ...«

»Du hättest um neun Uhr hier sein sollen«, unterbrach er mich, »bist aber zehn Minuten zu spät gekommen.«

Fast wäre ich von der Stuhlkante gekippt, zu der ich mich während der Schweigeminute vorgearbeitet hatte. Wie war der denn drauf? Und woher wusste er von meiner Unpünktlichkeit? Die Frage musste in meinem Gesicht zu lesen gewesen sein. Wortlos drehte Oliver den Bildschirm um hundertachtzig Grad zu mir, tippte auf die Uhrzeit in der rechten oberen Ecke des Videos und danach auf meine Gestalt, die sich am Empfang anmeldete.

»Die wichtigste Regel eines Detektives lautet: Sei immer zur richtigen Uhrzeit am richtigen Einsatzort«, belehrte er mich.

Hätte mir jetzt Gerdas Handtasche mit den breiten Henkeln zur Verfügung gestanden, hätte ich sie auf den Schoß deponiert und mich mit beiden Händen daran festgeklammert. Stattdessen mussten die Lederarmlehnen meines Stuhls daran glauben. Das fing ja prima an. Ein Rotzlöffel, dessen Mutter ich sein könnte, ließ mich runterlaufen wie einen Wasserfall. Gab es denn keinen Respekt mehr vor dem Alter? Für irgendetwas musste es doch gut sein.

»Wenn du auch nur zehn Sekunden zu spät kommst, kann deine Zielperson den Einsatzort verlassen haben, und du kannst die Observation abbrechen.«

»Ich hatte Probleme mit der Verkehrspolizei«, verteidigte ich mich in der Hoffnung, dass er Verständnis dafür haben würde. Hatte er aber nicht.

»Zu schnell gefahren?«, fragte er in einem Tonfall, der von Spott bis Arroganz alles beinhaltete.

»Handy«, murmelte ich.

»Weitere wichtige Regel: Falle während einer Observation niemals auf. Weder durch Verkehrsdelikte, noch durch anderes unangemessenes Verhalten.« Die Mine seines Kugelschreibers lief heiß. Rauf, runter, rauf, runter.

Ich konnte kaum folgen.

»Auch in solch einem Fall ist deine Zielperson über alle Berge, da du nicht mehr zur richtigen Zeit am richtigen Ort sein kannst.«

JAAAH! Ich hatte es begriffen. Die Armlehnen warfen mittlerweile Falten. Ich beschloss, ihm noch fünf Minuten zu geben. Wenn er sich bis dahin nicht höflicher verhielt, würde ich gehen. So einen Partner hatte ich mir nicht an meiner Seite vorgestellt. Der hatte nichts gemeinsam mit Magnum, Rockford oder Matula. Kommissarin Schöller hin oder her, dann würde sie eben einem Gewaltverbrechen zum Opfer fallen oder ins kriminelle Milieu abrutschen und einen Kojak-Fake ermorden.

Oliver drehte den Bildschirm wieder um, lehnte sich zurück und klickte ein weiteres Mal auf den Kugelschreiber. Der Stift blieb drin stecken und bewegte sich keinen Millimeter mehr. Achtlos warf er ihn in den Papierkorb. »Wir beide haben heute einen mobilen Einsatz in der City.«

Okay, ich würde bleiben.

»Meine Kollegin Jasmin braucht vorher ein paar Informationen von dir.« Er telefonierte kurz und ein paar Minuten später trat eine durchtrainierte junge Frau in einem sandfarbenen Hosenanzug ins Zimmer. Ihre rotblonden Haare hatte sie zu einem dieser modernen Dutts zusammengesteckt, die oben auf dem Kopf thronten. Sie warf Oliver einen Blick zu, bei dem sogar meine Ohren heiß wurden. Keine Frage, da wurden nachts im Einsatzfahrzeug nicht nur die Füße gewärmt.

»Wenn du mir bitte in mein Büro folgen würdest.«

Mir wurde umgehend klar, Jasmin gehörte zu den Frauen, die keine Zeit mit Smalltalk vergeudeten.

Kapitel 8

Mein Herz veranstaltete eine Party, als wir Jasmins Büro betraten. Da waren sie, die Schubladencontainer mit den spektakulären Fällen für Kommissarin Schöller. Leuchtend blau reihten sie sich aneinander. In einer halboffenen Schublade entdeckte ich ein Hängeregister mit Aktendeckeln. Ich kämpfte gegen den Impuls an, mich auf sie zu stürzen. Stattdessen fragte ich beiläufig: »Arbeitest du auch im Außendienst?«

Jasmin schüttelte den Kopf und deutete mit einem Kugelschreiber hinter sich auf die Aktenschränke. »Verwaltung der aktuellen Aufträge.«

Wir setzten uns neben die Tür an einen runden Tisch, auf dem eine Mappe mit meinem Namen lag. Jasmin klappte sie auf, holte mehrere Zettel heraus und schob mir einen davon zusammen mit dem Kugelschreiber zu.

»Als erstes brauche ich eine Unterschrift zur Geheimhaltungsvereinbarung von dir. Wir sichern unseren Mandanten äußerste Diskretion und höchstmögliche Anonymität zu. Solltest du dagegen verstoßen, können wir dich gerichtlich belangen.«

Ich schluckte erst, dann atmete ich auf. In meinem Krimi würde ich natürlich alle Ähnlichkeiten mit real existierenden Personen abwandeln. Mir ging es nur um das Material, das aus dem wirklichen Leben stammte. Zügig setzte ich meinen Namen über die gepunktete Linie und behielt den Stift in der Hand. Ich hatte keine Lust, ein weiteres Mal Zeuge eines Burn-outs zu werden.

»Du möchtest also in deinem Alter Detektivin werden?« Jasmin zog die Augenbrauen so hoch, dass sie unter ihren Ponyfransen verschwanden.

Gerda wäre über meine Schnappatmung stolz gewesen. Ich starrte Jasmin an. Hatte ich was verpasst? War in unserem Stadtteil schon ein Grab für mich ausgehoben worden?

»Spricht etwas dagegen?« Selbst in meinen eigenen Ohren hörte ich mich angespannt an. Wo war die von Viktor gepriesene Gelassenheit des Alters?

»Wir werden sehen«, antwortete sie nur. »Kann ich bitte den Stift zurückhaben?«

»Brauche ich den nicht mehr?«

Sie schüttelte den Kopf. »Das Formular fülle ich für dich aus.«

Innerlich brodelnd verengte ich meine Augen zu schmalen Schlitzen. »Ich leide zwar unter Alterszittern, und hin und wieder läuft mir ein Spuckefaden seitlich aus dem Mund, aber schreiben kann ich noch selbst.«

Jasmins Augenbrauen rutschten nach unten. »Beantworte mir bitte alle Fragen ehrlich und gewissenhaft«, überging sie meinen Einwand und kramte einen neuen Kugelschreiber aus der Schublade. Sie schlug ein Bein über das andere und knotete es um ihren Unterschenkel.

Das fördert Besenreiser und Krampfadern, wollte ich sie warnen, tat es aber nicht. Sie würde es früh genug merken.

Zuerst fragte sie meine privaten Daten ab, Schul- und Berufsausbildung, sowie mein Führungszeugnis. Bei letzterem dachte ich kurz nach. Gerda und Oliver lebten noch, und sogar Kommissarin Schöller entfernte sich, seitdem ich die Detektei betreten hatte, vom Rand des Abgrunds. »Keine Vorstrafen«, behauptete ich mit gutem Gewissen.

»Führerschein?«

Ich nickte, und Jasmin hakte den Punkt ab.

»Wie sieht es mit deinem technischen Verständnis aus?«

Aus meiner Sicht kein Problem. Die Daten meines Laptops konnte ich auf eine externe Festplatte speichern, beim Auto das Öl wechseln, und mit der Heckenschere hatte ich im letzten Frühjahr unseren Sommerflieder niedergemäht. »Vorhanden«, antwortete ich.

»Welche Fremdsprachen sprichst du?«

»Schulenglisch in Wort und Schrift.« So hatte ich es immer in meinen Bewerbungen angegeben.

»Keine weiteren?« Ihre Augenbrauen zuckten schon wieder nach oben. »Swahili, Quechua oder Mandarin?«

»Latein«, beeilte ich mich zu sagen, was mir allerdings keinen Punkt auf dem Zettel einbrachte.

»Beherrscht du gutes Deutsch? Sowohl sprachlich als auch schriftlich?«

Aber hoppla, hier konnte ich punkten. »In perfekter Ausführung.«

»Besitzt du einen Waffenschein?«

»Leider nicht«, musste ich passen. Wobei mir Richard schon öfters versichert hatte, dass ich für gewisse Teile meines Körpers einen bräuchte.

»Machst du Selbstverteidigung, zum Beispiel Kung

Fu oder Wing Tai?«

Letzteres hörte sich wie eine spezielle Zubereitungsform chinesischer Frühlingsrollen an. Ich schüttelte den Kopf, und Jasmin auch.

»Das ist eine wichtige Voraussetzung für eine Detektivausbildung.« Ein dickes Minus landete hinter dem Punkt, und sie stellte als nächstes verlässlich die Frage, über die ich nie gerne nachgedacht hatte.

»Was treibst du für Sportarten?« Sie überprüfte ihren Haarknoten und spannte dabei ihren gebräunten Bizeps an.

Hastig presste ich beide Oberarme seitlich an den Körper. Bei mir gab es weder Bizeps noch Trizeps, sondern lediglich Winkearme, die so weit nach unten hingen, dass sie kaum noch zu meinen Armen gehörten.

»Marathon? Triathlon?«, half sie mir auf die Sprünge.

»Ich gehe gerne spazieren«, hauchte ich. Moment, da war noch was. Natürlich trieb ich Sport! »Außerdem mache ich Hormonyoga.«

Jasmin nickte. »Kenne ich, macht meine Oma auch.«

Ich merkte, dass mein Mund offen stand und klappte ihn zu. Meine Kopfhaut begann zu kribbeln.

»Gibt es irgendwelche gesundheitlichen Einschränkungen, Auffälligkeiten, chronische Krankheiten oder Ähnliches?« Sie nahm demonstrativ ein weiteres leeres Blatt aus dem Ordner und legte es vor sich hin, wofür ich sie am liebsten vom Stuhl geschubst hätte. Ich holte bis zu den Zehennägeln Luft und atmete langsam aus. Ehrlich und gewissenhaft sollte ich antworten, sie hatte es so gewollt. »Ich leide unter extremen Hitzewallungen ...«

»Ist das eine Folge oder Nebenwirkung einer Krankheit, oder ist das ein normaler Zustand bei dir?«, unterbrach Jasmin mich, während das leere Blatt sich füllte.

»Ich bin in den Wechseljahren, da ist nichts normal«, knurrte ich. Mein Gesicht fühlte sich mittlerweile hummerrot an, den BH konnte ich auswringen und aus dem Bauchnabel hätte Richard seinen Durst stillen können. »Des Weiteren machen mir Stimmungsschwankungen zu schaffen, aufgrund meiner Schlafstörungen kann es hin und wieder zu Bewusstseinstrübungen kommen, mein Gewicht wird in den nächsten Jahren zu Fettleibigkeit tendieren, wegen der Krampfadern fällt mir das Stehen schwer, bedingt durch das Austrocknen der Schleimhäute von Harnblase und Vagina bekomme ich häufiger Blasenentzündungen und Scheidenpilz. Zu dem Punkt ›Auffälligkeiten‹ kann ich anmerken, dass mir an den unglaublichsten Stellen dunkle Haare wachsen und sich an meinen Oberschenkeln Beulen breit machen, über die sich jeder Golfball freuen würde.«

Ich hätte noch mehr draufgehabt, aber Oliver klopfte an die Tür und trat ein. »Seid ihr fertig? Wir müssen zum Einsatz.«

Ja, war ich, fix und alle, Jasmin und ihr Kugelschreiber auch.

***

Oliver fuhr mit mir in den fünften Stock. Die Etage war ähnlich angeordnet wie das obere Stockwerk, aber es gab weniger offene Räume. Vor einem Zimmer mit der Aufschrift ›Technik und Requisite‹ blieb er stehen, öffnete die Tür und ließ mir den Vortritt.

In verschieden hohen Regalen lagerten Überwachungs- und Abhörgeräte, von denen ein Dorfpolizist nur träumen konnte. Im Schnelldurchlauf glitt mein Blick über GPS-Systeme, Nachtsichtferngläser, Spezialkameras und weitere technische Instrumente, die ich nicht identifizieren konnte.

Oliver trat an ein Regal, nahm eine Armbanduhr und einen Autoschlüssel heraus und reichte mir beides. »Für eine Observation braucht man Videokameras. Diese hier sind als normale Gebrauchsgegenstände getarnt.«

Aufgeregt setzte ich mich an einen Tisch in der Mitte des Raumes und drehte die beiden Teile hin und her. Die Kamera auf dem Rand der schwarzen Plastikumrandung des Autoschlüssels entdeckte ich sofort, aber bei der Uhr hatte ich so meine Probleme. Erst nach mehrmaliger Prüfung fiel mir die Linse im unteren Kreis der Zahl Acht ins Auge.

Oliver legte einen Aktendeckel, zwei Smartphones und eine Sonnenbrille mit großen braunen Gläsern auf die Tischplatte und schob mir ein Feuerzeug zu.

»In diesem Gerät befindet sich eine Abhörwanze mit Sprachaufzeichnungen für sechzig Minuten, und mit der Sonnenbrille kannst du Videoaufnahmen bis zu einer Größe von zwei Gigabyte machen.« Er zeigte mir, wie man mit Hilfe der Brillenbügel die Kameralinse auf dem Rahmen startete, und wie ich das Mikrofon der Wanze optimal zur Zielperson ausrichten konnte.

Ich kam mir vor wie James Bond in der Q-Abteilung. Es fehlten nur der Aston Martin und eine bahnbrechende Krimiidee, um mit Kommissarin Schöller auf dem Beifahrersitz in den nächsten Fall zu starten.

Die Stuhlbeine schabten über die Bodenfliesen, als Oliver sich neben mich setzte. »Wir müssen den Ablauf der Observation besprechen.« Er klappte die Akte auf und holte ein paar Fotos heraus. »Personenüberwachung mit Beweisführung zu einem Seitensprung«, erklärte er knapp.

Im ersten Moment war ich enttäuscht. Einen Ehemann bei einem außerehelichen Gymnastikeinsatz zu erwischen, war ja wohl das banalste überhaupt. Aber was soll's, der liebe Gott hatte schließlich auch nicht mit dem Sonntag angefangen.

Oliver legte ein Foto auf den Tisch und tippte mit dem Finger auf einen rothaarigen, etwas beleibten Herrn in den Vierzigern. »Unsere Zielperson, Achim Bovarik. Er arbeitet als Marketingmanager in der Süßwarenfabrik seiner Frau.« Der Zeigefinger von Oliver wanderte zum nächsten Bild. »Unsere Auftraggeberin.«

Mein Kopf zuckte vor und ich starrte auf das Gesicht. »Das soll eine Frau sein?«

»Ja, äh …, nein«, stammelte mein Partner. »Achim Bovarik und Ulf Gehrke sind homosexuell und leben zusammen.«

Das Foto musste auf einer Party aufgenommen worden sein. Im Hintergrund des blondgelockten, schmalen Ulfs, der mit einem Weinglas in der Hand an einem Türrahmen lehnte, tanzten Personen in Sommerbekleidung.

Eine Villa aus der Jahrhundertwende schob sich vor meine Augen. »Das ist der Wohnsitz der beiden. Ulf Gehrke hat das Haus und das Familienunternehmen seiner Eltern geerbt.«

»Das heißt also, der Auftraggeber besitzt die Kohle, Achim Bovarik profitiert davon und macht sich ein schönes Leben.« Es war doch überall dasselbe. Ob hetero oder homo, die üblichen Dramen spielten sich in jeder Beziehung ab. Auch Michaela konnte ein Lied davon singen.

Oliver nickte. »Wobei Gehrke lediglich einen Verdacht hegt, der sich bisher auf keinerlei Beweise stützt.« Er reichte mir ein Handy. »Jasmin hat es bereits für dich präpariert. Du kannst die Fotos abrufen, um sicherzugehen, dass du die richtige Zielperson observierst. Außerdem ist meine Nummer eingespeichert. Wir bleiben am Anfang der Überwachung ausschließlich über Handy in Kontakt.«

»Woher wissen wir, wo Achim Bovarik jetzt ist?« Ich sammelte meine Utensilien ein, verstaute sie in der Handtasche und freute mich schon darauf, sie einzusetzen.

»Neuerdings verbringt er die Mittagspause nicht mehr in der Firmenkantine, sondern fährt zum Essen in die City. Das war unter anderem der Auslöser für Gehrkes Misstrauen.« Oliver stand auf, steckte sein Smartphone in die Hosentasche und nahm die Akte vom Tisch. »Gestern war er beim Thailänder, allerdings ohne Begleitung. Deswegen starten wir heute einen neuen Versuch.« Mit dem Kopf nickte er zu einer Tür, die in einen Nebenraum führte. »Dahinter liegt unser begehbarer Kleiderschrank. Als Detektiv musst du dich der Umgebung anpassen und im Idealfall mit ihr verschmelzen.« Er hielt mir die Tür auf und wir betraten einen Raum, vergleichbar mit der Requisitenkammer eines Theaters.

Mir stieg nicht nur der Geruch von Leder, Wolle und Schminke in die Nase, sondern es erfasste mich auch der sehnliche Wunsch, mir auf der Stelle die Kleider vom Leib zu reißen und in die Persönlichkeit eines anderen Menschen zu schlüpfen. Das war einer der Gründe, warum ich Krimiautorin geworden war. Ich liebte es, ungewöhnliche Charaktere zu erfinden und mich in ihre Gefühle und Verhaltensweisen hineinzuversetzen. Als im ersten Fall von Kommissarin Schöller eine Mutter ihre Tochter verlor, hatte ich zusammen mit ihr getrauert und am Schreibtisch Rotz und Wasser geheult.

Mein Blick glitt über Ball- und Sommerkleider, Tennis- und Golfplatzausrüstungen, Arzthemden und Blaumänner sowie Kittel für Reinigungspersonal. Alles hing ordentlich, nach Konfektionsgröße sortiert, auf Kleiderständern. Daneben standen in Regalen Plastikköpfe mit Echthaarperücken, und auf einem Schminktisch entdeckte ich Make-up, falsche Bärte und sogar getönte Kontaktlinsen. Hier offenbarte sich mir ein wahrer Schatz von Möglichkeiten, der nicht nur meine Verwandlungsleidenschaft entfachte, sondern auch mein Frauenherz höher schlugen ließ.

Oliver lehnte mit verschränkten Armen an der Wand, ein süffisantes Grinsen im Gesicht, das mich an meinen Sportlehrer erinnerte, als er meine erste Rückwärtsrolle benotete.

»Wenn eine Kollegin vermisst wird, suchen wir zuerst in dieser Kleiderkammer nach ihr. Meistens erwischen wir sie in einem Ballkleid und High Heels, umringt von bereits anprobierten Fummeln.« Mit dem Finger zeigte er in meine Richtung. »Und sie haben alle deinen Gesichtsausdruck.«

Hastig bemühte ich mich, meine Augen von Frisbeescheibe auf Haselnussgröße zu schrumpfen und sämtliche bereits geöffneten Knöpfe und Reißverschlüsse wieder zu schließen. Ich hatte von Anfang an geahnt, dass mein Partner ein Spielverderber war.

Und dann dieses Klischeegelaber! Schließlich waren nicht alle Frauen klamottensüchtig, nur etwa 199,9%. Mir ging es dabei ausschließlich um die Möglichkeit, in eine andere Rolle zu schlüpfen. Meine Hände zuckten unkontrolliert zu dem lindgrünen Satinkleid, das wunderbar zu meinen dunklen Haaren passte. Ich ermahnte mich und griff stattdessen zu einer karottenroten Clownsperücke, die offensichtlich für Überwachungszwecke zur Karnevalszeit gedacht war, und warf sie Oliver zu. »Setz sie auf, dann klappt es beim nächsten Mal mit dem Witzigsein vielleicht besser.«

Sein Blick signalisierte mir, dass wir in diesem Leben keine Freunde mehr werden würden, nicht mal auf Facebook.

»Verkleiden wir uns?«, fragte ich und schielte auf einen schwarzhaarigen Bob im oberen Regalfach.

»Heute nicht, da Bovarik dich noch nie gesehen hat. Gestern saß ich in der Nähe seines Tisches, daher bleibe ich nachher im Hintergrund«, antwortete Oliver, während er die Perücke zurück auf den Plastikkopf fummelte. »Sollten wir morgen ein weiteres Mal gegen ihn ermitteln, kannst du dich vorher hier austoben.«

Na, das war doch fast ein Friedensangebot. In Gedanken reservierte ich schon mal die dunkle Bobfrisur für mich.

Oliver schob mich aus der Tür. »Wir fahren mit dem Aufzug in die Tiefgarage, nehmen eines unserer Einsatzfahrzeuge und stellen es auf dem Parkplatz am Anfang der Fußgängerzone ab.« Er warf mir einen Autoschlüssel zu. »Du fährst, ich muss ein paar Anrufe erledigen.«

Kapitel 9

Der Parkplatz nahe der City war nur zur Hälfte belegt. Oliver beendete sein Telefongespräch und lotste mich rückwärts in eine Lücke auf der rechten Seite, sodass durch die Windschutzscheibe die Einfahrt in unserem Sichtfeld lag.

»Gehrke hat mir gerade mitgeteilt, dass Bovarik losgefahren ist. In ungefähr fünf Minuten müsste er hier ankommen. Er fährt eine schwarze Limousine mit breiten Runflat-Reifen und auffälligen Radialspeichen.«

Aha.

»Wenn er aussteigt, folgen wir ihm in einem Abstand von zehn Metern. Du läufst auf der rechten Seite, ich auf der linken. Über Smartphone bleiben wir entweder per Anruf, SMS oder WhatsApp in Kontakt.« Streng sah er mich an. »Oberstes Gebot: Sei immer zur richtigen Zeit am richtigen Ort. Das heißt für dich, dass du niemals deine Zielperson aus den Augen verlieren darfst!« Sein Blick bohrte sich in meinen. »Zweitwichtigste Regel: Tritt niemals mit einer Zielperson in Kontakt, die du observieren sollst. Wenn du auffliegst, giltst du als ›verbrannt‹ und der ganze Einsatz kann gefährdet sein.«

Danke, mir reichte schon meine eigene Hitze. Wortlos nickte ich und trichterte mir ein, dass ich völlig cool und die Ruhe selbst war, während meine Handflächen derart schwitzten, dass sie vom Lenkrad rutschten. So aufgeregt war ich schon lange nicht mehr gewesen. Auf gar keinen Fall wollte ich etwas falsch machen.

»Sobald Bovarik ein Restaurant oder Ähnliches ansteuert, treffen wir uns außerhalb seiner Sichtweite und besprechen das weitere Vorgehen.«

Ich nickte erneut, öffnete mit fahrigen Fingern meine Handtasche, kramte die Sonnenbrille mit der eingebauten Kamera heraus und setzte sie mir auf die Haare. Anschließend begutachtete ich noch mal Bovariks Foto und machte mich mit den Funktionen des Smartphones vertraut.

»Er kommt.«

Das Handy glitt mir aus der Hand zurück in die Tasche, und ich wollte gerade die Autotür öffnen, als sich Olivers Hand auf meinen Arm legte.

»Noch nicht!«

Wir beobachteten, wie die Limousine schräg gegenüber von uns in der dritten Reihe parkte.

Achim Bovarik stieg aus, ein Smartphone am Ohr. Sein weißes Oberhemd spannte über dem Bauchansatz und unterstrich seine rötliche Gesichtsfarbe, die vermutlich dunkler war als sonst, denn er brüllte ins Handy und gestikulierte wild in der Gegend herum.

Oliver öffnete das Autofenster bis zur Hälfte und zusätzlich zum Stadtlärm drang ein Schwall heißer Luft ins Wageninnere, während von Bovariks Gespräch nur Wortfetzen zu hören waren.

Mit schnellen Schritten umrundete er sein Auto, als müsse er sich beruhigen. An der Fahrertür blieb er stehen und fuhr sich mit der Hand durch die Haare.

Ein weiterer Wortschwall ergoss sich über seinen Telefonpartner, bis er plötzlich abrupt die Verbindung beendete. Er steckte das Smartphone in die hintere Hosentasche und schlug so unvermittelt mit der flachen Hand auf das Autodach, dass ich zusammenzuckte.

»Das Gespräch wäre für uns bestimmt sehr aufschlussreich gewesen«, bemerkte ich und warf Oliver, der nur mit den Achseln zuckte, einen Seitenblick zu.

»Nicht unbedingt. Gehrke hat mir erzählt, dass sein Mann zu cholerischen Anfällen neigt. Ich tippe eher darauf, dass er einen Mitarbeiter zusammengefaltet hat.« Er nickte zu Bovarik, der in Richtung City den Parkplatz verließ. »Es geht los!«

Meine Beine zitterten ein wenig, als ich aus dem Auto stieg. Es war schon ein enormer Unterschied, ob man sich Geschichten am sicheren Schreibtisch ausdachte oder reell an einer Observation teilnahm. Zwar handelte es sich nur um einen Seitensprung, aber allein die Tatsache, dass ich eine Zielperson verfolgen und nicht aus den Augen verlieren durfte, bewirkte bei mir einen Adrenalinkick, den nicht mal mein Kaffee für Härtefälle schaffte.

Bovarik marschierte zielstrebig auf die Fußgängerzone los. Ich schlang den Gurt der Handtasche quer über die Schulter und folgte ihm.

Die Einkaufsstraße der City war großzügig angelegt. Durch die Mitte verlief ein Grünstreifen mit Bäumen und Bänken, die von Berufstätigen in der Mittagspause belegt waren. Erst jetzt wurde mir bewusst, dass nicht nur mein Magen knurrte, sondern der Cappuccino bei Viktor auch das letzte gewesen war, was ich getrunken hatte. Zudem hatte Oliver sich die Schattenseite der Fußgängerzone ausgesucht, während ich langsam aber sicher in der Sonne dehydrierte. Mir klebte die Zunge am Gaumen, und ich wusste aus Erfahrung, dass dies die besten Voraussetzungen für eine Blasenentzündung waren.

Ich schielte sehnsüchtig auf die Eiscafés, Getränkekioske und Bistros, die regelmäßig zwischen den Geschäften auftauchten. Ob ich es wagen konnte, Bovarik für einen Moment aus den Augen zu lassen, um mir ein Getränk zu gönnen? Es war nicht einfach, ihn zu observieren. Ständig schoben sich Mütter mit Kinderwagen, Schülergruppen und Horden von Touristen in mein Sichtfeld. Nur seine roten Haare, die immer wieder im Fußgängerstrom vor mir auftauchten, erleichterten mir die Überwachung. Ich verwarf den Gedanken nach einem eisgekühlten Mineralwasser und hoffte darauf, dass ich mir später in einem Lokal etwas bestellen konnte. Allerdings machte Bovarik keinerlei Anstalten irgendwo einzukehren, und ich vermutete, dass er eine der Seitengassen am Ende der Fußgängerzone ansteuerte, in denen gehobene Restaurants mit europäischer Küche vorherrschten.

Ich riskierte einen Blick zu Oliver und erstarrte. Mein Kopf wirbelte nach rechts, nach links, vor und zurück. Nirgendwo konnte ich meinen Partner zwischen den Leuten ausfindig machen. Abrupt stoppte ich.

»Passen Sie doch auf!«, fuhr eine Frau mich an, die mit zwanzig Einkaufstüten in jeder Hand auf meinen Rücken geprallt war.

Hastig trat ich zur Seite, stellte mich auf die Zehenspitzen und überprüfte, ob Bovarik noch im Pulk vor mir herlief. Mist! Die Entfernung zu ihm hatte sich um mindestens zwanzig Meter vergrößert.

Wenn er jetzt irgendwo abbog, hatte ich ein Problem. Mein Puls raste so heftig, dass meine Ohren dröhnten. Wo zum Teufel steckte Oliver? Eilig nahm ich die Verfolgung von Bovarik wieder auf, und ließ meinen Blick zwischen Olivers Straßenseite und unserer Zielperson hin und her huschen, bis mein Partner plötzlich mit einem monströsen Getränkebecher in der Menschenmenge auftauchte, als wäre nichts gewesen. Der Typ hatte Nerven! Während er in einem Eimer Cola badete und mal kurz die oberste Detektivregel kippte, fühlte mein Mund sich an, als hätte ich ein Schnapsglas mit Semmelbröseln getrunken. Schönen Dank auch!

Wütend beschleunigte ich meine Schritte. Auf gar keinen Fall würde ich gegen die Regeln verstoßen. Bevor ich unsere Zielperson aus den Augen lassen würde, müsste schon ein Meteorit in die Fußgängerzone einschlagen.

Und genau das tat er, direkt vor mir, in Form zweier Personen, die mir in der Menschenmenge gar nicht aufgefallen wären, wenn nicht die zitronengelbe Strickmütze gestolpert wäre. Ein gut gekleideter Herr fing sie auf und ein vertrautes Lachen drang zu mir durch.

Ich blieb einfach stehen.

Der Fußgängerstrom eilte rechts und links an mir vorbei, und ich stand da und stellte fest, wie es war, wenn ein Schock einem die Luft abschnürte. Was wurde hier gespielt? Der Tag nahm eine vollkommen verkehrte Abzweigung. Etwas lief hier schrecklich falsch.

Ich sah mich um und suchte nach irgendwelchen beruhigenden Anzeichen, wie beispielsweise meiner Schwiegermutter, die plötzlich neben den beiden auftauchte, oder Richard, der seinen Vater zum Arzt brachte und dabei mit ihm zufällig auf Betty gestoßen war.

Ich suchte vergebens. Und mit einem Schlag war der Gedanke, den ich neulich als völlig absurd abgetan hatte wieder da. Die Anzeichen wirbelten in meinem Kopf herum, wurden schneller und dichter wie bei einem Tornado. Betty und Paul, wie sie in der Oper miteinander flüsterten, die Schwärmerei meiner Mutter für Paul als einzigen stattlichen Mann im Seniorenzentrum, zu guter Letzt mein verschwundener Schwiegervater an der Bushaltestelle, der zur gleichen Zeit in die City fuhr wie Betty. Alles passte zusammen. Mein Körper verkrampftc sich bis in die letzte Muskelfaser. Ich wankte und klammerte mich Halt suchend an die nächste Person.

»Geht es Ihnen nicht gut? Kann ich Ihnen helfen?« Der Mann, dessen Arm ich erwischt hatte, beugte sich zu mir.

»Danke, vielen Dank«, murmelte ich. »Mir ist nur ein bisschen schwindelig.«

»Das ist die Hitze«, erklärte er und rief im Weitergehen: »Sie sollten sich hinsetzen und etwas trinken.«

Ich nickte. Am besten einen Martini, Weinbrand oder noch besser, einen Whisky, vierfach. In Zeitlupe setzte ich mich wieder in Bewegung, bis mir einfiel, dass Bovarik in der Zwischenzeit über alle Berge sein konnte. Ich spurtete los, umrundete Hindernisse, rempelte gegen Einkaufstüten, bis die zitronengelbe Mütze und der rote Haarschopf wieder vor mir auftauchten.

Wie sollte ich jetzt reagieren? Betty und Paul zur Rede stellen? Bevor ich diesen Gedanken vertiefen konnte, bogen die beiden in eine Seitenstraße ein, während meine Zielperson weiter geradeaus lief.

Unschlüssig blieb ich an der Ecke stehen. Ich schwankte zwischen Pflichtbewusstsein und dem Drang zu erfahren, was zwischen meiner Mutter und meinem Schwiegervater ablief. Im nächsten Moment schoss mir ein anderer Gedanke durch den Kopf, der mir viel besser gefiel. Vielleicht tat ich den beiden unrecht, und es gab eine plausible Erklärung, warum sie durch die City flanierten. Ja, genauso musste es sein, beruhigte ich mich und fasste einen Entschluss. Für ein paar Sekunden würde ich mich an ihre Fersen heften und dabei feststellen, dass sie sich trennten und ihrer Wege gingen. Danach würde ich sofort wieder Bovariks Observation aufnehmen. Mein schlechtes Gewissen besänftigte ich damit, dass Oliver vorhin auch kurz untergetaucht war.

Ich vergewisserte mich, dass mein Partner unserer Zielperson folgte und bog anschließend in die Gasse ein, in der Betty und Paul verschwunden waren. Nur ein paar Fußgänger begegneten mir, und ich betete, dass meine Mutter und mein Schwiegervater sich nicht umdrehten. Im Schatten der Hauswände schlich ich hinter den beiden her, die sich in trauter Zweisamkeit angeregt unterhielten.

Betty, die ihre Beine mit einem wadenlangen, weiten Rock verhüllt hatte, schritt leichtfüßig über das Kopfsteinpflaster, und auch Paul bewegte sich mit einem beschwingten Gang, den ich gar nicht von ihm kannte. Vor dem Schaufenster einer grauen Hausfassade blieben sie stehen.

Ich wechselte die Straßenseite und beobachtete durch die Fensterscheibe eines Teeladens, wie die beiden das Haus betraten. Ganz klar, sie machten irgendeine Besorgung. Vermutlich hatte Betty Paul gebeten, ihr beim Aussuchen eines Elektrogerätes zu helfen. Normalerweise war Luca für derartige Einkäufe zuständig, aber vielleicht hatte er keine Zeit gehabt.

Ich drehte mich um, näherte mich vorsichtig dem Haus und grübelte über eine Ausrede nach, falls die beiden mir in die Arme laufen würden. Mein Blick schweifte über das Schaufenster, das mit lustigen Cartoons zum Thema ›Computer und Internet‹ zugeklebt war, sodass man nicht erkennen konnte, welche Waren in dem Geschäft verkauft wurden. Neben dem Fenster führte eine Treppe zu einer Tür, über der ein Leuchtschild angebracht war.

Entsetzt schnappte ich nach Luft und wäre beinahe zu Boden gegangen. Was um alles in der Welt taten Betty und Paul in diesem Gebäude? Die Antwort kam leise, mit roter Schrift auf weißem Untergrund. Unheilvoll schlich sie sich in meinen Kopf, und alle meine aufgestellten Theorien zerplatzten wie eine zu groß geratene Kaugummiblase. ›Hotel Ambiente‹ stand direkt über der Tür, hinter der meine Mutter mit meinem Schwiegervater verschwunden war.

Das Smartphone in der Handtasche bimmelte mich aus der Schockstarre. Fahrig kramte ich es heraus und las die Nachricht von Oliver auf WhatsApp: *»WO BIST DU???«*

Das fragte ich mich auch gerade. In einer Seifenoper? In einer Doku-Soap über Seniorensex? Oder einfach in einem dieser schrägen Träume, aus denen man morgens aufwachte und dachte: *»Heilige Scheiße! Zum Glück ist das nicht wirklich passiert!«*

»Toilette, dringend!«, antwortete ich und wankte

benommen zurück in die Fußgängerzone. Ich hatte nicht vor, das Liebesnest von Betty und Paul zu stürmen. Was ich gesehen hatte, reichte mir völlig. Ich würde später darüber nachdenken, zuerst musste ich mich um meine berufliche Zukunft kümmern.

»Treffpunkt: Kaufhaus am Eckstein, Restaurant, oberste Etage«, kam die nächste Information von Oliver.

Ich stöhnte auf. Wie sollte ich ihm plausibel klarmachen, dass der Toilettenbesuch unumgänglich gewesen war? Mit dem plötzlichen Eintreten der Monatsperiode, brauchte ich jedenfalls nicht mehr zu argumentieren.

Kapitel 10

Das Kaufhaus lag am Ende der Einkaufsstraße. Mit der Rolltreppe fuhr ich in den vierten Stock, hastete in das Restaurant, das mit einer Glastür vom Verkaufsraum abgetrennt war und stürmte zum Getränkeausschank. Bevor ich mich überhaupt nach irgendwem umschauen konnte, musste ich erst mal mein Flüssigkeitsdefizit ausgleichen, und die tanzenden Punkte vor den Augen verschwinden lassen.

Ich nahm das größte Glas, das ich finden konnte und füllte es am Getränkeautomaten mit eiskaltem Mineralwasser. Anschließend zahlte ich an der Kasse und setzte mich an einen Tisch, von dem aus ich einen guten Überblick über das Selbstbedienungsrestaurant hatte. Ein bisschen wunderte ich mich schon, dass Bovarik hier zu Mittag aß. Ich hätte ihn eher als Liebhaber der gehobenen Küche eingeschätzt. Aber vielleicht war dieser Ort auch Taktik. Unter all den Leuten fiel man nicht auf, wenn man sich mit seinem Geliebten traf und konnte sich auch noch damit herausreden, dass man sich zufällig begegnet war.

Ich nahm einen langen Zug aus dem Glas und seufzte erleichtert auf, als das Wasser die Trockenheit in meinem Mund und Hals auflöste. Unauffällig sah ich mich um. Die Tische waren zweckmäßig verteilt, sodass viele Kunden durch das Schnellrestaurant geschleust werden konnten. Fast alle Plätze waren belegt, aber nirgendwo entdeckte ich einen Mann mit roten Haaren oder einer Glatze. Hatte ich mich versehen? Saß ich im falschen Kaufhaus?

Ich ließ mein Blick ein zweites Mal über die Köpfe schweifen und fixierte zum Schluss die Toiletten. Nach fünf Minuten gab ich auf, kramte das Handy aus der Tasche und überprüfte Olivers Angaben. Ich war definitiv richtig, aber wo waren die beiden? Hatte Bovarik hier lediglich einen Treffpunkt vereinbart und war jetzt mit seinem Lover unterwegs in ein Stundenhotel? So, wie Betty und Paul? Mir brach der Schweiß bei der Vorstellung aus, wie die beiden gemeinsam die Matratze zum Quietschen brachten.

»WO BIST DU???«, revanchierte ich mich bei Oliver über WhatsApp. Fünf Minuten später schrieb ich eine SMS, und nach weiteren ergebnislosen Minuten wählte ich seine Nummer. Die Mailbox sprang an, und ich hätte das Handy am liebsten in der Kartoffelsuppe der jungen Frau am Nachbartisch versenkt. Wieso meldete Oliver sich nicht? Ich holte mir ein zweites Glas Wasser und spähte in alle Richtungen. Fast wäre es mir aus der Hand gerutscht, als mein Smartphone plötzlich klingelte.

Oliver knurrte nur einen Satz: »Wir treffen uns am Auto.«

Ich hatte keine Chance zu antworten, er hatte mich einfach weggedrückt. Hastig trank ich noch ein paar Schluck Wasser und eilte anschließend zu den Rolltreppen. Meine Bluse klebte bereits am Körper, bevor ich das Kaufhaus verließ und mich die Mittagshitze wie ein Saunaaufguss traf.

Auf dem Rückweg zum Parkplatz zerbrach ich mir

den Kopf darüber, wie ich Oliver mein Verschwinden plausibel erklären konnte. Dieser Patzer warf zusammen mit der Verspätung heute Morgen kein gutes Licht auf meine Verlässlichkeit. Sollte ich ihm eine akute Magen-Darm-Infektion vortäuschen, oder einen Schwächeanfall aufgrund einer Dehydrierung erfinden? In den nächsten Minuten besann ich mich gedanklich auf meine schauspielerischen Fähigkeiten, bis die Fußgängerzone endete und ich Oliver entdeckte.

Mit verschränkten Armen lehnte er am Auto und blickte mir entgegen. Ich wusste, dass ich aussah, als hätte ich einen 3000-m-Hindernislauf absolviert und ich musste mir eingestehen, dass ich mich für eine selbstbewusste Verteidigung in einem äußerst desolaten Zustand befand.

»Dein Praktikum ist für heute beendet.« Oliver stieß sich vom Wagen ab, öffnete die Beifahrertür und stieg ein.

Er hätte genauso gut sagen können: *»Du warst eine absolute Nullnummer, der Vollpfosten der Detektei, der Loser des Universums«*. So zumindest fühlte ich mich. Mit gesenktem Kopf schlich ich um das Auto herum und hockte mich auf den Fahrersitz.

»Was hast du dir bloß dabei gedacht?« Eine kleine Ader pulste an seiner Halsbeuge und seine Glatze glänzte wie eine frische Zitroneneiskugel. »Den Toilettenbesuch hättest du auch im Restaurant erledigen können. Sooo dringend wird es schon nicht gewesen sein. Da muss man sich eben mal zusammenreißen.«

Ich hätte jetzt irgendetwas von Inkontinenz im Alter faseln, oder ihm schlicht und einfach die Wahrheit über ein Seniorenpärchen erzählen können, das gerade dabei war, einen Familienkrieg auszulösen, aber ich saß einfach nur da, starrte ihn an und fragte mich, wie viel man an einem Tag aushalten könne, ohne dass man ohnmächtig wurde.

Oliver rollte Achims Akte in seinen Händen zusammen, und ich dachte, dass der Anschiss jetzt beendet wäre, aber mein Partner hatte sich nur aufgewärmt.

»Du warst nicht zur richtigen Zeit am richtigen Ort.« Die Plastikmappe verursachte einen ohrenbetäubenden Knall, als sie auf der Konsole aufschlug. »Du hast unsere Zielperson aus den Augen verloren.« Das Auto vibrierte, als ein weiterer Hieb das Armaturenbrett traf. »Und du hast deinen Partner im Stich gelassen.«

Nach dem dritten Schlag sehnten sich meine Ohren nach Aidas lieblichem Sopran, und ich mich nach Mord im Affekt. Empörung kroch in mir hoch und verdrängte das Versagergefühl. Was bildete dieser Kerl sich eigentlich ein? Mir war klar, dass ich einen Fehler gemacht hatte, wenn auch aus gutem Grund, aber deswegen musste er nicht den cholerischen Oberlehrer auspacken. Schließlich war dies mein erster Einsatz, und ich war Praktikantin und kein Profi. Außerdem war in seiner Aufzählung definitiv ein ›du‹ dabei, mit dem er sich auch identifizieren konnte. Ich zählte bis zehn, um in den Genuss der Gelassenheit des Alters zu kommen.

»Du kannst froh sein, dass ich die ganze Zeit an Bovarik dran war«, legte Oliver erneut los.

Ich hob eine Hand, um ihn zu bremsen. »Dann ist der Getränkebecher, mit dem du plötzlich nach fünf Minuten wieder aufgetaucht bist, wohl zu dir geflogen«, fuhr ich ihn an. »Dass Diplomatie und Feingefühl nicht zu deinen Kernkompetenzen gehören, habe ich mittlerweile mitbekommen«, gab ich ihm flächendeckend ein weiteres Brett. »Trotzdem erwarte ich von einem Partner ein gewisses Maß an Respekt.« Ich gurtete mich an und startete den Wagen. »Wir können gerne über meine Fehler diskutieren, aber bitte auf sachlicher Ebene und ohne das Auto und meine Ohren zu demolieren.« Bevor ich den Parkplatz verließ, warf ich Oliver einen Seitenblick zu. Er hatte zumindest so viel Anstand, ein bisschen rot zu werden.

»Ich war im Restaurant im Kaufhaus. Ihr ward nicht da. Was war los?«, fragte ich.

»Bovarik hat sich nur einen Salat zum Mitnehmen geholt und ist anschließend wieder zurückgelaufen.«

»Er läuft für einen Salat quer durch die Stadt?« Ich warf Oliver einen ungläubigen Blick zu.

Der zuckte mit den Achseln. »Vielleicht schmeckt er dort besonders gut.«

»In einem Schnellrestaurant?«

»Was weiß denn ich?«, blaffte Oliver mich an.

Genervt seufzte ich auf. An seiner inneren Balance musste mein Partner noch schwer arbeiten. Ich sollte ihm Hormonyoga empfehlen, schließlich gab es auch Männer, die unter Testosteronschwankungen litten. Allerdings wollte ich mir nicht wirklich vorstellen, wie Oliver in seinen rechten und linken Hoden ausatmete.

»Da stimmt doch was nicht«, mutmaßte ich und bog in die Straße ein, in der mein Auto im Parkhaus stand. »Vielleicht hat er bemerkt, dass er beobachtet wird.«

»Wärst du zur richtigen Zeit am richtigen Ort gewesen«, knurrte Oliver, »hättest du mich ablösen können.«

Wortlos überging ich die Spitze und schwor mir, dass ich die Kombination der Wörter ›Ort‹ und ›Zeit‹

für den Rest des Jahres nicht mehr in den Mund nehmen würde.

»Das weitere Vorgehen werde ich mit Viktor abstimmen«, fuhr Oliver fort.

An seinem Tonfall hörte ich, dass ich in seinem Bericht eine Hauptrolle spielen würde, und die Vorstellung, dass Viktor von meinem Verhalten enttäuscht sein könnte, hinterließ ein unangenehmes Gefühl.

Kurz vor der Parkgarage hielt ich in einer breiten Ausbuchtung einer Bushaltestelle.

»Was machst du?« Oliver warf mir einen fragenden Seitenblick zu.

»Mein Wagen steht dort drüben.« Ich nickte zum Parkhaus und löste den Gurt. Den Weg zurück zur Detektei würde er ja wohl selbst finden. Ich stieg aus und strich meine Bluse glatt, während Oliver das Auto umrundete und an die Fahrertür trat. Er legte Bovariks Akte auf das Wagendach, stützte sich mit einer Hand an der Regenrinne ab und musterte mich. »Das war heute kein guter Einstand für dich.«

Herrgott noch mal, das wusste ich mittlerweile. Sollte er jetzt wieder mit einer Litanei loslegen, würde ich ihm mit den Sandalen vors Schienbein donnern.

Zum Glück streckte er nur seine Hand aus. »Sonnenbrille und Feuerzeug.«

Die Brille saß noch auf meinen Haaren, und das Feuerzeug kramte ich aus der Handtasche. Ich reichte ihm beides und fragte: »Morgen wieder um neun Uhr?«

Wortlos nahm er die Sachen entgegen, stieg ins Auto und legte sie auf den Beifahrersitz. Kurz bevor er den Wagen startete, warf er mir einen Blick zu. »PÜNKTLICH um neun Uhr.« Er sah dabei so kühl aus wie ein tiefgefrorenes Schnitzel.

Als das Auto anfuhr, flatterte Bovariks Akte vom Dach und landete vor meinen Füßen. Hastig hob ich sie auf und wedelte damit hinter Oliver her, der sich bereits in den fließenden Verkehr eingefädelt hatte und nicht auf mein Winken reagierte. Ich zuckte mit den Schultern. Falls er sie brauchen sollte, konnte er sich bei mir melden, ansonsten würde ich sie morgen mit in die Detektei nehmen.

Für die Einlösung des Parktickets zahlte ich einen horrenden Preis, und ich nahm mir vor, Viktor nach einem Parkplatz in der Tiefgarage des Bürogebäudes zu fragen. Vorausgesetzt, ich bekäme eine zweite Chance von ihm. Wer weiß, was Oliver ihm alles erzählen würde.

Ich setzte mich in den Wagen und schnaufte erst mal tief durch. Was für eine Pleite! So viel hatte ich mir für den heutigen Tag vorgenommen, und dann machte ausgerechnet meine Mutter mir einen Strich durch die Rechnung. Keinen Schritt war ich weitergekommen, und Kommissarin Schöller starrte entsetzt auf den Holzsarg, den ich in den letzten Stunden für sie gezimmert hatte. Ich nahm mir felsenfest vor, morgen alles besser zu machen. Vielleicht könnte ich heimlich einen Blick in den Aktenschrank werfen und dabei auf einen spektakulären Fall stoßen.

Neugierig nahm ich Bovariks Akte zur Hand. Auf der zweiten Seite stach mir ein gelber Streifen ins Auge. Quer über Bovariks Gesicht klebte ein schmales Post-it mit der Aufschrift ›Zehntausend Euro‹. Ich stutzte. Kostete eine Personenobservation so viel Geld? Kein Wunder, dass Viktor sich einen Glaspalast in der City leisten konnte. Dass eine Detektei keiner festen Honorarordnung unterlag, wusste ich aus eigener Recherchearbeit für meine Krimis, und ich rechnete mal durchschnittlich mit hundertzwanzig Euro pro Stunde. Bei zwei Ermittlern und mehreren Überwachungstagen kam dabei eine stattliche Summe zusammen, aber gleich zehntausend Euro?

Seufzend legte ich die Akte auf den Beifahrersitz. Was ging es mich an, wie Viktor seine Honorarsätze festlegte. Ich hatte nicht das Bedürfnis, mir darüber auch noch Gedanken zu machen.

Mit der Hand fuhr ich über meinen verschwitzten Nacken. Eigentlich hätte ich dringend eine Dusche gebraucht, aber ich wollte nicht nach Hause fahren und wieder stundenlang auf den leeren Bildschirm starren. Noch weniger Lust hatte ich auf Hausarbeit oder meine Schwiegermutter, die vielleicht erneut in unserem Garten nach Paul suchte. Vor meinem geistigen Auge entstand das Bild einer keifenden Gerda, die anklagend mit dem Finger auf mich zeigte: *»Du weißt, wo mein Paul ist.«*

Trotz der Wärme lief mir ein eisiger Schauer über den Rücken. Nein, nach Hause wollte ich auf gar keinen Fall. Ich wollte an einen Ort, den ich mit positiven Gedanken verbinden konnte. Kurzerhand entschied ich mich, zum Stadtpark zu fahren, mich dort im Schatten auf eine Bank zu setzen, und meine Gedanken zu sortieren.

Kapitel 11

Der Grüngürtel des Stadtparks verlief westlich der City. Problemlos bekam ich einen Parkplatz in der Nähe des schmiedeeisernen Torbogens, der in die Anlage führte. Ich war schon lange nicht mehr hier gewesen. Die ehemalige Wohnung meiner Eltern lag nur ein paar Querstraßen weiter, und als Kind hatte ich mit meinem Vater viel Zeit im Park verbracht.

Ich verriegelte das Auto und beobachtete ein paar Schulkinder, die sich am Kiosk auf der gegenüberliegenden Straßenseite mit Süßigkeiten eindeckten. Ob noch der alte Karle Kelkmann im Büdchen bediente? Seit ich denken konnte, hatte mein Vater beim Karle seine Morgenzeitung gekauft, mit ihm ein Schwätzchen über die neuesten Ereignisse im Viertel gehalten und ab und zu eine Flasche Bier getrunken. Plötzlich bekam ich Heißhunger auf etwas Süßes.

Ich überquerte die Straße und stellte enttäuscht fest, dass ein ungepflegt aussehender junger Mann Zigaretten in Regale einräumte. Aber nicht nur der Verkäufer, auch das Sortiment hatte sich verändert. Wo früher runde Glasbehälter mit ausgefallenen Süßigkeiten standen, die Karle uns Kindern einzeln in Papiertüten gefüllt hatte, stapelten sich jetzt Beutel mit Weingummis und Chips, die man in jedem Discounter vorfand.

»Hallo?«, machte ich mich durch das offene Kioskfenster bemerkbar.

Grußlos drehte der Mann sich zu mir, legte ein paar Zigarettenschachteln auf einen Stapel neben sich und guckte mich auffordernd an.

»Ich hätte gerne eine Packung Schokokekse.« Ich beugte mich leicht nach vorne. »Gibt es den Karle Kelkmann noch?« Das letzte Mal hatte ich auf der Beerdigung meines Vaters mit ihm gesprochen.

»Tot, seit drei Monaten.«

Ich schluckte schwer. Aber was hatte ich erwartet? Karle war nur unwesentlich jünger als mein Vater gewesen, und der war vor drei Jahren gestorben.

Aus dem hinteren Regal lachte mich ein Piccolo Prosecco an. Kurz überlegte ich. Alkohol am Nachmittag? Und das ohne Michaela und Ulla? Warum eigentlich nicht? Sekt stabilisierte den Kreislauf und nach dem katastrophalen Vormittag, hatte ich nicht übel Lust, mir den Nachmittag schön zu trinken.

»Noch was?«

»Zwei von den Piccolos hinter Ihnen, bitte.«

Ich bezahlte, nahm die Tüte entgegen und verabschiedete mich in Gedanken von Karle und einem Teil meiner Kindheit.

Nachdem ich die Anlage betreten hatte, begegneten mir nur vereinzelt ein paar Spaziergänger. Die Mittagshitze war in eine unangenehme Schwüle übergegangen. Bänke, um sich auszuruhen gab es genug, aber ich wollte nicht auf irgendeine Bank, ich wollte zu der Weißesche an den See, an dem ich mit meinem Vater früher die Enten gefüttert hatte.

Mit der Aussicht, den Inhalt der Tüte bei einem grandiosen Blick über den See genießen zu können, marschierte ich zielstrebig los. Bereits nach ein paar

Minuten überzog der Staub des ungepflasterten Weges die rote Farbe meiner Zehennägel mit einem Grauschleier, und winzige Körner rieben unangenehm unter meiner Fußsohle. Nicht mal der Duft des Lavendels, der rechts und links den Weg säumte, konnte sich unter der Hitze entfalten.

Mit dem Handrücken wischte ich mir den Schweiß von der Stirn. Wie war ich bloß auf die aberwitzige Idee gekommen hierherzufahren? Obwohl ich erst zehn Minuten unterwegs war, kam es mir vor, als würde ich seit Stunden durch den Park laufen. Ich hatte die Strecke zum See unterschätzt, zu lange war ich nicht mehr hier gewesen. Die Tragetasche in meiner Hand wurde immer schwerer, und an meinen Schläfen begann es zu pochen. Ich verlangsamte meine Schritte und versuchte, die aufkommenden Kopfschmerzen zu ignorieren. Seufzend wechselte ich die Tüte von der linken in die rechte Hand. Wenn das nicht einer der absolut beschissensten Tage meines Lebens war! Auf einer Messlatte von eins bis hundert würde ich minus achtzig angeben.

Nach einer endlosen Ewigkeit ragte endlich die Weißesche am Seeufer vor mir auf. Ich schleppte mich auf eine Holzbank in den Schatten der tiefhängenden Zweige. In meinem Körper brannten Muskeln an Stellen, an denen ich niemals welche vermutet hätte und mein Rücken fühlte sich an, als wäre ich auf ihm eine Treppe heruntergerutscht.

Ich würde erst mal hier sitzen bleiben und mich ausruhen, vermutlich für die nächsten achtundvierzig Stunden. Mein Blick glitt über den See zur Kirchturmspitze der St. Andreas Kirche, in der Richard und ich geheiratet hatten. Ich kramte einen Piccolo aus der Tüte, öffnete den Schraubverschluss und trank, bis mir die Kohlensäure die Tränen in die Augen trieb. Anschließend riss ich die Packung Schokokekse auf, wobei mir die geschmolzene Schokolade bereits entgegenquoll. Trotzdem stopfte ich zwei Kekse in mich hinein und atmete auf, als sich mein Blutzuckerspiegel stabilisierte.

Ich streifte die Sandalen von den Füßen und tastete mich auf den Kieselsteinen zum See vor. Das kühle Wasser war eine Wohltat für meine geschwollenen Füße. Ich grub die Zehen durch die Kiesel, bis ich auf Sand stieß und erinnerte mich dabei an die Sonntagvormittage, an denen ich mit meinem Vater Steine gesammelt hatte, und wir sie über den See hüpfen ließen. Plötzlich hörte ich sein tiefes, brummiges Lachen, wenn mein Stein weiter über den See geschnellt war als seiner. Ich roch sein Rasierwasser, das nach Tannenzapfen duftete, und ich schmeckte auf der Zunge die Zimtapfelstücke, die meine Mutter uns eingepackt hatte. Lag es an den fehlenden Hormonen, dass mich in letzter Zeit manchmal die Melancholie einhüllte? Oder war es einfach die Tatsache, dass sich im Alter das Langzeitgedächtnis immer mehr Raum suchte, und ich mich an Dinge aus der Kindheit erinnern konnte, die mir vor zehn Jahren noch nicht eingefallen wären?

Ich setzte mich zurück auf die Bank und erlaubte mir endlich, mich mit dem zu befassen, was sich am Vormittag ereignet hatte. Keine Frage. Meine Mutter und Paul hatten ein Verhältnis. Aus welchem Grund sollten sie sonst zusammen in einem Hotel verschwinden? Nur, wie war es überhaupt zu dieser Liebelei gekommen? Was hatte meine Mutter dazu bewogen, Gerda den Mann auszuspannen? Wollte Betty sich für all die kleinen Bosheiten rächen, mit denen meine Schwiegermutter sie im Laufe der Jahre bedacht hatte?

Allerdings war meine Mutter auch kein Mädchen vom Ponyhof. Sie hatte sich immer zu wehren gewusst, und auch Gerda musste die eine oder andere Gemeinheit einstecken. Was war es dann? Langeweile? Einsamkeit? Die Sehnsucht nach körperlicher Nähe? Meine Eltern waren fünfundvierzig Jahre verheiratet gewesen. Nie hätte ich gedacht, dass Betty sich noch mal jemand anderem zuwenden würde. Oder war es tatsächlich echte, tiefempfundene Liebe? Mir fiel kein Gegenargument ein, warum das im Alter nicht möglich sein sollte. Trotzdem schob ich die Alternative ganz weit von mir. Ich wollte nicht über Konsequenzen dieses Verhältnisses nachdenken, die sogar die Familienfehden der US-Serie ›Dallas‹ toppen würden.

Drei Schokokekse weiter rotierten meine Gedanken weiterhin wie Wäschestücke im Schleudergang der Waschmaschine. Was war bloß in Paul gefahren? Meine Schwiegereltern kannten sich seit der Grundschulzeit. Ich hatte immer angenommen, Gerda wäre seine große Liebe. Okay, nachvollziehbar war das nicht, aber zu jeder Hexe gehörte schließlich ein Zauberstab. Noch mehr beschäftigte mich der Gedanke, wie ich mich in Zukunft verhalten sollte. Gab es eine Möglichkeit, Betty aus Pauls Leben zu entfernen, ohne sie vor einen Zug stoßen zu müssen? Oder sollte ich Gerda bei ihrer Reise ins Jenseits behilflich sein und dem neuen Glück freie Bahn verschaffen? Der zweite Vorschlag sagte mir weitaus mehr zu, aber in Hinblick auf eine lebenslange Freiheitsstrafe, verwarf ich beides wieder.

Mein Blick wanderte über den See, dessen ruhige

Oberfläche im krassen Gegensatz zu meinem momentanen Seelenfrieden stand. Es hätte mich nicht mal überrascht, wäre plötzlich der Bruder von Nessie aus dem Wasser aufgetaucht. Meine Welt war völlig aus den Fugen geraten, und ich wusste nicht, wie ich sie wieder in die Umlaufbahn bringen sollte. Ich beugte mich vor, stützte die Ellbogen auf den Knien ab und verbarg das Gesicht in den Händen. Was für eine beknackte Zeit! Luca hatte keine Lust mehr auf Schule, Hanna hatte keine Lust mehr auf Familie und meine Östrogene hatten keine Lust mehr auf mich, meine Mutter schüttelte zusammen mit meinem Schwiegervater die Daunenfedern auf und an meiner schriftstellerischen Karriere fehlten nur noch die Sargnägel.

Ich schüttelte den Kopf und murmelte: »Das kann doch alles nicht wahr sein.«

»Probleme?«

Ich schreckte hoch.

Eine ältere Dame mit einem hellblauen Strohhut auf dem Kopf und einem Rauhaardackel an der Leine, setzte sich neben mich. Am liebsten wäre ich eine Bank weiter geflüchtet. Auf Small Talk hatte ich überhaupt keine Lust und schon gar nicht darauf, meine Probleme mit einer Fremden zu diskutieren. Demonstrativ zog ich den zweiten Piccolo aus der Tasche und trank ein Drittel davon aus. Vielleicht würde mein Outing als Alkoholikerin sie dazu bewegen, weiterzugehen.

»Meinen Sie nicht, dass es für Alkohol ein bisschen früh ist?«

Och nee, auch noch eine Moralapostelin. Wo Bitteschön war gesetzlich festgehalten, dass man sich nur abends die Kante geben durfte?

»Irgendwo auf der Welt ist immer Abend«, entgegnete ich und nahm einen weiteren Schluck.

Sie lachte, woraufhin der Hund so heftig mit seiner Rute wedelte, dass mir ganz schwindelig wurde.

Leider musste ich mir eingestehen, dass sie ein sehr sympathisches Lachen hatte, bei dem sich die Fältchen um ihre Augen vertieften. Ich beschloss, erst mal sitzen zu bleiben.

»Gibt es einen Grund dafür?«, fragte sie und wies mit dem Finger auf den Prosecco.

Ich winkte ab. »Viele.«

»Mmh«, musterte sie mich, »ich würde sagen, Sie sind nicht mehr ganz jung, aber auch noch nicht alt.«

Das hatte das Sonnenhütchen aber scharf beobachtet. Jetzt fehlte nur noch der Hinweis, dass ich mich im besten Alter befand, und ich wäre schneller verschwunden, als ihr Dackel mit dem Schwanz wackeln konnte.

»Ein nicht einfacher Lebensabschnitt«, sinnierte sie nickend und warf mir einen Seitenblick zu. »Mit vielen Veränderungen für eine Frau.«

Ich musste mich verhört haben. Ungläubig beugte ich mich zu ihr. »Sie glauben also nicht, dass ich im besten Alter bin?«

Sie lachte wieder. »Für manche sind es vielleicht die besten Jahre, für andere eine Katastrophe.« Versonnen zupfte sie an den Falten ihres weißen Sommerrocks. »Als meine jüngste Tochter das Haus verließ, habe ich gedacht, die Erde steht still. Das ist wie bei der Geburt eines Kindes. Niemand gesteht einem vorher, wie schmerzhaft es wirklich ist.«

So war es mir auch beim Auszug von Hanna ergangen. Vor allem aber hatte ich mit Schuldgefühlen zu kämpfen gehabt, weil ich jetzt nie mehr gut machen konnte, was auch immer ich in ihrem Leben falsch gemacht hatte. Ich hatte sie öfters darauf angesprochen, ob unser schwieriges Verhältnis damit zusammenhing, dass Luca ein Frühchen gewesen war, und ich sie zwangsläufig vernachlässigt hatte, aber sie hatte dies immer verneint, und mir auch nie einen Hinweis darauf gegeben, was zwischen uns schiefgelaufen war. Entweder wich sie mir aus oder beendete das Gespräch, indem sie einfach aufstand und wegging. In der ersten Nacht ohne Hanna, schlich ich mich in ihr Zimmer und verkroch mich in ihrem Bett. Die Bettdecke, das Kopfkissen, alles roch nach meiner Tochter, die mich aus ihrem Leben ausgeschlossen hatte. Ich hatte mich in die mit weißen Schäfchen gemusterte Zudecke gewickelt und die halbe Nacht um die Zeit geweint, in der ich so gerne die Mutter gewesen wäre, die sie sich erträumt hatte.

Ich prostete meiner Nachbarin mit dem Piccolo zu, nahm einen weiteren Schluck und sagte: »Aber nicht nur die Kinder gehen aus dem Haus, auch die Eltern verlassen einen, verabschieden sich geistig oder sterben einfach weg.«

Ich wusste, wovon ich sprach. Der Herzinfarkt meines Vaters hatte mich unvorbereitet getroffen, wie ein tückischer Schlag in den Nacken, den man nicht kommen sah. Ich hatte nicht mal von ihm Abschied nehmen können.

Sonnenhütchen beugte sich zu dem Dackel und streichelte seinen Rücken. »Auch der Tod ist eine Farbe des Lebens.«

Das war er, aber Schwarz war weiß Gott nicht meine Lieblingsfarbe. Die Gewissheit, dass mein Vater mir keinen Schutz mehr bieten konnte, dass ich ihn nie wieder umarmen und mit ihm lachen konnte, war für mich die schmerzlichste Zeit meines Lebens gewesen. Und begriffen hatte ich seinen Tod erst, als ich bemerkte, dass niemand mehr da war, zu dem ich Papa sagen konnte.

»Das ist das Traurige am älter werden«, sagte Sonnenhütchen und hob den Dackel auf den Schoß. »Man muss immer wieder Abschied nehmen.«

Wir saßen eine Weile einfach nur da und starrten über den See.

»Sind Sie Psychologin oder so etwas Ähnliches?«, brach ich schließlich das Schweigen.

Ihre Augen lachten mich an. Von ihrem Äußeren ging eine Energie aus, die mich an meine Mutter erinnerte.

»Nein, ich bin eine ehemalige Altenpflegerin mit dreiundachtzig Jahren Lebenserfahrung.« Sie stand auf, setzte den Dackel auf den Boden und sah mich an. »Wissen Sie, ich hatte einen großen Wunsch in meinem Leben. Ich wollte mich selbständig machen und unabhängig sein. Das Ziel habe ich erreicht. Mit dreiundfünfzig Jahren habe ich meinen Arbeitsplatz gekündigt und einen mobilen Pflegeservice eröffnet. Das hat mir viel Kraft fürs Leben gegeben.« Aufmunternd lächelte sie mir zu. »Sie sind mindestens drei Jahrzehnte jünger als ich. Auch wenn Sie heute meinen, dass Ihre Welt immer dunkler wird, glauben Sie mir, dreißig Jahre sind eine lange Zeit, in der irgendwann Wunden weniger schmerzen und man noch vieles wahr werden lassen kann, was man sich vom Leben erträumt hat.« Sie entfernte sich ein paar Schritte und drehte sich noch mal um. »Es ist nicht das Alter, das einem im Weg steht, es ist nur der Kopf.«

Nachdenklich sah ich ihr nach. Mit ihrem duftigen,

weißen Sommerrock kam sie mir vor wie ein Engel, der sich in der flirrenden Hitze langsam auflöste. Ihr Auftreten und ihre Äußerungen nötigten mir Respekt ab. Konsequent ein Ziel zu verfolgen und mit Mitte Fünfzig von einem sicheren Arbeitsverhältnis in die Selbständigkeit zu starten, das erforderte eine Menge Disziplin und eine gehörige Portion Mut.

Seufzend trank ich den Rest des Proseccos. Wie würden meine nächsten dreißig Jahre aussehen? Was hatte ich noch für Wünsche und Ziele im Leben? Hatte ich überhaupt welche? Konnte ich konkret ein paar aufzählen? Es mussten die Auswirkungen des Alkohols sein, dass mir außer der Fertigstellung meines nächsten Krimis nichts einfiel.

Ich räumte die leeren Flaschen in die Tüte zurück und fasste den Entschluss, meine weitere Zukunftsplanung auf später zu verschieben. Zuerst musste ich meine aktuellen Probleme in den Griff kriegen.

Ich legte den Kopf in den Nacken und starrte in die Baumkrone über mir. Meine Gedanken sprangen hin und her, kletterten von Ast zu Ast, verirrten sich im Blättergewirr, um dann ungeordnet am Baumstamm wieder herunterzurutschen. Auf diese Weise würde ich es nie schaffen, sie zu sortieren.

Ich kramte einen kleinen Block und einen Stift aus der Handtasche und schrieb wahllos die Punkte auf, die mich im Moment am meisten beschäftigten: Kommissarin Schöller, Hanna, Lucas Schulleistungen, Betty und Paul, Wechseljahre. Mit dem Stift trommelte ich auf dem Papier herum und starrte auf die Zeilen. Welches Problem war für mich existentiell? Meine schriftstellerische Karriere. Ich musste Kommissarin Schöller aus dem Sarg holen. Eine dicke Eins landete vor diesem Punkt.

Betty und Pauls Liebesverhältnis bedrohte unsere familiären Grundmauern, daher hievte ich die beiden auf Platz zwei und beschloss, ihr Geheimnis erst mal für mich zu behalten, in der Hoffnung, dass sich das Problem auf wundersame Weise von selbst lösen würde. Im Moment konnte ich mich jedenfalls nicht dazu durchringen, die beiden zur Rede zu stellen, geschweige denn, Richard darin einzuweihen. Ich war mir nicht sicher, ob Paul den Entrüstungssturm seines Sohnes überleben würde.

Anschließend starrte ich auf den Namen meiner Tochter. Als ich vorhin über den Tag ihres Auszugs nachgedacht hatte, war mir klargeworden, dass ich einen weiteren Versuch starten musste, um zu ihr durchzudringen. Sobald ich meine Lektorin mit dem Exposé und der Textprobe beruhigt hatte, würde ich zu Hanna fahren. Ich wollte endlich wissen, was sie mir vorwarf, und wenn ich dafür wochenlang ihre Wohnung besetzen musste.

Auf Punkt vier landete Luca. Seine schulischen Leistungen sah ich zwar in seiner eigenen Verantwortung, aber da sie den Familienfrieden in letzter Zeit enorm belasteten, hielt ich ein Eingreifen für notwendig und notierte mir, meinen Sohn auf Nachhilfeunterricht anzusprechen.

Blieben noch die Wechseljahre. Falls ich nicht auf eine Hormontherapie oder irgendwelche Ersatzstoffe zurückgreifen wollte, musste ich mich wohl oder übel mit den Veränderungen arrangieren und meine Eierstöcke in den Ruhestand verabschieden. Frei nach der Aussage meines Gynäkologen: *»Seien Sie dankbar dafür, dass Ihre Eierstöcke Sie eine fruchtbare Zeit Ihres Lebens begleitet haben«*.

Es hatte sich angehört wie der Text einer Traueranzeige, und ich hatte mir nur mit Mühe ein ›Amen‹ verkneifen können.

Ich überflog das Ergebnis meiner Problemanalyse, fühlte mich gleich ein bisschen besser und freute mich schon darauf, den ersten Haken hinter einem der Punkte machen zu können. Während ich den Block in die Handtasche zurücklegte, hörte ich in der Ferne ein Grummeln. Hinter dem Turm unserer Hochzeitskirche zogen die ersten Gewitterwolken auf, die für den Abend angekündigt waren. Zum Glück war ich wieder so nüchtern, dass ich mich hinters Steuer traute.

Kapitel 12

Luca saß am Esstisch und daddelte auf seinem Smartphone herum, als ich das Zimmer betrat. Vor ihm stand der Rest einer Fertigpizza. Ich versteckte die zwei leeren Piccolos in den Karton für den Glascontainer und setzte mich zu ihm.

»Wo ist Papa?«, holte ich meinen Sohn aus der Welt der Riesen, Magier und Drachen zurück.

»Fährt direkt vom Büro aus in die Schule zum Informationsabend«, antwortete er, ohne den Kopf zu heben.

Ich stieß einen langen Seufzer aus und beglückwünschte mich zu der umsichtigen Vorgehensweise, Richard den Termin aufs Auge gedrückt zu haben. Zu Diskussionen über Oberstufenregelungen wäre ich heute nicht mehr in der Lage gewesen.

Abrupt setzte Luca sich auf. »Mama! Du stinkst nach Alkohol. Ist ja widerlich.«

Er hatte wohl vergessen, dass ich ihm nach seinem ersten übermäßigen Bierkonsum geholfen hatte, die Kloschüssel zu finden, was wesentlich widerlicher gerochen hatte als mein alkoholisierter Atem. Ich ersparte ihm eine Retourkutsche und nahm das letzte Pizzastück vom Teller.

»Was ist eigentlich mit dir passiert?« Neugierig starrte er mich an. »Du siehst irgendwie so …«, er machte eine kleine Pause, als würde er nach der richtigen Bezeichnung suchen, »… unordentlich aus.«

Schönen Dank auch. Lucas aufmunternde Komplimente waren doch immer wieder ein Quell der Freude, aber angesichts meiner Laune war es mir völlig egal, wie ich aussah. Ohne auf seine Frage einzugehen, biss ich in die Pizza.

»Deine Lektorin hat übrigens angerufen.« Er grinste mich an. »Dreimal.«

Mist! Mist! Mist! Ich hatte gehofft, dass Susanne den gestrigen Abgabetermin aufgrund irgendwelcher kurzfristig anberaumter Verlagsbesprechungen, nicht mehr auf den Schirm hatte.

»Was hast du ihr gesagt?« Ich versuchte, den panisch schrillen Ton in meiner Stimme zu unterdrücken.

Neulich erst hatten Luca und ich, in einem Anfall gemeinsamer Krisenbewältigung, den Jammermodus eingeschaltet und uns gegenseitig unser Leid geklagt. Luca hatte herumgenörgelt, dass der Schulstress seine Gesundheit ruiniere, und er sich aufgrund der Folgeschäden nach spätestens zehn Berufsjahren in den Vorruhestand verabschieden müsse. Und ich hatte lamentiert, dass es um Kommissarin Schöllers Gesundheit und Seelenzustand weiß Gott noch schlechter stand, weil ich nicht in der Lage war, ihr eine Leiche unterzujubeln.

Ich konnte nur hoffen, dass er Susanne nichts davon erzählt und schon gar nicht den Detektiveinsatz erwähnt hatte, den ich ihr nicht wirklich erklären wollte.

Lucas Grinsen wurde eine Spur breiter. »Sie war nicht sehr begeistert davon, dass du die Schriftstellerei an den Nagel gehängt und eine Ausbildung zur

Yogalehrerin angefangen hast.«

»Waaaas?« Empört warf ich den Rest der Pizza zurück auf den Teller.

»Mama!« antwortete mein Sohn genauso entrüstet. »Traust du mir so etwas wirklich zu?«

Ja, sorry, tat ich, in der Pubertät musste man mit allem rechnen. »Nein, natürlich nicht«, schüttelte ich möglichst überzeugend den Kopf.

»Ich habe ihr erklärt, dass Oma Betty akut erkrankt ist, und du dich um sie kümmern musst«, korrigierte Luca seine erste Ausführung. »Und bei den nächsten beiden Anrufen habe ich gesagt, dass du noch nicht zu Hause bist.«

Braver Junge! Auch wenn ich natürlich seine Lüge nicht gutheißen konnte. Allerdings würde ich die Lektion über Ehrlichkeit im zwischenmenschlichen Bereich heute unter den Tisch fallen lassen, und sie bei einer besseren Ausgangssituation meinerseits nachholen. Wie konnte ich einen Stein auf meinen Sohn werfen, wenn ich im Moment selbst im Glashaus saß? Vorbildfunktion sah anders aus.

Ich stand auf und trug den Teller in die Küche. Hoffentlich würde meine Lektorin die Ausrede schlucken. Meine Mutter hatte in den letzten Wochen öfters als Vorwand herhalten müssen. Kurzerhand beschloss ich, Susanne später eine Email zu schicken und sie zu bitten, mir aufgrund der familiären Notlage ein paar Tage Aufschub zu gewähren. In der Zwischenzeit musste ich mir in der Detektei Akteneinsicht verschaffen und mich anschließend für die nächsten Nächte im Arbeitszimmer einschließen, um durchzuarbeiten. So konnte ich wenigstens meine hormonbedingte Schlaflosigkeit produktiv einsetzen.

Luca stellte sich neben mich und legte seinen

Unterarm auf meiner Schulter ab, als wäre ich eine Theke.

Überrascht sah ich zu ihm hoch. So viel Körpernähe kannte ich gar nicht von meinem Sohn.

»Wie war überhaupt dein erster Einsatz als Detektivin?«, fragte er.

»Ganz okay«, verallgemeinerte ich meine Antwort. Mit Sicherheit würde ich ihm die Dramen des Tages nicht auf die Nase binden.

»Warum machst du das eigentlich?« Er nahm seinen Arm von meiner Schulter, öffnete den Kühlschrank und holte eine Flasche Vollmilch heraus. »Ist das Recherchearbeit für deinen neuen Krimi?«

»Kommissarin Schöller arbeitet diesmal mit einem Detektiv zusammen«, fantasierte ich wild drauflos. »Daher muss ich mich damit vertraut machen, wie in einer Detektei gearbeitet wird und ein privater Ermittler so tickt.« Niemals würde ich den wahren Grund vor meinem Sohn zugeben. Kinder mussten nicht alles wissen.

»Cool.« Luca goss sich ein Glas Milch ein. »Dann hast du schon eine Idee für das neue Buch?«

Wenn man zwei Sätze eine Idee für einen vierhundertseitigen Krimi nennen konnte?

»Musst du jedes Mal wissen, wie die Figuren in der Geschichte ticken?« Er wischte sich mit dem Handrücken den Milchbart ab. »Du bringst ja auch nicht jemanden um, nur um nachvollziehen zu können, wie sich der Mörder dabei fühlt.«

Ich grinste. »Stimmt, in so einem Fall verlasse ich mich natürlich auf meine Recherche, genauso wie bei einem gewalttätigen Raubüberfall. Da kann ich nur versuchen, nachzuempfinden, welche Ängste das Opfer durchsteht, welche Gedanken ihm durch den

Kopf schießen, wie sich Panik oder Todesfurcht anfühlen.« Ich öffnete die Spülmaschine, stellte den Teller in den Geschirrkorb und drehte mich zu meinem Sohn um. »Viel realistischer könnte man diese Gefühle natürlich zu Papier bringen, wenn man so eine Situation selbst erlebt hat.«

Luca starrte an mir vorbei, als wäre ihm plötzlich eine Idee durch den Kopf geschossen.

»Ist was?«, hakte ich nach.

Er winkte ab. »Nichts Besonderes. In der Schule drehen wir im Wahlfach ›Film und Marketing‹ eine Werbekampagne über Einbruchsicherheit in Wohnhäusern, und im Vorspann wird eine Frau in ihrem Haus überfallen.« Er trank den Rest der Milch aus und stellte das Glas in die Spüle. »Aber die Schülerin, die das Opfer spielt, kriegt das nicht auf die Reihe. Ihre Ängste wirken viel zu gekünstelt.«

Ich nickte. »Ist ja auch nicht einfach, so etwas authentisch darzustellen.«

»Mmh«, machte Luca nur und schlich um die Kücheninsel, als wolle er einen gewissen Abstand zwischen uns schaffen. »Mama?«

Sein Tonfall ließ mich alarmiert aufhorchen.

»Ich muss dir etwas sagen.«

Oh nein! Bitte nicht! Heute ging gar nichts mehr. Eine weitere Hiobsbotschaft und ich würde mich freiwillig im Garten unter dem Kirschbaum verbuddeln.

»Wir haben doch gestern Latein geschrieben«, druckste er herum.

Meine Augen weiteten sich. »Und?«

»Der Bergmann hat mir heute nach dem Unterricht gesagt, dass ich nicht so gut abgeschnitten habe.«

»Nicht so gut heißt, dass es eine Note aufwärts von Zwei sein kann«, klärte ich ihn auf.

»Na ja, ich bewege mich da eher im Bereich aufwärts von Fünf.«

Geräuschvoll stieß ich die Luft aus. »Eine Sechs?« Irritiert stellte ich fest, dass ich mich heute sogar über eine Fünf gefreut hätte. Man musste ja schon für Kleinigkeiten dankbar sein. Nach einer Fünf kam immerhin noch eine Sechs, aber nach einer Sechs kam nichts mehr. Wo Bitteschön blieb da der positive Aspekt?

»Wie viele Punkte von welcher Gesamtpunktzahl?« Vielleicht würde mich das ein bisschen aufmuntern.

»Äh«, stammelte Luca, kramte sein Smartphone aus der Hosentasche und tat so, als müsse er dringend eine Nachricht auf WhatsApp beantworten. »Null von Achtundfünfzig.«

Ich sank gegen die Spülmaschine und beschloss, auf der Stelle in unser Gartenhäuschen zu gehen, um mir den Spaten zu holen. Durchdringend musterte ich meinen Sohn, dem das Ganze offensichtlich sehr unangenehm war, jedenfalls vermied er es, mir in die Augen zu sehen. Sollte ich mich jetzt aufregen und mit einer Strafpredigt über Bildung, Zukunft und Selbstverantwortung loslegen? Das ganze Programm abarbeiten, zu dem Eltern sich in so einem Fall genötigt fühlten? Ich entschied mich dagegen. Den Part würde sowieso Richard für mich erledigen.

»Woran hat es gelegen?«, fragte ich stattdessen.

Luca zuckte mit den Achseln. »Da waren Vokabeln dabei, von denen ich noch nie etwas gehört habe, und die Grammatik konnte ich nicht, weil der Bergmann sie einfach nicht richtig erklärt hat. Das sagen alle.« Er warf mir einen verzweifelten Blick zu, der wohl dafür gedacht war, mich milde zu stimmen. »Und außerdem mag der mich sowieso nicht«, fügte er hinzu.

Na, das erklärte doch einiges. Hätte mich auch sehr gewundert, wenn der Nachtrag nicht gekommen wäre. »Soweit ich mich erinnere, konnte dich dein Lehrer bei den letzten Klausuren auch schon nicht leiden«, antwortete ich etwas schärfer. »Das wird also eine Fünf in Latein auf dem Zeugnis.«

Mein Sohn nickte.

Okay, eine Fünf war verkraftbar. Probleme gab es erst, wenn sie im Doppelpack auftraten. »Und wie sieht es in den anderen Fächern aus? Was ist mit Deutsch? Da stehst du ebenfalls auf der Kippe, und die Klausur hast du noch nicht zurückbekommen.«

»Alles in Ordnung, das Gedicht habe ich super analysiert«, versuchte er mich zu beruhigen.

Ich warf ihm einen skeptischen Blick zu. Zum einen litt unser Sohn, was seine schriftlichen Schulleistungen betraf, unter krasser Fehleinschätzung und zum anderen hatte er leider meine sprachlichen Gene nicht geerbt.

»Wirklich, Mama, mach dir keine Sorgen. Läuft bei mir.«

»Ab dem nächsten Schuljahr zählen alle Punkte für die Abiturnote.« Ich sah ihn streng an. »Wäre schön, wenn du dich dann ein bisschen mehr reinhängen würdest.«

»Ich weiß auch nicht, woran es liegt«, erklärte er zerknirscht. »Im Moment kann ich mich einfach nicht konzentrieren, weil mir ständig irgendetwas anderes einfällt.« Er sah mich so unglücklich an, dass ich ihn am liebsten in den Arm genommen hätte, wenn nicht zusätzlich das Schild ›Anfassen verboten‹ in seinen Augen aufgeleuchtet wäre.

»Völlig konfuse Dinge schwirren mir plötzlich durch den Kopf. Neulich habe ich vor dem Spiegel gestanden und mich gefragt, wer ich eigentlich bin, und was ich hier auf dieser Welt mache. Und manchmal springe ich auf, laufe fünf Minuten um meinen Stuhl herum und gebe komische Geräusche von mir.« Er fuhr mit dem Zeigefinger die Kreise des Induktionskochfeldes nach. »Mama, glaubst du, dass ich verrückt werde?« Sein Blick signalisierte mir, dass er ernsthaft mit diesem Gedanken gespielt hatte. Es wunderte mich nicht. Sein Gehirn musste im Moment eine einzige Baustelle sein, auf der Bagger Hirnmasse umgruben und Bauarbeiter Synapsen neu verlöteten.

»Keine Sorge«, beruhigte ich ihn, »du bist nur in der Pubertät, das ist so ähnlich.« Mitleidig sah ich ihn an. Für Hanna war das alles kein Problem gewesen. Ihre körperliche Entwicklung hatte sich auf die Jahre zwischen elf und fünfzehn konzentriert. In der heißen Phase zum Abitur war sie längst durch die Pubertät durch und wusste, worauf es ankam. Luca dagegen stand mitten in der Entwicklung, und es kam mir manchmal so vor, als säße er in einer Schiffsschaukel. Seine Leistungen und Stimmungen schossen rauf und runter, und ich hoffte nur, dass die Schaukel sich nicht irgendwann überschlug und mein Kind herausschleuderte. Ich ging um die Kücheninsel herum und legte eine Hand auf seine Schulter. »Eine Fünf auf dem Zeugnis ist kein Weltuntergang.«

»Für mich nicht, für dich nicht, aber für Papa.«

»Ach was«, wiegelte ich ab, »er wird sich ein bisschen aufregen und dann beruhigt er sich wieder.«

Zweifelnd sah Luca mich an. »Wenn er mir das Taschengeld streicht, kann ich das Benzin für meinen Roller nicht mehr bezahlen.«

Aha, meinen Sohn plagten nicht vorrangig Angstgefühle vor der Reaktion seines Vaters, oder etwa Reuegedanken, weil er zu wenig gelernt hatte, nein, ihn drückten ganz banale, materielle Freizeitsorgen. Und das, obwohl er auch ordentlich bei Oma Betty abkassierte.

»Streichen wird er es nicht«, tröstete ich ihn, »aber vermutlich für die nächsten zwei Jahre in einen Nachhilfelehrer investieren.« Womit ich den vierten Punkt meiner Prioritätenliste abhaken konnte.

Kapitel 13

Die lauwarme Dusche war eine Wohltat für meinen verschwitzten Körper. Ich wickelte ein Handtuch um die nassen Haare, zog einen Bademantel über und cremte mir ein Antifaltenserum ins Gesicht. Kurz bevor ich den Föhn einschalten wollte, hörte ich Richards Stimme. Sie hatte eine ganze Palette von Klangfarben und diese gehörte zu denen, die man sich maximal einmal in zehn Jahren wünschte. Ich öffnete die Badezimmertür und eilte barfuß zu Lucas Zimmer.

In der Mitte des Raumes fuchtelte Richard mit den Händen in der Luft herum, während beide kleinen Finger sich dramatisch abspreizten. Luca steckte also in Schwierigkeiten.

»Latein ist ein reines Lernfach, und wenn man sich in Deutsch einigermaßen gut vorbereitet, dann muss man in diesem Fach keine Sechs schreiben.«

»Eine Sechs?« Noch eine? Die Werteskala dieses Tages rauschte von minus achtzig bis unendlich, und der Spaten im Gartenhäuschen klapperte verdächtig.

Richard drehte sich zu mir. Sein weißes Baumwollhemd klebte an der Brust und sein Gesicht wies eine ungesunde Rotfärbung auf. »Lucas Klassenlehrerin hat mir mitgeteilt, dass unser Sohn dieses Schuljahr leider nicht schaffen wird.«

Damit hatte die Schiffsschaukel sich überschlagen und Luca rausgeworfen. Mein Blick wanderte zu ihm. Mit verschränkten Armen lehnte er am Schreibtisch, in seinen Augen schimmerte es verdächtig.

»Ich habe sehr wohl für Deutsch gelernt.« Seine Stimme klang patzig. »Keine Ahnung, was dieser alten Schnepfe an meiner Analyse nicht gepasst hat.«

Richard wirbelte zu ihm zurück. »Rede nicht so respektlos über deine Lehrerin! Du hast das Gedicht nicht nur falsch interpretiert, sondern auch die Sätze so verschachtelt geschrieben, dass sie absolut unverständlich waren.« Er steckte seine Hände in die Hosentaschen und lief im Zimmer auf und ab. »Ich hatte das zweifelhafte Vergnügen, einen Teil davon lesen zu dürfen.«

Luca wischte sich mit den Handballen über die Augen, und ich spürte förmlich, wie sich seine Kehle vor unterdrückter Tränen zusammenzog.

»Nach der letzten Klausur hat sie mir erklärt, dass ich mehr Nebensätze einbinden muss«, verteidigte er sich verzweifelt. »Das habe ich diesmal gemacht, und jetzt ist sie wieder nicht zufrieden.« Hilfe suchend sah er mich an. »Was soll ich denn da machen?«

Ich hatte schon öfters mit ihm für Deutschklausuren gelernt, und ich wusste genau, was passiert war. Er hatte seine Sätze so künstlich in die Länge gezogen, dass er am Ende nicht mehr wusste, was er am Anfang geschrieben hatte. Kein Wunder, dass nichts zusammenpasste.

»Ich würde vorschlagen, das Thema ›Schule‹ auf morgen zu vertagen.« Mein Zeigefinger bohrte sich in Richards Seite. »Luca muss auch erst mal verkraften, dass er das Schuljahr nicht schafft.«

»Darüber ist noch nicht das letzte Wort gesprochen«, wandte Richard ein. »Schließlich gibt es eine Nachprüfung.«

»Ganz bestimmt nicht für mich«, antwortete Luca trotzig. »Ich hab keinen Bock in den Sommerferien zu lernen.«

Während Richards Brustkorb sich aufpumpte, wechselte seine Gesichtsfarbe zu dunkelviolett.

Ich straffte meinen Bademantel enger zusammen.

»Du wirst alles, aber auch alles dafür tun, dieses Schuljahr zu schaffen«, polterte Richard los und ging einen Schritt auf Luca zu.

»Mooooment!« Mit ausgestreckten Armen baute ich mich zwischen den beiden auf. »Auszeit!« Abwechselnd warf ich ihnen einen strengen Blick zu. »So geht das nicht!« In erster Linie wollte ich verhindern, dass sie sich Dinge an den Kopf warfen, die sie morgen bitter bereuen würden.

Richard sah mich wütend an. »Ich will das jetzt mit meinem Sohn ausdiskutieren.«

In seiner Verfassung hieß das lediglich, dass er herumbrüllte, und der nicht zu Wort kommende Diskussionspartner sich nach Sibirien wünschte.

»Ihr seid beide für eine konstruktive Diskussion viel zu aufgebracht«, wandte ich ein. »Wir schlafen alle eine Nacht darüber, jeder macht sich Gedanken zu dem Thema und morgen Abend klären wir das innerhalb einer Familiensitzung.«

Luca verzog das Gesicht.

Richard brummte unwillig.

Ich packte ihn am Arm und zog ihn zur Tür. »Lass uns ein Gläschen Rotwein trinken«, lenkte ich ihn ab und zog das Handtuch vom Kopf. »Im Keller ist noch ein Beaujolais. In zehn Minuten bin ich bei dir.« Bevor ich Lucas Tür hinter mir zumachte, warf ich meinem Sohn einen Blick zu, der ausdrückte, dass alles okay war und ich ihn liebte. Ich würde später noch mal nach ihm sehen.

***

Regen peitschte gegen das Wohnzimmerfenster, als ich mit frisch geföhnten Haaren im Schlafanzug nach unten lief. Richard hatte sich ebenfalls umgezogen und saß in Shorts und T-Shirt auf dem Sofa. Vor ihm standen zwei gut gefüllte Rotweingläser.

Ich setzte mich mit angewinkelten Beinen neben ihn, legte eine Hand auf seine Schulter und drehte eine Locke seines Haares um meinen Zeigefinger.

Richards Gesichtsfarbe hatte sich wieder normalisiert, aber die roten Flecken im Nacken zeugten noch von seiner inneren Anspannung.

Draußen erhellte ein Blitz den Kirschbaum, und ich zuckte zusammen, als der nachfolgende Donner über dem Haus zusammenbrach.

»Ich verstehe Luca nicht. Warum hat er keinen Ehrgeiz?« Richard reichte mir ein Weinglas. »Seine Faulheit bringt mich auf die Palme.«

»Lass ihn einfach in Ruhe«, schlug ich vor und nippte an dem Beaujolais. »Er ist im Moment in einer schwierigen Phase. Außerdem fühlt er sich von dir unter Druck gesetzt. Je mehr du herummeckerst, umso mehr Widerstand baut er auf.«

»Er sieht das alles viel zu locker. So schafft er das Abitur nie.«

Ich winkte ab. »Viele Wege führen nach Rom. Du hast auch einen Umweg genommen. Was ist daran schlecht?«

»Nichts«, knurrte Richard. »Ich wollte es ihm nur

ersparen.«

»Vielleicht tut es ihm ganz gut, wenn er ein Jahr wiederholt. Er ist sowieso einer der Jüngsten.« Ich zupfte an Richards Locke. »Vertrau deinem Sohn. Er wird seinen Weg schon gehen.« Außerdem sah ich bei der Wiederholung der zehnten Jahrgangsstufe sehr wohl auch einen positiven, wenn auch egoistischen Gesichtspunkt: Luca würde ein Jahr länger bei uns bleiben.

Richard seufzte. »Wahrscheinlich hast du recht. Vielleicht erwarte ich wirklich zu viel von ihm.« Er nahm sein Glas in die Hand und ließ den Wein gedankenverloren darin kreisen. »Stell dir mal vor, Paul war heute schon wieder stundenlang verschwunden.«

Ich verschluckte mich fast am Rotwein. Stundenlang? So eine Ausdauer hätte ich meinem Schwiegervater gar nicht zugetraut. »Wo war er denn?«, fragte ich und bemühte mich, so unverkrampft wie möglich zu klingen.

Richard zuckte mit den Achseln. »Er hat Gerda dieselben Ausreden aufgetischt wie gestern.«

Meine Güte! Hätte Paul sich nicht was Neues einfallen lassen können? Seine Kreativität beim Sex war offensichtlich wesentlich stärker ausgeprägt, als die beim Lügen. Oder womit sollte man sonst seine Ausdauer erklären? Aber warum wunderte ich mich eigentlich darüber? Schließlich wusste ich sehr genau um Richards Vorzüge im Bett, und bekannterweise fiel der Apfel nicht weit vom Stamm.

»Morgen muss ich unbedingt mit meinem Vater reden. Langsam mache ich mir ernsthaft Sorgen.«

Das konnte ich nachvollziehen, ging mir genauso. Und noch mehr Sorgen würde ich mir machen, wenn Richard erfuhr, wo Paul sich austobte.

Richard wandte sich zu mir und seine Haarlocke entglitt meinem Finger. »Ob Betty etwas darüber weiß? Gerda hat mir erzählt, dass deine Mutter den ganzen Tag nicht in ihrer Wohnung war, und die beiden ungefähr zur selben Uhrzeit nach Hause gekommen sind.«

Ich verdrehte innerlich die Augen. Hoffentlich waren sie nicht Händchenhaltend ins Seniorenzentrum einmarschiert. »Keine Ahnung, wo Betty sich herumgetrieben hat. Vielleicht war sie mit dem E-Bike unterwegs. Das letzte Mal habe ich gestern mit ihr gesprochen«, erwiderte ich möglichst überzeugend. Ich wusste, dass meine Stimme trotzdem einen falschen Klang hatte und das Glashaus unter meinen Lügen ächzte, aber das war besser als die Wahrheit. »Wenn du willst, kann ich sie morgen früh anrufen und nachfragen, ob sie Paul irgendwo gesehen hat.« Den Teufel würde ich tun. »Weißt du, wie ich über Pauls Abwesenheit denke?« Mein Magen zog sich bei jeder weiteren Lüge ein bisschen mehr zusammen, aber ich musste Richard auf eine falsche Fährte locken, bevor er sich Paul vorknöpfen, und der ihm beichten würde, dass seine Glocken jetzt für Betty läuteten.

Ich stellte mein Glas zurück auf den Tisch. »Du weißt doch, wie anstrengend Gerda manchmal ist, und dass dein Vater es nicht immer leicht mit ihr hat.«

Richard nickte widerspruchslos.

»Die beiden hängen Tag für Tag in einer Zweizimmerwohnung aufeinander«, fuhr ich fort. »Vielleicht braucht Paul einfach nur ein bisschen Freiraum. Und weil er nicht weiß, wie er deiner Mutter das erklären soll, ohne dass sie für den Rest ihres Lebens beleidigt ist, erfindet er komische

Geschichten.« Eigentlich hatte ich jetzt nicht mal gelogen, nur die Wahrheit ein bisschen umgestylt. »Lass ihm ein wenig Zeit, möglicherweise löst sich das Problem von selbst. Einmischen kannst du dich später immer noch.«

»Das wäre mir natürlich das Liebste.« Richards Stimme klang weich. Er nahm mich in den Arm, fuhr mit dem Daumen zärtlich über meine Lippen und küsste mich. »Meine kluge Frau versucht mal wieder, alles ins Positive zu kehren.«

Klar, mit einem Haufen Lügen konnte man eine Menge schönreden.

Ich schmiegte mich an ihn, krabbelte mit der Hand unter sein T-Shirt und legte sie auf seine Brust. Normalerweise wirkte sein Herzschlag auf mich, wie das beruhigende Ticken einer Uhr, heute aber hatte es den Klang einer tickenden Zeitbombe.

Kapitel 14

Viktor, der vor dem Fahrstuhl stand, als ich kurz vor neun Uhr die Detektei betrat, winkte mich zu sich. Ich atmete tief durch. So früh hatte ich nicht mit einem Anschiss gerechnet. Obwohl das Gewitter die Luft erheblich abgekühlt hatte, fing ich an zu schwitzen. Wenn er mich rausschmeißen würde, wäre ich geliefert. Susanne hatte mir gestern Abend per Email eine Woche Aufschub gewährt, das waren 168 Stunden minus der letzten Nacht. Ich musste mir heute unbedingt Zugriff zu den Akten verschaffen und das bedeutete, Viktor davon zu überzeugen, dass der gestrige Tag ein Ausrutscher gewesen war.

»Guten Morgen«, begrüßte er mich per Handschlag und ließ mir den Vortritt in den Aufzug. »Oliver hat mir gestern Nachmittag von eurem Einsatz berichtet.«

Mein Herz rutschte bis in die linken Ballerinas. Wahrscheinlich hatte er mich als völlig unfähig dargestellt, von einer Gefährdung der Observation gefaselt und sich geweigert, weiterhin mit mir zusammenzuarbeiten. Innerlich bereitete ich mich auf eine Standpauke über Teamfähigkeit und Verantwortungsbewusstsein vor. Am besten wäre es, ich würde mich gleich bei Viktor entschuldigen.

»Äh, wegen gestern.« Ich räusperte mich und

beschloss, ihm notfalls von der Entdeckung zu erzählen, dass meine Mutter und mein Schwiegervater dabei waren, einen familiären Super-GAU auszulösen. Dafür würde er ja wohl Verständnis haben.

»Ist ja prima gelaufen bei euch beiden.« Viktor drückte den Knopf für das siebte Stockwerk. »Das freut mich sehr, dann kann es heute gleich weitergehen.«

Ich starrte ihn an, als hätte er mich um einen One-Night-Stand gebeten. Er musste etwas verwechselt haben. Bei den vielen Mitarbeitern, die ihm täglich ihre Ermittlungsergebnisse berichteten, war das schließlich kein Wunder. Ich stutzte. Oder hatte mein Partner mich wirklich nicht ans Messer geliefert? Nein! Das war ausgeschlossen. Oliver machte auf mich nicht den Eindruck, als ob er jemand wäre, der etwas unter den Tisch fallen ließ. Im Gegenteil, bei Boxkämpfen stand er mit Sicherheit in der ersten Reihe, um das Blut spritzen zu sehen. »Sprichst du von dem Fall ›Achim Bovarik‹?«, fragte ich nach.

»Ja, sicher.« Sein Anzug passte farblich perfekt zu seinen Augen, mit denen er mich verwundert ansah. Hätte ich nicht in Richard schon meinen Traummann gefunden, wäre Viktor zumindest vom optischen her eine ebenbürtige Alternative. »Oder habt ihr abends eine zweite Observation durchgeführt?«

»Nein, nein«, erklärte ich rasch, während Kommissarin Schöller ein Bein über die Sargkante hievte. »Ist alles gut.« Da hatte ich Oliver wohl Unrecht getan. Oder führte er irgendetwas im Schilde? Gab es für sein Verhalten einen besonderen Grund? Egal. Hauptsache, ich behielt meinen Praktikumsplatz.

»Gibt es eigentlich für Mitarbeiter die Möglichkeit, das Auto in der Tiefgarage abzustellen?« Wenn Viktor mit mir zufrieden war, würde er mir vielleicht diese Annehmlichkeit zugestehen.

Er nickte. »Kein Problem. Lass dir von Jasmin einen Funkschlüssel für das Garagentor geben.«

Der Aufzug hielt im siebten Stock. Viktors Blick blieb ein klein wenig zu lange an meinem Blusenausschnitt hängen, was die These, dass Frauen ab fünfundvierzig für Männer immer unsichtbarer wurden, schlichtweg aushebelte.

»Leider bin ich heute auswärts unterwegs, meine Liebe«, verabschiedete er sich mit leichtem Bedauern in der Stimme, »aber Oliver wird sich weiterhin um dich kümmern.«

Ich versicherte ihm, dass ich bei seinem Mitarbeiter bestens aufgehoben sei und lief beschwingt den Gang entlang bis zu Jasmins offener Zimmertür. Vor ihrem Schreibtisch blieb ich stehen und wünschte ihr einen guten Morgen. Sie sah nur kurz auf und sortierte weiter seelenruhig Rechnungen in die dafür bereitliegenden Aktendeckel.

Normalerweise hätte ich mich nach dreißig Sekunden entrüstet bemerkbar gemacht, aber ihre Ignoranz verschaffte mir die Möglichkeit, mich mit den Örtlichkeiten meines späteren Tatortes vertraut zu machen. Also hielt ich den Mund und sah mich unauffällig um. Fünf Stahlcontainer mit jeweils vier Schubladen reihten sich hinter Jasmins Rücken aneinander. In der rechten oberen Ecke jedes Schranks steckte ein Schlüssel, mit denen die nach Alphabet sortierten Schubfächer zentral abgesperrt werden konnten. Ich vermutete, dass Jasmin morgens alles entriegelte und abends wieder verschloss. Tatsache war, dass ich nur an die Akten kam, wenn ich Jasmin entweder weglockte, oder mich in dem Büro versteckte, um bei ihrer Abwesenheit zuzuschlagen, oder ihr eins über die Rübe gab.

»Was kann ich für dich tun?«, ließ sie sich endlich herab mich anzusprechen, als ich gerade überlegte, ob ich in den Garderobenschrank neben der Tür passen würde.

»Viktor hat mir gesagt, ich könnte bei dir einen Schlüssel für die Tiefgarage bekommen.«

Sie kramte aus einer Schublade einen rechteckigen Gegenstand mit einem gelben Knopf und reichte ihn mir. »Damit öffnet sich das Garagentor automatisch. Weiter kommst du allerdings nicht. Nur festangestellte Mitarbeiter haben einen Schlüssel für das Gebäude.« Sie bedachte mich mit einem Blick, der besagte, dass ich ihrer Meinung nach niemals dazu gehören würde.

»Die Tür zum Treppenhaus wird videoüberwacht«, fuhr sie fort. »Neben dem Türgriff gibt es eine Klingel. Alina vom Empfang öffnet dir per Knopfdruck, sobald sie dich identifiziert hat.« Sie schob mir einen Zettel und einen Stift zu. »Hiermit quittierst du den Erhalt und verpflichtest dich zur Rückgabe, sobald du aus der Detektei ausscheidest.«

Hinter mir klopfte es am Türrahmen, und als ich mich umdrehte, verfinsterte sich Olivers Gesicht um eine Schattierung.

»Jasmin, ich brauche dich im Besprechungszimmer der fünften Etage.« Er nickte mir zu. »Du kannst noch einen Kaffee trinken. Wir treffen uns in einer halben Stunde in meinem Büro.« Er wandte sich wieder an Jasmin, deren Gesichtsbräune sich mit einer leichten Röte überzogen hatte. »Bring bitte den Schlüssel mit.«

Oha, Besprechungszimmer, innen abschließbar,

mit Fensterrollos und stabilen Tischen? Ich wünschte Jasmin zig multiple Orgasmen, und Oliver die Ausdauer von Richard und Paul zusammen, denn in der Zwischenzeit würde ich mich um ihre Akten kümmern.

Erleichtert registrierte ich, dass Jasmin weder die Aktenschränke noch das Büro abschloss. Ich drückte mich im Gang herum, bis die beiden im Fahrstuhl verschwunden waren. Meine Hand lag bereits auf der Klinke, als ich plötzlich innehielt und mich umsah. Alle Büros waren mit Mitarbeitern belegt und jeder konnte durch die Glasfenster beobachten, wie ich in Jasmins Zimmer verschwand. Meine Hand fing an zu zittern. Ich ließ den Türgriff wieder los. Heilige Madonna! Jetzt stand ich einen Meter vor der Erfüllung meines sehnlichsten Wunsches und kapitulierte kurz vorm Ziel.

Meine Gedanken rasten hin und her. Sollte ich es wirklich riskieren? Was, wenn ich in flagranti erwischt und als Spionin entlarvt wurde? Man würde mich an den Haaren zu Viktor zerren und mich auf seiner cremefarbenen Couch festnageln. Unwillkürlich griff ich in meine Locken und im nächsten Moment fiel mir die Lösung ein. Ich musste mich tarnen. Viktor hatte mir gestern erzählt, dass über siebzig Mitarbeiter in diesem Gebäude beschäftigt waren. Oberflächlich kannten sie sich wahrscheinlich alle, aber mit einer Perücke sah jeder Mensch verändert aus. Ich wäre einfach nur irgendeine Kollegin. Sollte mich jemand erwischen, wie ich in den Akten herumschnüffelte, könnte ich mich damit herausreden, dass ich dringend die Unterlagen für meinen aktuellen Fall benötige und daher nicht auf Jasmin warten könne.

Ich eilte zum Fahrstuhl und drückte mehrmals

ungeduldig den Knopf mit dem abwärtsweisenden Pfeil. Nichts tat sich. Hektisch sah ich mich um. Am Ende des Flurs markierte ein grünes Schild den Notausgang. Dahinter musste das Treppenhaus sein. Ich hastete an den Büroräumen vorbei und öffnete die Tür. Die spärlich beleuchtete Treppe passte so gar nicht zu dem Rest des modernen Gebäudes, sondern eher zu meiner Fantasie des Hinterhofdetektivs.

Meine Ballerinas klapperten verräterisch auf den kahlen Betonstufen, als ich die Stockwerke hinunterhetzte. Der Gang der fünften Etage war menschenleer, als ich durch den Türspalt lugte. Rasch schlüpfte ich in den Flur und stand Sekunden später in dem Technik- und Requisitenraum, der alles beinhaltete, was ich benötigte.

Mein Blick fiel auf das schwarzhaarige Toupet, das mir schon gestern aufgefallen war. Ich nahm den Bob und setzte ihn mir auf den Kopf. Hastig stopfte ich meine Haare unter die Haube und rückte die Perücke gerade. Der Pony bedeckte mein halbes Gesicht. Anschließend begutachtete ich mich im Spiegel und zupfte die eine oder andere Strähne zurecht. Ich rümpfte die Nase. Die Farbe und der Schnitt standen mir ausgezeichnet, aber meine braunen Augen wirkten absolut fad zu den dunklen Haaren. Die Schachtel mit den farbigen Kontaktlinsen lachte mich an. Blaue Augen, schwarze Haare - was für ein Kontrast!

Ich beruhigte mich mit dem Gedanken, dass ich höchstens zehn Sekunden brauchte, um die Linsen einzusetzen. Immerhin hatte ich Richard jahrelang bei dieser Prozedur zugesehen, was mich quasi zum Profi berief. Ich öffnete den Behälter und entnahm eine Linse. Sie hockte auf meinem Zeigefinger wie eine winzige blaue Schüssel. Ich riss mein rechtes Auge weit auf, zog mit dem anderen Finger das untere Augenlid nach unten und platzierte die harte Haftschale schmerzhaft an dem oberen Wimpernrand. Beim nächsten Versuch glitt sie mir vom Finger, und beim dritten Mal zwinkerte ich so heftig, dass sie mir beinahe wieder aus dem Auge gerutscht wäre. Das musste bei der linken Linse definitiv schneller gehen.

»Ich will sofort jemanden sprechen, der kompetent und vertrauenswürdig ist«, drang plötzlich eine schrecklich vertraute Stimme an mein Ohr.

Die Kontaktlinse glitt mir aus der Hand und Kommissarin Schöllers Bein plumpste zurück in den Sarg. Halt suchend griff ich zu einem Kleiderständer. Mein Herz beschleunigte schneller, als ein Formel-1-Fahrer von der Pole-Position. Niemals in meinem Leben hätte ich mit so einer absurden Situation gerechnet. Eine Familie sollte wie ein riesiges Daunenkissen sein, das einen umhüllte und beschützte vor den Schlägen des Lebens. Die Federn sollten bei Kummer Tränen trocknen und in Glücksmomenten zum Tanzen auffordern, aber niemals von den eigenen Mitgliedern in Grund und Boden getreten werden. Und genau das hatten Betty und Paul mit ihrem Egoismus und ihrer Rücksichtslosigkeit getan.

»Warum kümmert sich niemand um mich?«

»Jetzt beruhigen Sie sich doch«, hörte ich Jasmin fauchen.

Sollte sie sich nicht im Besprechungszimmer vergnügen?

»Fassen Sie mich nicht an!«

Hastig hob ich die Linse auf, legte sie zurück in die Aufbewahrungslösung und drückte mein Ohr gegen die Tür.

»Haben Sie sich am Empfang angemeldet?« Jasmins Stimme schraubte sich nach oben.

»Da war niemand.«

»Wir werden unten anrufen, und dann müssen Sie noch mal mit dem Aufzug zur Empfangsdame fahren«, mischte Oliver sich plötzlich ein.

Ich knirschte mit den Zähnen. Warum musste ausgerechnet dieser blöde Kerl zur falschen Zeit am falschen Ort sein?

»Ich fahre nirgendwohin.«

»Der Empfang muss erst Ihre Personalien aufnehmen, vorher können wir Ihren Auftrag nicht bearbeiten.«

Olivers Anweisungen würden nichts nützen. Man konnte einen sturen Esel nicht mit bloßen Händen bewegen.

»Dann soll die Dame gefälligst zu mir nach oben kommen.«

»Sie darf ihren Platz im Foyer nicht verlassen.«

»Das hat sie doch vorhin auch getan.«

»Worum geht es denn?« Olivers Tonfall klang gepresst, so wie gestern, bevor er mit der Akte die Autokonsole verprügelte.

»Das werde ich Ihnen bestimmt nicht hier draußen auf dem Flur erzählen, junger Mann.«

»Dann kommen Sie doch bitte mit in mein Büro.«

»Sind Sie der beste Detektiv in diesem Haus?«

»Wir sind alle gut.«

»Ich will den allerbesten. Es geht um eine sehr wichtige Angelegenheit.«

»Da werde ich Ihnen sicherlich weiterhelfen können.«

Meine Eingeweide krampften sich zusammen. Kommissarin Schöller trat schreiend um sich, als der

Sargdeckel über ihr zuklappte. Ich hätte mich heulend auf die Holzkiste werfen können. Was sollte ich tun? Die Person dort draußen übergehen und mich stattdessen auf die Rettung meiner Schriftstellerkarriere konzentrieren? Mich einen Mist darum scheren, was andere sich eingebrockt hatten?

Kommissarin Schöller hämmerte mit den Fäusten gegen den Sargdeckel, und auch mein geistiges Potenzial wehrte sich vehement dagegen, wieder auf Kinder und Küche reduziert zu werden. Ich ballte die Fäuste und richtete mich kerzengerade auf. Ich würde mein Ding durchziehen, in den Akten herumschnüffeln und den Krimi meines Lebens schreiben. Eine Position unter den Top Ten der Bestsellerliste war mir gewiss. Sollten sie doch selbst sehen, wie sie mit ihren Problemen zurechtkamen.

Meine Schultern sackten nach vorne. Konnte ich wirklich zuschauen, wie sich drei Familienmitglieder ins Unglück stürzten und den Rest der Familie mit sich rissen? Würde ich mit dieser Verantwortung ruhig schlafen können, geschweige denn irgendetwas Kreatives aufs Papier bringen? Ich stöhnte auf und legte eine Hand auf die Türklinke. Im Grunde hatte ich keine Wahl. Die Entscheidung war schon gefallen, als ich die Stimme gehört hatte. Ich musste einschreiten, bevor Oliver eine Tragödie ins Rollen brachte, die nicht mehr zu stoppen war.

Hastig trat ich in den Gang hinaus, eilte auf die drei zu und schickte gleichzeitig ein Stoßgebet gen Himmel, dass Oliver mich nicht bloßstellen würde. Ich ließ meine Stimme eine Tonlage tiefer klingen. »Sie wollen die allerbeste Detektivin?« Ich breitete meine Arme aus. »Sie steht vor Ihnen.«

Oliver starrte mich an, als wäre ich nackt aus einer

Überraschungstorte gehüpft, und nach Jasmins Gesichtsausdruck zu urteilen, hätte sie mir am liebsten ein Messer in den Bauch gerammt. Ich hatte nicht wirklich erwartet, die zwei täuschen zu können.

»Wie gut sind Sie?« Meine Schwiegermutter sah mich streng an.

»Kennen Sie Miss Marple?«, fragte ich.

Oliver und Jasmin verdrehten synchron die Augen, aber die beiden wussten auch nicht, dass meine Schwiegermutter der größte Miss Marple-Fan des Universums war.

»Selbstverständlich!« Gerdas Ohrringe wippten im Einklang mit ihren kinnlangen Haaren, als sie nachdrücklich mit dem Kopf nickte. »Die Bücher habe ich mehrmals gelesen, und die Filme kenne ich auswendig.«

Mit dem blauen Auge zwinkerte ich ihr zu. »Ich bin fast so gut wie Miss Marple.«

Gerda trat einen Schritt auf mich zu, als wolle sie damit demonstrieren, dass die Würfel zu meinen Gunsten gefallen waren. Außerdem hatte sie sich sichtlich beruhigt, und das registrierte auch Oliver.

»Du hast doch bestimmt einiges zu erledigen«, wandte ich mich an ihn und verkniff mir ein anzügliches Augenzwinkern. »Ich nehme schon mal die Personalien auf und lass mir erklären, worum es geht.« Ohne eine Antwort abzuwarten, schob ich Gerda vor mir her. »Ach, Jasmin.« Ich drehte mich zu ihr. »Bring uns bitte zwei Kaffee und ein paar Kekse.«

Gerda verzog das Gesicht. »Ich trinke keinen Kaffee.« Mit dem Zeigefinger wies sie auf Jasmin, deren Gesichtsröte sich nach meiner Anweisung multipliziert hatte. »Ich will eine heiße Schokolade mit einer doppelten Portion Sahne und Schokostreuseln.«

Ihr Finger fuchtelte durch die Gegend. »Aber flott! Das ist ja wohl das Mindeste, was ich nach dieser unverschämten Behandlung erwarten kann.«

Kapitel 15

Ich schob Gerda in das nächste freie Zimmer und schloss die Tür hinter mir zu. Das war gerade noch mal gutgegangen. Nicht auszudenken, wenn Oliver den Fall übernehmen und meiner Schwiegermutter Fotos von Betty und Paul präsentieren würde, auf denen die beiden alle Stellungen des Senioren-Kamasutras auslebten. Allein bei der Vorstellung wurde mir hundeelend.

Gerda ließ sich etwas unsicher auf den Stuhl sinken, den ich ihr anbot. Sie strich ihren fliederfarbenen Rock glatt und klammerte sich an ihre Handtasche.

Während ich das Fenster weit öffnete, um die stickige Luft der Nacht zu entsorgen, musterte ich Gerda unauffällig. Meine Schwiegermutter war es gewohnt in ihrem Leben alles unter Kontrolle zu haben, aber im Moment traf das nicht zu, was sicherlich ein Grund dafür war, dass man ihr jedes ihrer neunundsiebzig Jahre ansah.

Ich atmete tief die frische Luft ein und überlegte, was mich jetzt wohl erwartete. Ein Martinshorn mischte sich in den Stadtlärm, als ich das Fenster wieder schloss und mich an den Schreibtisch setzte. Aus einer Schublade kramte ich einen Block und einen Stift, legte die Unterarme auf den Tisch und beugte mich ein wenig nach vorne. »Was kann ich für Sie tun?« Im Stillen hoffte ich, dass sie keinerlei Verdacht hegte, sondern lediglich wissen wollte, wo sich ihr Paul tagsüber herumtrieb.

Gerda beugte sich ebenfalls vor, kniff die Augen zusammen und starrte mich an.

Hatte sie mich etwa erkannt? Hastig lehnte ich mich zurück.

»Haben Sie ein blaues und ein braunes Auge?«

»Äh, ja«, stammelte ich, »liegt bei uns in der Familie.« Mit dem Stiftende klopfte ich auf das Papier. »Also, wo drückt denn jetzt der Schuh?«, lenkte ich sie ab, bevor sie mich genauer unter die Lupe nehmen konnte.

Gerda stierte auf irgendeinen imaginären Punkt an der Wand hinter mir. »Ich glaube, dass mein Mann mich betrügt«, presste sie hervor.

Mein linkes Augenlid begann heftig zu zucken. Ja, da war ich mir auch absolut sicher, aber musste denn Gerda gleich das Schlimmste von ihrem Paul denken? Wo blieb das unerschütterliche Vertrauen, das man sich über fünfzig Ehejahre aufgebaut hatte?

Ich tat so, als würde ich mir etwas notieren und überlegte dabei krampfhaft, wie ich Paul in Gerdas Augen auf den Pfad der Tugend zurückbringen könnte. Als Jasmin ohne anzuklopfen den Raum betrat und ein Tablett auf den Tisch knallte, zuckte ich zusammen.

Ein Teil der Sahnehaube von Gerdas Schokolade schwappte über den Rand und ein Keks rollte vom Teller.

»Das ist der Elan der Jugend«, entschuldigte ich mich bei Gerda, die Jasmin einen Blick zuwarf, den ich nur zu gut kannte. »In dem Alter schießt man schon mal übers Ziel hinaus.« Ich nickte Jasmin gespielt verständnisvoll zu. »Beim nächsten Mal klappt es sicherlich besser, nicht wahr?«

Wortlos drehte sie sich um und warf die Tür hinter sich ins Schloss.

Gerdas Handtasche machte einen kleinen Hüpfer. »So ein ungezogenes Huhn«, schüttelte meine Schwiegermutter missbilligend den Kopf.

Ich nickte zustimmend, während ich ihr die Schokolade und die Kekse zuschob. Im Leben nicht, würde ich das Zeug anrühren. Ich war mir sicher, dass Jasmin den Kaffee entweder mit Chili oder Spucke nachgewürzt hatte, und auch die Kekse sahen aus, als wären sie schon mal im Mund bearbeitet worden. Wenn Gerda sich bedienen wollte, bitte.

»Wie kommen Sie darauf, dass Ihr Mann Sie betrügt?« Ich betete, dass sie Betty nicht auf dem Schirm hatte.

»Er verschwindet stundenlang und erfindet dafür irgendwelche merkwürdigen Ausreden.«

»Na ja, manche Männer brauchen mal ein bisschen Zeit für sich und trauen sich nicht, dass vor ihrer Ehefrau zuzugeben«, versuchte ich sie von ihrem Betrugsverdacht abzubringen. »Bestimmt geht er nur irgendwo ein Bierchen trinken.«

»Mein Paul trinkt kein Bier.« Gerda streckte ihr Kinn vor. »Wir konsumieren ausschließlich Sekt und Weißwein und bei besonderen Anlässen auch mal ein Gläschen Champagner.«

Und wenn du ihn lassen würdest, hätte ich am liebsten erwidert, würde er auch gerne mal ein Bierchen zischen. So wie an dem Abend, als Deutschland Fußballweltmeister wurde und Paul ausnahmsweise bei uns gucken durfte, weil Gerda eine Migräne plagte. Richard und mein Schwiegervater hatten unter Gejohle und Siegesgesängen eine halbe Kiste Pils geleert. Paul war mit Deutschlandfahne und Bierflasche auf unserem Sofa herumgehüpft und hatte lauthals *»Ein Hoch auf uns«* geschmettert, später ging er dann zu *»Atemlos durch die Nacht«* über und kurz vor dem Delirium verlangte er nach dem *»Pferd auf dem Flur«*. Kein Zweifel, in Paul steckte ein Vulkan, den Gerda zu unterdrücken wusste, den aber Betty offensichtlich reanimiert hatte. Pauls Lava würde verbrannte Erde hinterlassen, wenn der Rest der Familie von dem Vulkanausbruch erfuhr.

Allerdings hatte Gerda bisher lediglich eine Vermutung, aber keinen Beweis. *Da ist noch was zu retten*, schoss es mir durch den Kopf.

»Haben Sie mal darüber nachgedacht, dass Ihr Mann vielleicht zu Ihrem Hochzeitstag eine Überraschung plant und dafür ein paar Sachen erledigen muss?« Ich schwor mir, dafür zu sorgen, dass Paul von Gerdas Verdacht erfuhr und sich eine Sensation für sie einfallen ließ. Denkbar wäre ein Besuch von Verdis Grab in Mailand oder eine Opernkarte für die Met in New York. Ich musste es unbedingt schaffen, aus meinem Schwiegervater wieder einen Saubermann zu machen und hoffte inständig, dass Betty und er nicht andere Pläne verfolgten.

Gerda verzog das Gesicht. »Mein Paul und ich schätzen keine Überraschungen.«

Da hätte ich doch fast vergessen, dass ›Langweilig‹ Gerdas zweiter Vorname war. Ich versuchte einen Strategiewechsel. »Was sind das für Ausreden, die Ihr Mann Ihnen auftischt? Geben Sie mir ein Beispiel«, verlangte ich und verschränkte die Arme.

»Neulich hat er nach dem Frühstück gesagt, dass

er den Müll wegbringt, und ist erst am Nachmittag wieder aufgetaucht.«

Mensch, Paul, das war ja noch einfallsloser, als zum Zigarettenholen zu gehen.

»Und wo war er in der Zeit? Was hat er Ihnen erzählt?«

»Er hat behauptet, auf dem Weg zum Müllcontainer hätten ihn zwei maskierte Männer überfallen, in einen Transporter gesteckt und entführt.« Gerda nahm den Kaffeelöffel von der Untertasse und rührte die Schokolade um. »Dann sind die Verbrecher so lange mit ihm durch die Gegend gefahren, bis er sie davon überzeugen konnte, dass ich kein Lösegeld zahlen kann, weil wir bettelarme Rentner sind.«

Das nenn ich doch mal einen Krimi. Da hatte Paul sich aber ordentlich ins Zeug gelegt. »Und wie denken Sie darüber?«, fragte ich nach.

Gerda reagierte erst nicht, sondern rührte immer weiter in dem Kakao herum, bis auch der Rest des Sahnehäubchens über die Tasse zu schwappen drohte.

»Am Anfang habe ich geglaubt, dass er vielleicht krank ist und nicht mehr weiß, was er sagt und tut.« Sie atmete scharf aus. »Bis mir eingefallen ist, dass er zum Müll rausbringen seinen besten Anzug angezogen hat, samt Sonntagshemd und Krawatte.« Mit zittrigen Händen legte sie den Löffel zur Seite, hob die Tasse an den Mund und nippte an der Schokolade. »Außerdem bringt er mir jeden Tag Rosen mit.« Sie stellte den Kakao zurück. »Blumen bekomme ich sonst nur zum Geburtstag. Da schreit doch das schlechte Gewissen zum Himmel, oder?«

Dümmer ging es wirklich nicht, im Gegenteil, da hätte Paul sich ebenso gut ein Herz mit Bettys Namen auf die Brust tätowieren lassen können.

»Haben Sie denn einen Verdacht, wer seine Auserwählte sein könnte?« Die Frage konnte ich mir nicht verkneifen.

Gerda zögerte erst, als wolle sie etwas sagen, schüttelte dann aber den Kopf.

Mein Kiefer, der vor Anspannung knirschte, entkrampfte sich wieder. »Wenn Sie nur eine vage Vermutung zur Untreue Ihres Mannes haben«, wandte ich ein, »wäre es da nicht sinnvoller, ein direktes Gespräch mit ihm zu suchen?« Bis dahin würde ich Paul klargemacht haben, dass Gerda im Bilde war und nur die Idee mit dem Trip nach Mailand oder New York ihn retten könne.

»Der Stundensatz unserer Detektei ist sehr hoch«, versuchte ich an ihre Sparsamkeit zu appellieren. »Wir werden sicherlich einige Tage für die Observation benötigen.«

Gerda schüttelte den Kopf. »Ich will kein Gespräch und keine fadenscheinigen bis irrwitzigen Ausreden mehr. Ich will eindeutige Beweise.« Sie presste die Lippen aufeinander und machte auf mich plötzlich einen verlorenen Eindruck. Pauls Untreue traf sie härter, als sie bereit war, vor sich und anderen zuzugeben.

Ob ich wollte oder nicht, ihr Kummer ging mir unter die Haut. Das war das erste Mal, dass meine Schwiegermutter mir aufrichtig leid tat. Ich fühlte mich solidarisch mit ihr. Eine Frau sollte in keinem Alter von ihrem Ehemann betrogen werden, aber schon gar nicht in dem Lebensabschnitt, in dem Gerda sich befand. Wenn mir das nächste Mal Betty und Paul über den Weg liefen, würde ich sie aller Voraussicht nach erwürgen.

»Und was Ihr Honorar betrifft.« Gerda hatte sich wieder gefangen. »Mein Paul hat eine wertvolle Münzsammlung. Die werde ich verkaufen.«

Ich seufzte leise vor mich hin. Das würde Paul das Herz brechen, womit die beiden wiederum quitt wären. Seine Münzen, die er über einen Zeitraum von sechzig Jahren angekauft hatte, waren ihm fast so lieb und teuer wie seine Ehefrau. Dachte ich zumindest immer, mittlerweile stand die Sammlung höher im Kurs als Gerda.

»Warten Sie damit noch ein bisschen«, bat ich sie. »Wenn wir relativ schnell zu einem Ergebnis kommen, ist der Verkauf vielleicht gar nicht notwendig.«

»Sie machen doch Bilder während der Überwachung, oder?«

Als ich die Frage bejahte, nickte Gerda zufrieden und nahm sich eines der Plätzchen vom Teller.

Mir wurde langsam klar, was meine Schwiegermutter bezweckte. Mit den Fotos wollte sie Paul bloßstellen. Sie wollte sie uns zeigen, Richard, mir, schlimmstenfalls den Enkelkindern. Das würde ihre Rache sein, und ich konnte es ihr nicht einmal verdenken. Für Paul würde es ein Fiasko werden. Er machte schon heute kaum eine Schnitte in dieser Ehe, aber mit den Beweisen in Gerdas Händen war sein Lebensabend gelaufen. Ich dachte mit Schrecken an unseren Nachbarn Pawlowski, der dreimal täglich seiner Frau die Füße massieren musste.

»Sie bekommen Aufnahmen in eindeutigen Situationen, bestenfalls beim gemeinsamen Sex.«

Gerda hustete los und ein paar Kekskrümel flogen über den Tisch.

Keine Ahnung, was sie für Vorstellungen hatte. Ich für meinen Teil glaubte nicht, dass Betty und Paul nur ihre Lippen befeuchteten.

»Wo befindet sich Ihr Mann jetzt?«, lenkte ich sie von ihrem Kopfkino ab.

Sie zog eine Grimasse und legte den Keks zur Seite. »Angeblich hat er einen Zahnarzttermin.«

Betty und Paul trieben es aber wirklich auf die Spitze. Konnten sie nicht mal einen Tag Pause einlegen?

»Gut, ich werde das überprüfen.« Um kein Misstrauen zu erwecken, machte ich mir ein paar Notizen und reichte Gerda anschließend die Hand. »Ich übernehme den Fall und melde mich bei Ihnen, sobald ich Ergebnisse liefern kann.«

»Müssen Sie nicht meine Personalien aufnehmen?« Irritiert starrte Gerda mich an. »Sie wissen doch gar nicht, wer ich bin und wie mein Paul aussieht.«

Am liebsten hätte ich mir mit der flachen Hand vor die Stirn gedonnert. »Natürlich.« Rasch lächelte ich ihr zu. »Da wäre ich jetzt zu gekommen.« Ich fragte alle relevanten Daten ab und kreierte aus unserem Nachnamen ›Wenzel‹ ein ›Manzel‹, damit Oliver keine Verbindung zu mir herstellen konnte.

Das Bild, das Gerda aus ihrer Handtasche kramte, zeigte Paul an seinem achtzigsten Geburtstag auf unserer Gartenterrasse. Wir hatten eine kleine Überraschungsparty für ihn organisiert, und er hatte den ganzen Abend gelacht, mit Gerda getanzt und verrückte Geschichten aus Richards Kindheit erzählt. Hanna und Luca hatten ein Theaterstück über die Tücken des Rentenalters aufgeführt und sogar Betty und Gerda waren ausnahmsweise mal friedlich gewesen.

Der Gedanke an den Abend trieb mir die Tränen in die Augen und ich tat so, als müsse ich husten.

Gleichzeitig schwor ich mir, dass ich alles tun würde, damit unsere Familie nicht auseinanderbrechen würde. Meine Schwiegermutter forderte Krieg, aber wenn ich mich schon für alle aufopferte, wollte ich auch die Bombe entschärfen, die sie hochgehen lassen wollte.

Gerda stand auf und machte eine ablehnende Handbewegung, als ich mich ebenfalls erhob.

»Bleiben Sie sitzen. Den Weg nach draußen finde ich selbst.« Ihre Stimme klang plötzlich brüchig. Die Wut auf Paul und ihre Entschlossenheit, sein Liebesverhältnis zu enttarnen, hatte bisher ihre Körperhaltung aufrecht gehalten, aber im Laufe unseres Gesprächs war ein Teil der Energie verpufft und ihre Bewegungen erinnerten mich jetzt an den Gang alter Leute, die eine schwere Bürde zu tragen hatten. Ich schaute ihr nach, bis sie im Aufzug verschwand. Sie würde ihrem Paul niemals eine Affäre verzeihen, und ich sah schon die Schlagzeile der Bild-Zeitung vor mir, wenn Gerda erfahren würde, dass er sich ausgerechnet Betty in die Kissen geholt hatte: ›Mordmotiv in der Rentnerszene: Omi spannte Oma den Opa aus‹.

Mit einem dumpfen Schlag sank mein Kopf auf die Tischplatte.

Kapitel 16

Die Alte hat dich geschafft, oder?«

Ich fuhr hoch. Oliver stand mit einem breiten Grinsen im Türrahmen, das ich ihm zu gerne aus dem Gesicht geklatscht hätte. Sein kurzärmeliges Jeanshemd war bis zum Solarplexus aufgeknöpft. Den Anblick hätte ich jetzt nicht gebraucht, zumal sein Bauch von einem Sixpack so weit entfernt war, wie die Titanic von der Wasseroberfläche.

»Die Dame heißt Frau Manzel«, korrigierte ich seine Ausdrucksweise. »Und sie hat mich nicht geschafft, sondern ich bin lediglich etwas müde, weil ich wegen des Gewitters die halbe Nacht wachgelegen habe«, log ich weiter.

»Okay.« Sein Tonfall ließ darauf schließen, dass er mir sowieso nicht glaubte. Er hockte sich mit einer Pobacke auf den Schreibtisch. »Worum geht es bei Frau Manzel?«

»Wie meinst du das?«, fragte ich panisch. Wie sollte ich mir in der kurzen Zeit eine glaubhafte Geschichte für ihn ausdenken? Zuerst musste ich das Gehörte sortieren, bevor ich wieder einen klaren Gedanken fassen konnte.

»Ich möchte wissen, was sie für ein Problem hat, damit sich jemand darum kümmern kann.«

»Ach so, du meinst ihren Auftrag«, beeilte ich mich

zu sagen, als sich seine Augen misstrauisch in meine bohrten. Hätte er nicht ein paar Minuten später kommen können? Dann hätte Jasmin auch genügend Zeit gehabt, sein Hemd zuzuknöpfen. Meine Handflächen wurden feucht, die Kopfhaut unter der Perücke begann zu schwitzen, überall juckte es plötzlich.

»Also, ich höre.« Er nahm eines der Plätzchen vom Teller, warf es hoch, fing es wieder auf und hielt es sich anschließend unter die Nase. »Komisch, die Dinger sehen aus wie die Kekse für Lilly, und sie riechen auch so.«

Erst jetzt fiel mir der ranzig-süßliche Geruch auf, der sich im Zimmer ausgebreitet hatte.

»Wer ist Lilly?«, fragte ich alarmiert.

»Jasmins Cocker Spaniel.«

Ich starrte auf den angeknabberten Keks, den Gerda liegen gelassen hatte. Jasmin konnte froh sein, dass ihr Hund der Grund dafür war, dass mir in diesem Augenblick die passende Story für Oliver einfiel. Ansonsten hätte ich den Teller genommen, mich herzlich bei ihr bedankt und angemerkt, dass ich die Kekse an Viktor weiterreichen wolle, der sicherlich auch gerne von dieser Köstlichkeit für seine Kunden naschen würde. Petzen war zwar sonst nicht mein Ding, aber in diesem Fall war ich das meiner Schwiegermutter schuldig.

»Was ist jetzt mit Frau Manzel?«, drängte er.

»Ihr Königspudel ist weg.«

»Ihr Hund?« Verständnislos starrte er mich an. »Was hat unsere Detektei damit zu tun?«

»Paul ist seit gestern Abend verschwunden, und wir sollen ihn suchen.«

»Das kommt überhaupt nicht in Frage«, empörte Oliver sich. »Ich wusste doch gleich, dass die alte

Schachtel was an der Waffel hat. Solche Aufgaben übernehmen wir nicht.«

Am liebsten hätte ich ihm mit Lillys Hundekeksen den Mund vollgestopft, aber ich musste mich zurückhalten, da ich ein anderes Ziel verfolgte.

»Paul ist ihr ein und alles. Wir können sie mit dem Problem nicht alleine lassen, schließlich hat sie sich uns anvertraut.«

»Wir suchen doch keinen dämlichen Köter.«

»Natürlich nicht, dafür seid ihr überqualifiziert«, schleimte ich mich ein. »Aber für eine Praktikantin wäre das ein gutes Übungsfeld mit Zeugenbefragung und Spurensuche.«

Seine Augen leuchteten auf, und ich wusste, dass er endlich geschnallt hatte, dass er mich auf diese Art und Weise wunderbar loswerden könne. Ich musste mich beherrschen, nicht die Becker-Faust auszufahren.

»Die Idee ist gut.« Er nickte mir zu. »Da ist es auch nicht schlimm, wenn du wieder Scheiße baust.« Lachend klopfte er mir auf die Schulter. »Personenschaden gibt es bei diesem Fall jedenfalls keinen.«

Ich meißelte ein Grinsen in mein Gesicht und schob ihm die Tasse Kaffee zu. Jasmin und Oliver hatten schon ganz andere Körperflüssigkeiten ausgetauscht, da kam es auf ein bisschen Spucke nicht an. »Magst du den Kaffee? Irgendwie habe ich heute keinen Appetit darauf.« Ich stand auf und nahm meine Notizen in die Hand. »Kümmerst du dich nachher wieder um Achim Bovarik?«

Oliver nippte kurz an dem Kaffee und schüttelte dann den Kopf. »Der Fall ist abgeschlossen. Ulf Gehrke hat mich gestern Abend angerufen und den Auftrag zurückgezogen.«

»Warum?« Ich war wirklich überrascht. Nach so kurzer Zeit konnte man doch kein glaubwürdiges Resultat erhalten.

»Wir haben Bovarik zweimal ergebnislos observiert, das hat Gehrke ausgereicht, um ihn von der Unschuld seines Mannes zu überzeugen.«

»Glaubst du auch, dass er keinen Liebhaber hat?«

Oliver zuckte mit den Achseln und stellte die leere Tasse ab. »Ich mache nur meinen Job. Wie das Ergebnis ausfällt, ist mir egal.« Er zeigte auf meine Perücke. »Gestern habe ich dir gesagt, dass du als Privatermittlerin mit deiner Umgebung verschmelzen musst. Mit diesem Indianertoupet stichst du hervor wie eine alte Henne unter jungen Küken. So hätte ich dich niemals auf Bovarik losgelassen.« Zwischen seinen Augenbrauen bildete sich eine Falte. »Und schon gar nicht mit unterschiedlichen Augenfarben.«

Ich hoffte, dass Jasmin mehr als einmal in den Kaffee gespuckt hatte.

Oliver erhob sich vom Schreibtisch. »Heute Abend erwarte ich einen Bericht über den Königspudel von dir, aufgelistet nach Uhrzeiten, mit Zeugenbefragungen und Ergebnissen.«

Kein Problem. Im Lügen hatte ich mittlerweile Routine. Viel schlimmer war, dass ich meine eigene Mutter überwachen musste. Das war echt schräg.

»Danke übrigens«, ich stapelte das Geschirr übereinander, »dass du mich nicht bei Viktor angeschwärzt hast.«

Er winkte ab. »Kollegen spucken sich nicht gegenseitig in die Suppe.«

In die Suppe nicht, in den Kaffee schon.

***

Das Café, das direkt gegenüber des Hotels lag, in dem ich Betty und Paul vermutete, war mir beim letzten Mal nicht aufgefallen. Ein Glöckchen bimmelte, als ich die Tür öffnete. Nur drei leere Holztische mit jeweils zwei Stühlen standen vor einem Panoramafenster mit breiter Fensterbank. Ich zwängte mich an der Kuchentheke vorbei und setzte mich an den hinteren Tisch. Ein junges Mädchen lächelte mir freundlich zu.

»Möchten Sie unsere Cupcakes probieren?«

Ich drehte mich zu der Kuchenvitrine um, in der auf mehreren Ebenen Teller mit Minikuchen kreisten. Meine Magenschleimhaut schrie zwar um Hilfe, als die Cremehäubchen aus Farbstoffen von pink bis dunkellila an mir vorbeizogen, aber mein Körper verlangte nach diesem ereignisreichem Vormittag nach Zucker. Ich entschied mich für einen Cupcake in Form einer Rose und bestellte einen Cappuccino dazu.

Meine Kopfhaut juckte immer noch von der Perücke, und ich fuhr mir mit den Händen durchs Haar. Die Verkleidung hatte ich in der Detektei abgelegt, da ich sowieso plante, Betty und Paul zu entlarven.

Die Ermittlungen hatten mich zuerst zum Zahnarzt meines Schwiegervaters geführt. Nachdem die Sprechstundenhilfe festgestellt hatte, dass Pauls letzte Vorsorgekontrolle vor sieben Jahren gewesen war, hatte sie mir einen zehnminütigen Vortrag über Zahnpflege im Seniorenalter gehalten. Ich kam mir vor wie seine Mutter, und die Arzthelferin bedachte mich mit einem Blick, der deutlich machte, dass ich dafür verantwortlich war, dass mein Schwiegervater seine jährlichen Zahnkontrollen verpasste. Wie bei den meisten Frauen, rührte sich auch bei mir erst mal das schlechte Gewissen, aber dann schob ich es rigoros zur Seite. Solange bei Paul das Glockenspiel zwischen den Beinen funktionierte, würde ich mir über seine Zähne keine Sorgen machen.

Zwischendurch hatte ich mehrmals vergeblich versucht, meine Mutter telefonisch zu erreichen. Es blieb also nur ein Ort übrig, an dem die beiden sich meiner Erfahrung nach aufhalten konnten.

Während im Hintergrund die Kaffeemaschine zischte, wanderte mein Blick an der hellgrauen Hotelfassade entlang. An manchen Stellen bröckelte der Putz ab und vor den rechteckigen Fenstern hingen die üblichen formlosen Gardinen. Ein billiges, aber zweckmäßiges Hotel, wenn man den Aufenthalt auf Sex reduzierte.

»Wissen Sie, ob man im ›Ambiente‹ stundenweise Zimmer mieten kann?«, fragte ich das Mädchen, das Cupcake und Cappuccino vor mir abstellte.

Sie bedachte mich mit dem ungläubigen Blick junger Leute, die nicht fassen konnten, dass man in meinem Alter noch Sex hatte und zuckte nur mit den Achseln.

Ich konzentrierte mich wieder auf den Hoteleingang, schaufelte den Cupcake in mich hinein und fragte mich, ob es sein könne, dass Betty und Paul ein Zimmer für eine ganze Woche gemietet hatten. Im Moment sah es ganz danach aus. Immerhin war es bereits der dritte Tag, an dem sie sich in den Federn vergnügten.

Ich überlegte mir, was ich ihnen alles an den Kopf werfen würde. Ihre Verantwortungslosigkeit unserer Familie gegenüber, Pauls Verrat an seiner Frau, Bettys Kaltschnäuzigkeit, mit der sie meiner Schwiegermutter den Ehemann ausspannte, und ich würde ihnen unter die Nase reiben, dass Gerda Verdacht schöpfte und einen Detektiv auf sie angesetzt hatte. Ich würde ihnen so die Leviten lesen, dass sie in keinen Schuh mehr passten, und Paul ins nächste Reisebüro stürmen und einen Flug nach New York sowie Karten für die Met buchen würde.

Zum Glück hatte ich noch einen Lichtblick für den Tag. Ich freute mich unbändig auf die Lesung am Abend in der Buchhandlung. Ein paar nette Fans von Kommissarin Schöller, die um eine Widmung bitten und mir bestätigen würden, dass ich eine ausgezeichnete Krimiautorin war, würden mich für die letzten Tage entschädigen. Da war ich mir sicher.

Drei Cupcakes und zwei Cappuccinos später war es so weit. Betty tänzelte die Hoteltreppe herunter. Ihr knöchellanges Sommerkleid umschmeichelte ihre Beine bei jedem Schritt.

Ich sprang auf und rief nach der Bedienung, während Paul meiner Mutter lachend den Arm reichte. In Jeans und mit kurzärmeligen Hemd wirkte er zehn Jahre jünger. Betty hakte sich bei ihm unter, und mein Magen schleuderte die Cupcakes bis zu den Rachenmandeln hoch, als die beiden im Gleichschritt an mir vorbeiflanierten.

Da die Bedienung keine Anstalten machte, aus der Küche zu kommen, warf ich das Geld auf den Tisch und hastete auf die Straße. Ich rannte hinter den beiden her, überholte sie und stellte mich ihnen mit ausgebreiteten Armen in den Weg. »Wir müssen reden!«, kam ich ohne Umschweife zur Sache und nickte zum ›Ambiente‹ rüber. »Was macht ihr tagtäglich in diesem Hotel?«

Paul starrte mich an wie ein Häschen im Scheinwerferlicht eines herannahenden Lastwagens, und Betty zog ihre Unterlippe über die obere. Das war eine ihrer Strategien, und es gab einem auf der Stelle das Gefühl, etwas getan zu haben, was man später bereuen würde.

»Spionierst du uns nach?« In ihrer Stimme lag eine Schärfe, die sogar mich zusammenzucken ließ, und ich war weiß Gott einiges von ihr gewohnt.

Ich verschränkte die Arme vor der Brust und nickte. »Dreht man an einem Gasherd den Hahn auf, muss früher oder später etwas passieren.«

Aus Pauls Gesicht wich so rasch die Farbe, dass ich Angst hatte, er könne kollabieren. Betty dagegen lächelte mit der Wärme einer Eisskulptur. »Was Paul und ich in unserer Freizeit machen, geht dich überhaupt nichts an.« Sie nahm seinen Arm und zog ihn mit sich. »Komm Paul, wir gehen.«

»Und was ist mit Gerda?«, eilte ich hinter ihnen her und versperrte ihnen erneut den Weg. »Habt ihr mal an Gerda gedacht?«

Meine Mutter drängte sich mit Paul im Schlepptau an mir vorbei. »Was soll schon mit ihr sein? Sie sitzt vor dem Fernseher und schaut ›Miss Marple‹. Wie jeden Tag.«

Ich wollte ihr gerade vehement widersprechen und alles an den Kopf werfen, was ich mir vorhin im Café überlegt hatte, als Michaela auf High Heels aus einer Seitengasse auf mich zuwackelte.

»Wie schön, dich zu treffen«, zwitscherte meine Freundin und umarmte mich, während Betty und Paul die Gelegenheit nutzten, sich vom Acker zu machen.

»Moment ...« Ich ruderte mit den Armen, um mich zu befreien und hinter meiner Mutter herzulaufen, aber Michaela hielt mich fest und drückte mir rechts und links ein Küsschen auf die Wange.

»Lass mich mal kurz …«, versuchte ich, sie von mir zu schieben.

»Ich habe heute Nachmittag frei.« Sie hakte sich bei mir unter und zog mich in die entgegengesetzte Richtung. »Da vorne ist ein schnuckeliges Café. Du musst mir unbedingt von deinem Praktikum in der Detektei erzählen.«

Ich gab auf. Seufzend ließ ich mich mitziehen. Betty und Paul hatten zwar flüchten können, aber so schnell würde ich nicht kapitulieren. Die beiden wollten nicht mit mir reden? Dann würde ich eben schärfere Geschütze auffahren.

Kapitel 17

Mit meinem Kleinwagen, der kaum mehr Motorleistung als ein Bobbycar vorweisen konnte, schlich ich eingezwängt zwischen zwei Lastwagen auf der rechten Fahrspur der Autobahn. Ab und zu wagte ich es, den Blinker zu setzen, aber der Fahrtwind der Autos, die an mir vorbeischossen, blies mich wieder zurück in die Spur. So zuckelte ich im Sonntagsfahrermodus zur Lesung und beglückwünschte mich dazu, dass ich rechtzeitig losgefahren war. Was nicht selbstverständlich war, da ich mit Michaela zwei weitere Cupcakes verdrücken musste, der Lügenbericht über den verschwundenen Königspudel Paul mehr Zeit in Anspruch genommen hatte als geplant, und die Familiensitzung am Abend mehrere Anläufe gebraucht hatte, um einen Kompromiss zwischen Richard und Luca zu finden. Der sah jetzt so aus, dass Luca das Schuljahr wiederholen und Nachhilfe in Latein bekommen würde. Die Hälfte der Unkosten musste er selbst übernehmen, wofür er in den Ferien zwei Wochen bei Richard auf dem Bau arbeiten würde. Ich war mir sicher, Luca würde bereits nach einem Tag merken, dass acht Stunden Arbeit nicht besser waren als ein Schultag.

Meine Gedanken schweiften zu Gerda. Sie war überrascht gewesen über meinen Anruf und der Bitte, morgen Vormittag in die Detektei zu kommen, damit ich ihr die ersten Informationen vorlegen konnte. Für Ergebnisse war es ja auch erstaunlich früh, aber in diesem Fall hatte mir der Zufall geholfen, zumindest sollte meine Schwiegermutter das glauben.

Ich fuhr von der Autobahn ab und meine Vorfreude auf eine nette Lesung steigerte sich noch, als ich vor der zweistöckigen Buchhandlung parkte. Meine erkrankte Kollegin tat mir aufrichtig leid. Man hatte als Autorin nicht oft die Gelegenheit, seine Bücher vor Publikum zu präsentieren. Ich hoffte nur, dass nicht zu viele Zuhörer abgesprungen waren.

Eine Frau in den Dreißigern wartete schon auf mich und hielt mir die Tür auf. Ihre Haare waren nicht ungepflegt, aber auf der linken Seite ein wenig verfilzt, und als ich den süßlichen Geruch wahrnahm, der ihrer Bluse entströmte, wusste ich warum.

Ich lächelte sie freundlich an. »Haben wir beide miteinander telefoniert?«

Sie nickte nur.

»Dann müssen Sie Frau Butze sein«, schlussfolgerte ich. Mitleidig musterte ich die dunklen Augenringe und den gehetzten Ausdruck in ihrem Blick, der verriet, dass sie eigentlich woanders gebraucht wurde. »Was ist es denn?«, fragte ich. »Ein Mädchen oder ein Junge?«

»Äh.« Ihre zur Schau gestellte aufrechte Haltung brach zusammen, ihre Schultern sackten nach unten. »Beides«, hauchte sie. »Zwillinge.«

Beruhigend drückte ich ihre ausgestreckte Hand. »Dann sehen wir mal zu, dass wir die Lesung zügig durchziehen, und Sie wieder zu Ihren Kindern können.«

»Ja, aber ich muss Ihnen ...«

»Wo geht es zum Lesungsraum?«, unterbrach ich sie und sah mich in der Buchhandlung um. Wie so viele andere Buchläden, sicherte sich auch dieser Laden mit einem zusätzlichen Angebot an Geschenkartikeln, Wolle und Teetassen das Überleben. Alles war nett arrangiert.

»Die Treppe hoch, aber ...«

Ich marschierte los. Die arme Frau musste zu ihren Kindern. Ich würde pünktlich anfangen und pünktlich aufhören. Das war Ehrensache. Schließlich wusste ich selbst wie es war, wenn die Milchdrüsen zu platzen drohten.

In der zweiten Etage angekommen, fiel mein Blick auf eine offene Flügeltür. Ich blieb stehen. Kein Tuscheln, kein Rascheln, kein Kichern war zu hören. Mir klappte das Kinn runter. War überhaupt niemand zu meiner Lesung gekommen? Das war mir noch nie passiert. Als Minimum hatte ich fünf Zuhörer vorzuweisen, aber das war auch eine Wohnzimmerlesung gewesen und mehr hätten sowieso nicht auf dem Sofa der Gastgeberin Platz gehabt. Mein schriftstellerisches Selbstvertrauen rauschte in den Keller der Buchhandlung. Was für eine Niederlage! Kommissarin Schöller drehte sich im Sarg schmollend zur Seite.

Eigentlich wollte ich mir die Schmach eines leeren Lesungssaals nicht zumuten, aber ich wagte mich trotzdem vor, lugte um die Ecke und zuckte zurück. Überrascht lehnte ich mich mit dem Rücken an die nächste Wand und starrte in Frau Butzes Gesicht. »So viele Männer?« Meine Stimme war kaum mehr als ein Flüstern.

»Genau genommen sind es 148. Ich habe Ihnen auch ein paar Blümchen, eine Tischdecke und ein

Glas Mineralwasser auf den Lesungstisch gestellt. Außerdem stehen Ihnen ein Mikrofon und ein Beamer zur Verfügung.« Frau Butze sprach zu viel, zu schnell und etwas wirr.

Wofür sollte ich einen Beamer benötigen? Ich wagte einen zweiten Blick um die Ecke. Zum Glück war der Raum groß genug für diesen Testosteronüberschuss. Die Männer waren alle im mittleren bis fortgeschritten Alter, trugen Freizeitkleidung, manche sogar einen Anzug. Wow! Ich war beeindruckt. Nie hätte ich gedacht, dass Kommissarin Schöller auch bei den Männern so gut ankam. Erstaunlich nur, dass niemand seine Ehefrau mitgebracht hatte.

»Das wird eine echte Herausforderung für Sie.« Frau Butze knetete ihre Hände, als wolle sie einen Hefeteig verarbeiten. »Ich muss Ihnen ...«

Meine Güte, die gute Frau war nervöser als ich.

»Kein Problem«, winkte ich ab. »Herausforderungen sind die Highlights des Lebens.« Was sollte mir schon noch passieren? Ich war als Kind mit Betty durch eine harte Schule gegangen, die meine Schwiegermutter später perfektionierte, mit Hanna hatte ich die Pubertät überlebt und Pauls Schmetterlinge im Bauch würde ich auch noch abstürzen lassen. Mich konnte so leicht nichts mehr aus der Fassung bringen.

Mit Schwung setzte ich einen Fuß in den Saal, nickte freundlich zu allen Seiten und erfreute mich an den zahlreichen interessierten Zuhörern. Der Tisch am Ende des Saales war wirklich nett arrangiert. Auf einer Decke stand das versprochene Glas Wasser, daneben ein Strauß Sommerblumen.

Ich holte mein Buch aus der Tasche und stellte mich vor die Männerschar. Gut, dass ich mein flottes

Sommerkleid mit den Riemchensandalen angezogen und das Makeup sorgfältig aufgetragen hatte. Ich fühlte mich wie eine Konzernchefin vor ihren Abteilungsleitern, ohne Quotenfrau.

Von Frau Butze, von der ich eigentlich erwartet hatte, dass sie mich kurz vorstellen würde, sah ich nur den Kopf im Türrahmen. Offensichtlich war ihr diese geballte Männerwelt nicht ganz geheuer. Nichtsdestotrotz, ich freute mich wie Bolle.

»Schönen guten Abend«, begann ich meine Ansprache. »Ich freue mich riesig über Ihr zahlreiches Erscheinen.« Ich hielt das Buchcover in die Höhe. »Wer von Ihnen kennt denn schon einen der Krimis um Hauptkommissarin Stefanie Schöller?«

Normalerweise wedelten jetzt einige der Zuhörer mit einem Buch in der Hand, oder baten lautstark um eine Widmung oder nickten immerhin zustimmend. Diesmal wedelte und nickte nichts, und alles blieb ruhig.

Mein Arm sackte nach unten. »Okay, das ist ja wunderbar«, lachte ich etwas irritiert, dachte dann aber an die vielen Bücher, die ich nach der Lesung verkaufen könnte. »So muss sich heute Abend wenigstens niemand langweilen.«

Keiner lachte mit oder nickte wohlwollend. Ein Herr in der ersten Reihe wechselte erst mit seinem rechten und dann mit seinem linken Nachbarn einen Blick. Anschließend zuckten alle drei mit den Achseln und starrten mich an.

Ich starrte zum Türrahmen. Frau Butzes Kopf war verschwunden. Spätestens zu diesem Zeitpunkt hätte ich misstrauisch werden müssen. Stattdessen beschloss ich, meine blutigsten Szenen vorzulesen. Damit würde ich ja wohl einen Haufen Männer beeindrucken können.

Im Detail las ich vor, wie der Mörder sich an sein Opfer heranschlich, die Stahlklinge aufschnappen ließ und seine Muskeln zum finalen Sprung anspannte. Gerade als er zustechen wollte, wurde es plötzlich unruhig im Saal. Bei dieser dramatischen Szene? Verflixt! Die Kerle sollten an meinen Lippen hängen, das Messer im eigenen Leib spüren und das Blut riechen. Langsam wurde ich sauer. Was war denn das für ein zähes Publikum? Oder hatte ich die Situation verkannt und einer der älteren Herrschaften kämpfte aufgrund der steigenden Spannung mit Herzproblemen?

Ich stoppte meinen Lesefluss und musterte die Herrschaften in den vorderen Reihen. Einige Männer scharrten mit den Füßen oder flüsterten mit ihren Nachbarn. Keiner von ihnen lief blau an oder schnappte nach Luft. Im Gegenteil, ich bemerkte an ihren verstohlenen Blicken, dass ich das Thema ihrer Unterhaltung war.

Was war hier los? Was stimmte heute nicht mit mir und Kommissarin Schöller? Ich sah an mir herunter, strich über den Rock meines Kleides und prüfte unauffällig, ob mein Ausschnitt zu tief ausgeschnitten war. Nein, alles saß perfekt. Also beschloss ich, einfach weiterzulesen, als sich plötzlich aus der letzten Reihe ein weißhaariger Herr zu Wort meldete und ohne Aufforderung nach vorne rief: »Wann beginnen Sie denn jetzt mit dem Vortrag zu Ihrem Buch über ›Wege aus der Impotenz‹?«

Kommissarin Schöller glitt mir aus der Hand und schlug auf dem Parkettboden auf. Alle starrten mich an. Ich starrte zurück und machte den Mund auf, um etwas zu entgegnen, brachte aber kein Wort heraus.

Was sollte ich auch sagen? Über dieses Thema musste ich mir nie Gedanken machen. Mein Ehemann konnte immer und überall. Aber Richards Stehvermögen diesen Männern unter die Nase zu reiben, käme sicherlich nicht gut an. Ich klappte den Mund wieder zu und spürte wie meine Zähne aufeinanderschlugen, mehrmals. Mein natürlicher Fluchtinstinkt drängte umgehend zum Ausgang, aber die fünfzehn Stuhlreihen bauten sich wie ein riesiges Hindernis vor mir auf. Richards Lebensmotto fiel mir ein: *»Wenn sich dir im Leben ein Hindernis in den Weg stellt, dann klettere einfach darüber«*. Über 148 Männer? Im Kleid? Das würde ihm nicht gefallen. Ich beschloss, eine akute Depression zu kriegen, Frau Butze zu erschießen, und mich anschließend aus dem Fenster zu stürzen.

»Was ist denn jetzt mit dem Vortrag?«, rief ein etwas jüngerer Mann aus dem Mittelfeld. »Über zwei Stunden bin ich mit dem Auto unterwegs gewesen, weil Sie mir am Telefon erklärt haben, dass Sie mir helfen können.«

»Genau!«, schloss sich ein weiterer Herr an. »Und was ist mit der Selbsthilfegruppe, die Sie mit uns gründen wollen?«

Ich wusste nicht, ob ich weinen, lachen oder ein Loch in mein Buch beißen sollte. *Behalt die Nerven*, befahl ich mir. Hatte ich nicht vorhin getönt, dass Herausforderungen die Highlights des Lebens wären? Jetzt konnte ich beweisen, dass ich jeder, aber auch wirklich jeder noch so absurden Situation gewachsen war. Heulen konnte ich später immer noch.

»Also«, setzte ich an, um das Missverständnis aufzuklären. Aber bevor ich loslegen konnte, schlich Frau Butze mit hängendem Kopf an meine Seite.

»Ich muss Ihnen etwas beichten«, wandte sie sich

an die Zuhörer. Und dann erzählte sie von ihren Zwillingen, dem auf Montage im Ausland befindlichen Ehemann und der erkrankten Mitarbeiterin im Buchladen. Frau Butze hatte es weder geschafft, den Teilnehmern abzusagen, noch für mich die Werbetrommel zu rühren. Einige Männer nickten mitfühlend, andere verlangten ihr Geld zurück und viele standen einfach auf und verließen wortlos den Saal.

Kein Mensch interessierte sich für meine Bücher.

Ich sank auf den nächstbesten Stuhl. Die Donau der Länge nach zu durchschwimmen, hätte mich nicht mehr erschöpft, als dieser völlig aus dem Ruder gelaufene Tag. Mein Herz stolperte unregelmäßig vor sich hin. Ich starrte auf die Holzmaserung des Parkettbodens und wartete darauf, dass es wieder in den gewohnten Rhythmus fand.

»Frau Wenzel!« Jemand rüttelte an meiner Schulter und hielt mir ein Glas Wasser unter die Nase. »Hören Sie mich?«

Ich hob den Kopf und blickte in Frau Butzes besorgtes Gesicht. »Nehmen Sie erst mal einen Schluck. Das muss ja ein Schock für Sie gewesen sein.«

Ich winkte ab und stand auf.

Frau Butze zuckte unglücklich mit den Schultern. »Ich wollte es Ihnen die ganze Zeit sagen, aber Sie haben mir einfach nicht zugehört.«

»Ist schon gut«, murmelte ich. Auf eine Diskussion hatte ich jetzt wirklich keine Lust. »Wie machen wir es mit dem Honorar?«, fragte ich, während ich Kommissarin Schöller in die Tasche packte.

»Aber Sie haben doch nur zehn Minuten gelesen.« Frau Butzes Mundwinkel zogen sich vorwurfsvoll nach unten.

Wäre es ein anderer Tag gewesen, hätte ich um

mein Honorar gekämpft, jeden Cent Fahrtkosten verlangt und obendrein Schmerzensgeld für den Schock gefordert, aber so hing ich durch wie ein schlappes Salatblatt. »Vergessen Sie es«, murmelte ich, nahm meine Tasche und machte mich auf den Weg ins Erdgeschoss.

Ein paar Männer drängten sich wartend vor den Ausgang, da es heftig zu regnen begonnen hatte, und eine stumme Gasse bildete sich, als ich mich nach vorne zwängte. Jemand hielt mir die Tür auf, ich hastete durch den Regen zum Auto und startete den Motor. Im Rückspiegel sah ich, wie mein sorgfältig aufgetragenes Augen-Make-up schwarze Rinnsale auf mein Gesicht malte, und ich wischte sie mit dem Handrücken weg.

Kapitel 18

Den Weg zur Autobahn absolvierte ich mehr oder weniger im Blindflug. Auf dem Beschleunigungsstreifen drückte ich das Gaspedal bis zum Anschlag durch und schaffte es so gerade, vor einen weißen Lieferwagen einzuscheren. Fast hätte ich lachen müssen. Mit dieser Aktion hatte ich wenigstens ein Erfolgserlebnis an diesem Tag zu verbuchen.

Ich starrte durch die Windschutzscheibe und versuchte durch die graue Regenwand die Fahrbahn zu erkennen. Sie war nur einspurig, rechts und links mit Betontrennwänden befestigt, sodass das Wasser nicht abfließen konnte und zentimeterhoch auf der Straße stand. Wenn es jetzt bergab ging, konnte ich den Motor abstellen und durch die Baustelle surfen.

Ich bremste auf sechzig Stundenkilometer ab. Der Regen wurde immer stärker und selbst die Höchststufe des Scheibenwischers verschaffte mir keine halbwegs freie Sicht.

Hinter mir betätigte der Lieferwagen mehrmals die Lichthupe. Ich guckte in den Rückspiegel und stierte auf einen riesengroßen, silbernen Stern. Verdammt! Wollte der in meinem Kofferraum mitfahren? Im nächsten Moment bescherte mir die Hupe des Sprinters einen Adrenalinstoß. Das hätte der Fahrer besser nicht getan, nicht heute! Dann würden wir eben Polonaise fahren und mir war es völlig egal, ob die Kolonne bis Kapstadt reichte.

Die Geschwindigkeitsnadel sank auf fünfzig, vierzig, dreißig. Hinter mir hupte es wie auf einer Hochzeitsfahrt. Ich ignorierte den Lärm, fummelte am Radiosender herum, richtete meine Haare im Rückspiegel und zog den Lippenstift nach.

Zehn Minuten später war die Baustelle vorbei und meine pädagogische Maßnahme beendet. Gefühlte hundert Autos zogen an mir vorbei und kommunizierten auf überwiegend unfreundliche Art und Weise durch die Fensterscheibe mit mir. Ich winkte freundlich zurück. Manchmal konnten auch Kleinigkeiten die Laune heben.

Normalerweise wäre ich die restlichen Kilometer durchgefahren, aber meine Blase meldete sich spontan, und das war nie ein gutes Zeichen. Zum Glück befand sich kurz vor der Ausfahrt eine Tankstelle mit einem Schnellrestaurant. Ich parkte direkt vor der Tür, kramte Portemonnaie und Smartphone aus der Handtasche und stieg aus.

Am Himmel hingen immer noch dunkle Wolken, aber es regnete nicht mehr. In den Pfützen auf dem Bürgersteig dümpelten Zigarettenstummel und Verpackungen von Schokoriegeln. Ich lief auf den weniger nassen Steinen an den Pfützen entlang und erstarrte plötzlich, als auf dem Parkplatz hinter mir ein Streit entbrannte.

»Sind Sie verrückt geworden?« Der Mann, dessen Stimme mir bekannt vorkam, hämmerte an die Fensterscheibe eines Autofahrers. »Sie haben meinen Anzug ruiniert!« Achim Bovarik holte ein Taschentuch aus der Jackentasche und wischte das Spritzwasser von seiner Hose.

Die Scheibe fuhr herunter. »Dann müssen Sie eben zur Seite gehen, wenn hier jemand parken will«, blaffte eine Stimme zurück.

»Idiot!«, schimpfte Bovarik, machte eine entsprechende Handbewegung und marschierte geradewegs auf mich zu.

Zuerst wollte ich in den Tankshop flüchten, aber dann fiel mir ein, dass es völlig egal war, ob er mich sah oder nicht. Der Fall war schließlich abgeschlossen, ich würde ihn nicht mehr beschatten müssen. Also blieb ich einfach da, wo ich war, tippte wahllos auf meinem Handy herum und beobachtete ihn aus dem Augenwinkel.

Er blieb nur einen Meter neben mir stehen, zündete sich eine Zigarette an und ließ den Rauch aus der Nase entweichen. Aufmerksam musterte er jedes Auto, das an uns vorbeifuhr, als würde er auf jemanden warten.

Meine Blase meldete sich erneut, und ich verfluchte sie. Auf gar keinen Fall wollte ich jetzt hier weg. Meine kriminalistische Neugier war geweckt, und ich wollte unbedingt wissen, warum Bovarik bei diesem Wetter eine Zigarette an einer Raststätte rauchte, anstatt gemütlich in Ulf Gehrkes Villa auf dem Sofa zu sitzen.

Ein in die Jahre gekommenes rotes Cabrio brachte mir die Antwort. Bovarik nickte dem jungen Mann am Steuer zu und machte anschließend eine Kopfbewegung zu seinem Auto, das nur ein paar Meter weiter stand. Ich bedauerte zutiefst, dass mir keine der Observationsmittel zur Verfügung standen, die im Technikraum der Detektei lagerten. Zu gerne hätte ich mit einer versteckten Kamera gefilmt, wie der junge Mann sich zu Bovarik ins Auto setzte.

Ich ermahnte meine Blase durchzuhalten, hastete zum Wagen und da es mittlerweile dunkel geworden war, heftete ich mich an die Rücklichter von Bovariks Auto. Zwanzig Meter bevor der Beschleunigungsstreifen der Autobahnauffahrt begann, bog es rechts von der Straße in ein Waldstück ab.

Ich legte eine Vollbremsung hin und konnte gerade noch auf dem letzten Parkplatz stoppen. Hastig schaltete ich den Motor aus und starrte in den Wald, in dem die Autolichter erloschen.

Mir schwante schon, was die beiden da veranstalteten, aber ich wollte es mit eigenen Augen sehen, ehe ich Oliver davon berichten, und er den Fall neu aufrollen würde.

Bevor ich über den Rasen ins Waldstück lief, zog ich meine Sandalen aus. Ich hatte keine Lust, mir wegen Bovarik die Schuhe zu ruinieren. Meine nackten Füße versanken in dem aufgeweichten Boden und ich betete, dass sich nur Erde und Grashalme zwischen meine Zehen drängten. Vom Restaurant drang Lachen und eine Brise Fettgeruch zu mir herüber.

Der Weg, in den Bovarik eingebogen war, war unbefestigt. Hinter mir tuckerte ein LKW zur Autobahnauffahrt und verschaffte mir die Gelegenheit, mich mit Hilfe der Scheinwerfer zu orientieren. Ich tastete mich auf den Reifenspuren von Bovariks Auto entlang, und sah kurz darauf die Lichter des Innenraums zwischen den Bäumen aufleuchten. Nach ein paar Metern schlug ich mich rechts in die Büsche. Die Blätter tropften vor Nässe, und als mein feuchtes Kleid an der Haut kleben blieb, fing ich an zu frösteln.

Das sporadische Zucken meiner Blase hatte sich in einen Dauerschmerz verwandelt, und ich hätte dringend ein heißes Kamillenbad statt eiskalter Füße benötigt, oder ein paar Hitzewallungen, die immer nur dann kamen, wenn man sie nicht brauchte.

Auf der Höhe des Wagens huschte ich hinter einen Baum, spähte vorsichtig um den Stamm und zog mich blitzschnell wieder zurück. Ein Blick durch die Heckscheibe hatte gereicht. Bovarik schob eine Nummer mit einem Mann, der definitiv nicht Ulf Gehrke war.

Während ich durch den Wald zurücklief, schossen mir Bilder von früher durch den Kopf. Richard und ich hatten öfters Sex im Auto gehabt. Am Anfang unserer Beziehung schafften wir es manchmal nicht mal bis nach Hause, daher kannten wir so einige Waldwege in der Umgebung. Unsere heißeste Nacht hatten wir auf dem Parkplatz eines stillgelegten Steinbruchs. Das lag daran, dass Richard im entscheidenden Moment plötzlich der Airbag in den Rücken schoss. Wir wissen bis heute nicht, was ihn auslöste, aber es bescherte mir unvergessliche Minuten und Richard den Anfang seiner Bandscheibenprobleme. Leider hatte das zur Folge, dass Sex im Auto für die Zukunft gestrichen wurde.

Seufzend öffnete ich den Wagen, sank auf den Sitz und beschloss, Richard demnächst auf die Stabilität seiner unteren Lendenwirbel anzusprechen.

Ich startete den Motor, freute mich auf meine Antibiotikareserve für Blasenentzündungen und auf Olivers Gesicht, wenn ich ihm morgen einen alten Fall neu präsentierte. Damit würde ich mich zweifelsohne als Partnerin rehabilitieren. Dachte ich zumindest.

Kapitel 19

»Wie schön, Sie zu sehen, Frau Wenzel.«

Gerda sah mich misstrauisch an. Das hatte wohl noch nie jemand zu ihr gesagt. Ich schüttelte meiner Schwiegermutter die Hand und schob Gerda in das Zimmer, in dem wir uns bereits gestern unterhalten hatten.

»Sie haben schon Ergebnisse für mich?« Sie setzte sich mir gegenüber und platzierte wie üblich ihre Handtasche auf dem Schoß.

Ich nickte und schob ihr eine Tasse Schokolade mit extra viel Sahne und Schokostreuseln zu. Die würde sie brauchen, wenn ich mit Paul fertig war.

»Allerdings habe ich keine guten Nachrichten«, bereitete ich meine Schwiegermutter auf das Kommende vor.

»Wie haben Sie überhaupt so schnell etwas herausfinden können?« Ihre Stimme zitterte ein wenig.

Mit der Frage hatte ich gerechnet. Ich zwinkerte ein paar Mal mit den Augen, da die blaue Kontaktlinse nicht richtig saß und setzte anschließend einen möglichst ehrlichen Gesichtsausdruck auf. »Zufall, reiner Zufall«, seufzte ich kopfschüttelnd, als könne ich es immer noch nicht glauben. »Gestern war ich in der Mittagspause im City-Kaufhaus«, begann ich mit dem Rettungsplan für unsere Familie. »Und stellen Sie sich vor.« Ich machte eine kurze Pause, in der Gerda samt Handtasche an die Stuhlkante vorrückte und sich zu mir beugte. »In der Schuhabteilung habe ich Ihren Mann getroffen.«

»Das muss ein Irrtum sein.« Vehement schüttelte sie den Kopf. »Sie haben den Falschen beobachtet. Mein Paul geht niemals ohne mich Schuhe kaufen.«

Diesmal beugte ich mich vor und unsere Köpfe trafen sich in der Mitte des Schreibtischs. »Es wäre auch besser gewesen, wenn er Sie mitgenommen hätte.« Meine Stimme wurde immer leiser. »Er hat nämlich die falschen Schuhe anprobiert.«

»Die falsche Größe?«

Ich schüttelte den Kopf und flüsterte: »Damenschuhe, genauer gesagt, Pumps.«

Gerda richtete sich kerzengerade auf und starrte mich an, als hätte ich gerade ihren Paul um die Ecke gebracht. Hatte ich ja auch, mehr oder weniger. Um mir meiner Sache allerdings sicher zu sein, musste ich noch einen draufsetzen. »Anschließend ist er in die Sportabteilung gegangen und hat dort eine Taucherausrüstung anprobiert.«

»Mit Brille und Schnorchel?«, hauchte Gerda.

»Und Flossen«, hauchte ich zurück.

»Und dann?«

»Ist er damit Rolltreppe gefahren.«

»Rauf und runter?«

Ich nickte. »Immer wieder. Und mit der Harpune.«

»Welche Harpune?« Ihre Augäpfel kippten fast über den unteren Lidrand.

Okay, jetzt war meine Fantasie mit mir durchgegangen. Beruhigend lächelte ich ihr zu. »Keine Sorge, sie war nicht geladen.«

»Aber die Verkäufer«, stammelte Gerda, »haben

die nicht eingegriffen?«

»Doch«, erwiderte ich, »sie wollten die Polizei rufen, aber ich habe Ihren Paul gerettet.« Unauffällig kratzte ich mich unter der Perücke am Nacken, die wieder fürchterlich juckte. »Ich habe mich als seine Tochter ausgegeben und dem Personal erzählt, dass mein Vater gelegentlich ein wenig verwirrt ist. Anschließend habe ich ihm ein Taxi gerufen.«

Gerda raffte ihre Strickjacke enger zusammen und klammerte sich wieder an die Henkel ihrer Tasche.

»Sie glauben also, dass mein Paul ...« Reglos starrte sie mich an.

Auch ich sprach nicht aus, was ich ihr gerade einsuggeriert hatte, sondern nickte nur.

»Es war sehr freundlich von Ihnen, dass Sie meinem Mann geholfen haben.«

Überrascht sah ich sie an. So etwas Nettes hatte ich noch nie von ihr gehört. Ihr Gesichtsausdruck wirkte plötzlich so gelöst und mir wurde schlagartig klar, dass ein verwirrter Paul ihr tausend Mal lieber war, als ein poppender Paul. Sie nahm den Kaffeelöffel von der Untertasse, schaufelte die Sahne mit den Schokostreuseln in sich hinein und trank den Kakao in einem Zug leer.

»Mein armer Paul.« Gerda kramte ein mit Tulpen besticktes Taschentuch aus der Handtasche und tupfte sich erst den Mund und dann die Augenwinkel ab, während ich auf ihren abgespreizten Finger starrte. »Ich werde ihn nie mehr alleine lassen, nicht eine Sekunde aus den Augen verlieren.«

Genau! So musste das sein!

Sie wedelte mit dem Tuch in meine Richtung.

»Gut, dass ich Paul heute Morgen in der Wohnung eingeschlossen habe. Sonst würde er bestimmt wieder irgendwo in der Stadt herumirren.«

Respekt! Auf die Idee wäre nicht mal ich gekommen. Allerdings wollte ich auch nicht wissen, wie Gerda ihm das nachher erklären würde.

Meine Schwiegermutter packte ihr Taschentuch ein, holte einen Briefumschlag heraus und legte ein paar größere Geldscheine auf den Tisch. »Sie haben wirklich gute Arbeit geleistet.«

In neunzehn Jahren, die ich sie kannte, hatte ich noch nie ein Lob aus ihrem Mund gehört. Konnte es sein, dass Gerda sich im Alter zum Positiven entwickelte?

»Was bekommen Sie an Bezahlung von mir?«

Daran, dass ich Geld von meiner Schwiegermutter verlangen musste, hatte ich gar nicht gedacht. Für einen Moment überlegte ich, ihr die Kosten zu erlassen, aber Oliver würde zu Recht ein Honorar sehen wollen. Also rechnete ich im Kopf einen fiktiven Stundensatz aus und kam dabei auf ein paar hundert Euro.

Anstandslos zählte Gerda das Geld ab und schob es mir zu. Als ich es einsteckte, meldete sich zeitgleich mein schlechtes Gewissen. Setzte man das Geld allerdings in Relation zu der Verhinderung eines Familienkrieges mit ungewissem Ausgang, handelte es sich bei diesem Betrag lediglich um Peanuts. Ich würde ihn einer Stiftung für hörgeschädigte Opernopfer spenden.

Euphorisch hakte ich den zweiten Punkt meiner Dringlichkeitsliste ab und entschuldigte mich in Gedanken bei Paul, den ich für den Rest seines Lebens lückenlos an Gerda gekettet hatte.

***

Nachdem ich mich der Perücke und Kontaktlinse entledigt hatte, klopfte ich an Olivers Büro und steckte den Kopf ins Zimmer. »Hast du einen Augenblick Zeit?«

Gnädig nickte er mir zu. Vor ihm lag eine aufgeklappte Akte. Er überflog kurz ein paar Zahlen, klappte den Deckel zu und sah mich fragend an.

»Ist es in Ordnung, wenn ein Klient die Rechnung bar begleicht?« Gerdas Geld wollte ich ihm zwar noch nicht aushändigen, aber ich musste mich zumindest vergewissern, dass es kein Problem damit gab. Das Letzte, was ich brauchte, war ein Anruf von Jasmin bei meiner Schwiegermutter.

»Viele Kunden zahlen bar, damit es keine Beweise ihres Auftrags auf Banküberweisungen gibt«, erklärte Oliver. »Will dein Miss-Marple-Fan mit Bargeld bezahlen?«

Ich nickte. »Sie wollte wissen, ob das möglich ist.«

»Jasmin macht die Finanzbuchhaltung. Du kannst ihr das Geld aushändigen. Sie hat einen Schlüssel für den Tresor in Viktors Zimmer.« Seine Mundwinkel zuckten leicht nach oben, als er sich im Stuhl zurücklehnte. »Hast du den Köter noch nicht gefunden?«

Sollte ich weiter so tun, als müsse ich den Pudel suchen, oder sollte ich mich wieder in seine Ermittlungsarbeit einklinken? Nein, ich brauchte Zeit, um mich um die Aktenschränke kümmern zu können. Daher schüttelte ich den Kopf und kam zum eigentlichen Grund meines Besuchs. »Aber dafür habe ich Achim Bovarik beim Seitensprung erwischt.«

Ausführlich berichtete ich meinem Partner von der Observation und ging davon aus, dass er sofort bei Ulf Gehrke anrufen würde, um den Fall wieder aufzunehmen.

»Hast du Beweise, eine Videoaufnahme?«

»Da du mir vorgestern die Überwachungsgeräte abgenommen hast, hatte ich nichts dabei.« Ich bedachte ihn mit einem vorwurfsvollen Blick.

Oliver seufzte. »Wenigstens ein Foto?«

Natürlich nicht! »Hätte ich mein Smartphone an die Heckscheibe halten und den Blitz auslösen sollen?«

Ja, hättest du, signalisierte mir Olivers Gesichtsausdruck.

»Aber wir müssen ihn nur weiter beobachten«, warf ich ein. »Wahrscheinlich hält Bovarik sich öfters auf diesem Waldweg auf.« Richard und ich hatten schließlich auch immer wieder die besonders gut getarnten Orte aufgesucht.

»Bist du dir sicher, dass es wirklich Bovarik war?« Oliver verschränkte seine Arme vor der Brust. »Vielleicht sah der Typ ihm nur ähnlich.«

»Er war es«, verteidigte ich meine Beobachtungen. »Da gibt es keinen Zweifel.« Gesichter waren für mich potentielle Romanfiguren. Ich studierte ihr Äußeres, ihre Mimik, jede Falte, die sich eingegraben hatte. Bei Bovarik hatte ich sogar die Nasenhaare gezählt, die ihm zusammen mit dem Zigarettenrauch aus den Löchern geweht waren.

»Und wenn nicht? Dann zahlt Ulf Gehrke einen Haufen Kohle für nichts und wieder nichts. Wie soll ich ihm das erklären?« Oliver deutete mit dem Zeigefinger auf mich. »Dass er das einer Praktikantin zu verdanken hat, die unpünktlich ist, ihre Zielperson aus den Augen verliert, ihren Partner im Stich lässt, nicht mal einen entlaufenen Pudel findet und sich für Miss Marple hält?«

So viel zu meiner Rehabilitation.

Oliver klopfte mit der flachen Hand auf die Akte vor sich und schob sie mir zu. »Der Fall ist abgeschlossen. Bring das zu Jasmin und richte ihr aus, dass die Rechnung in Ordnung ist und an Ulf Gehrke weitergeleitet werden kann.«

»Schon mal was von ›Bitte‹ und ›Danke‹ gehört?«, tadelte ich ihn kopfschüttelnd. Mein Partner war nicht etwa mit dem Intercity durch die Kinderstube gerast, sondern gleich mit dem Airbus geflogen. Ich würde noch eine Weile benötigen, bis ich ihn auf Lucas Niveau hatte.

»Jasmin soll dir den Fall von Alexandra Dallmann geben, den bringst du zu mir«, knurrte er und fügte ein gereiztes ›Bitte‹ hinzu.

»Na also, geht doch«, flötete ich und machte mich auf den Weg zu Jasmins Büro. Neugierig warf ich einen Blick auf die Rechnung und stutzte. Der Betrag war weit entfernt von den zehntausend Euro auf dem gelben Post-it, der neulich in der Akte klebte. Mit einem Schlag war mein Misstrauen gegen Oliver wieder wach. Ich steuerte die Toiletten an, sperrte mich in eine Kabine ein und blätterte die Akte durch. Der letzte Satz unter dem Punkt ›Ermittlungsergebnis‹ sprang mir ins Auge. *Auf Anraten von Oliver Moosmann wird die Observation beendet, da kein Verdacht auf außerpartnerschaftlichen Geschlechtsverkehr vorliegt.*

Ich starrte auf die mintgrüne Toilettentür. Oliver hatte behauptet, dass Ulf Gehrke ihn angerufen und seinen Auftrag zurückgezogen hatte. Warum hatte Oliver mich angelogen? Dafür konnte es nur einen Grund geben, er wollte etwas vor mir verheimlichen.

Ich klappte die Akte zu, verließ den Sanitärbereich und betrat Jasmins Zimmer.

Nachdem ich ihr Olivers Anweisungen vorgetragen hatte, drückte sie mir wortlos die Akte von Alexandra Dallmann in die Hand, drehte mir den Rücken zu und machte sich an den Aktenschränken zu schaffen. Wir beide würden wohl keine Freundinnen mehr werden. Ich bedauerte es insofern, da sie mir vielleicht das eine oder andere über Oliver hätte verraten können. Aber nachdem ich ihr heute Morgen eine Tüte Hundekekse mit den Worten *»Für die Kaffepause«* auf den Tisch gestellt hatte, war dieser Zug wohl endgültig abgefahren.

Ich verzog mich mit dem neuen Fall erneut auf die Toilette. Diesmal handelte es sich um einen Versicherungsbetrug über einen fünfstelligen Betrag.

Angeblich war der rote, viersitzige Sportwagen von Alexandra Dallmann gestohlen worden. Allerdings verdächtigte die Versicherung die Besitzerin, mit einer osteuropäischen Autoschieberbande in Kontakt zu stehen. Soweit ich die Unterlagen deuten konnte, sollte die Detektei den Beweis dafür liefern. Neben mir rauschte die Toilettenspülung und während ich wartete, bis die klappernden Absätze das WC verließen, fasste ich einen Entschluss, mit dem ich Kommissarin Schöllers Augen zum Leuchten brachte, und mir Jasmins Aktenschränke gestohlen bleiben konnten.

Oliver sah nur kurz auf, als ich ihm die Akte auf den Tisch legte.

»Ich kümmere mich weiter um den Königspudel«, log ich ihn an, und er nickte mir zu.

»Wenn du ihn bis heute Abend nicht gefunden hast, kannst du den Fall abschließen. Dann steckt er entweder in einer Tierversuchsanstalt, im Ausland oder im Kühlraum eines chinesischen Restaurants.« Er lachte über seine eigenen Worte, und ich wunderte mich mal wieder darüber, wie ungerührt manche Leute sich über das Leid anderer Menschen lustig machten.

Kapitel 20

In der Tiefgarage war es angenehm kühl. Seit einer Stunde hockte ich im Auto. Mein Kopf ragte knapp über das Armaturenbrett, und ich hatte Blut geleckt. Warum sollte ich in den Aktenschränken nach einem Fall suchen, wenn ich ihn live vor der Nase hatte? Osteuropäische Autoschieberbande, das roch nach organisiertem Verbrechen, mindestens fünf Leichen, Undercoveragenten, V-Leuten und Auftragskillern. Das volle Krimiprogramm, ich musste es nur mit Leben füllen, und dafür kam Oliver ins Spiel. Er würde diese Frau observieren, ich würde ihn observieren, und er würde mir damit einen Teil meiner Geschichte liefern.

Ich sah mich schon das fertige vierhundertseitige Manuskript eintüten und an meine Lektorin adressieren. Außerdem gab mir die Überwachung meines Partners, die Gelegenheit herauszufinden, ob er etwas auf dem Kerbholz hatte. Zufrieden summte ich die Melodie vom ›Tatort‹ und trommelte den Takt am Lenkrad mit.

Eine halbe Stunde später wurde meine Geduld belohnt. Oliver betrat die Tiefgarage und ging auf das Firmenfahrzeug zu, mit dem wir vor drei Tagen Achim Bovarik observiert hatten. Ich rutschte tiefer in den Sitz und wartete, bis Oliver an mir vorbeigefahren war. Sein Wagen bog an der Garagenausfahrt rechts ab, und ich heftete mich an seine Fersen.

In der City hatte ich keine Probleme, ihn im Auge zu behalten. Es herrschte Stop-and-go-Verkehr und ich sorgte dafür, dass immer ein Pkw zwischen uns war, um nicht im Rückspiegel von ihm erkannt zu werden. Erst als er die Stadtgrenze erreichte, betete ich, dass er nicht auf die Autobahn fuhr und meinen Kleinwagen mit Höchstgeschwindigkeit abhängte.

Zum Glück bog er auf die Bundesstraße Richtung Fußballstadion ab, und damit führte seine Route zu dem Wohnsitz von Alexandra Dallmann, deren Adresse ich mir gemerkt und ins Navigationsgerät eingegeben hatte. Aufatmend ließ ich mich ein wenig zurückfallen.

Als Oliver in die Straße einbog, in der sie wohnte, fuhr ich an der Einmündung vorbei und parkte das Auto vor einem Einfamilienhaus mit einer halbhohen Thujahecke. Hastig versteckte ich meine Haare unter einem bunten Kopftuch, das ich im Kofferraum gefunden hatte und setzte eine XXL-Sonnenbrille auf, die ich im Frühjahr zusammen mit Michaela erstanden hatte, und deren Gläser mein halbes Gesicht verdeckten.

Ich stieg aus und schlenderte betont gelangweilt auf dem Bürgersteig entlang, während mein Blick in alle Richtungen huschte. Etwa hundert Meter vor mir, entdeckte ich auf der gegenüberliegenden Straßenseite Olivers Fahrzeug. Ich senkte den Kopf, tat so, als würde ich etwas in der Handtasche suchen und ging langsam weiter. Im Schutz eines Sprinters blieb ich stehen und spähte an der Motorhaube vorbei. Olivers Auto war leer.

Verflixt! Wieso hatte er den Observationsstandort verlassen? Was, wenn die Zielperson ausgerechnet jetzt ihr Haus verließ? Ich suchte die Häuserzeile nach der Hausnummer von Alexandra Dallmann ab und wurde bei einer Doppelhaushälfte fündig. Im Gegensatz zum Nachbarhaus, strotzte ihr Vorgarten vor Unkraut und auf der Garageneinfahrt stand ein Auto, das auch schon bessere Tage gesehen hatte.

Gerade als ich überlegte, ob ich die Straßenseite wechseln sollte, um das Haus genauer in Augenschein zu nehmen, öffnete sich die Tür. Oliver trat heraus und die Haustür flog mit einem Knall hinter ihm zu. Ich huschte am rechten Kotflügel des Kastenwagens vorbei, lehnte mich mit dem Rücken an die Beifahrertür und rückte meine Brille zurecht, die mir vor Schreck auf die Nasenspitze gerutscht war. Es dauerte einen Moment, bis die Erkenntnis in dem zuständigen Bereich meines Gehirns angekommen war. Oliver hatte mal wieder eine der wichtigsten Regeln des Detektivdaseins gebrochen. Niemals, aber auch niemals durfte man mit der Zielperson in Kontakt treten. Zumindest dann nicht, wenn man noch vorhatte, sie zu observieren. Und das war doch wohl Olivers Aufgabe, oder etwa nicht?

Sein Auto rauschte an mir vorbei, und mein neuer Krimi den Bach runter. Wütend trat ich aus dem Schatten des Sprinters und starrte auf das Haus der Zielperson. Was hatte sich dort abgespielt? Oliver sollte mich zu der Autoschieberbande führen, sich mit Mafiagangstern herumprügeln und Undercoveragenten mit Betonklötzen an den Beinen aus der Spree retten, aber doch nicht meine Story versauen. Und weshalb verstieß er gegen alle Regeln, die er mir eingebläut hatte? Das würde Viktor nicht gefallen.

Meiner Meinung nach stank es hier gewaltig nach faulem Fisch, aber dem würde ich gehörig auf die Flossen treten. Ich war es meinem netten Chef schuldig, dass ich der Sache nachging, also brauchte ich Beweise. Kurzerhand entschied ich mich, Alexandra Dallmann über Oliver auszufragen, sozusagen von Frau zu Frau. Entschlossen überquerte ich die Straße und klingelte an der Haustür, deren Farbe an einigen Stellen abblätterte. Ein schriller Ton erklang im Inneren, und ich musste nicht lange warten, bis die Tür aufgerissen wurde. Die Frau vor mir war so dürr, dass ich durch ihr weißes Sommertop die Rippen zählen konnte.

»Was wollen Sie?« Ein unwilliger Ausdruck huschte über ihr Gesicht.

»Frau Dallmann?«

»Steht doch da, oder?« Mit einem dunkellila lackierten Fingernagel wies sie auf das Namensschild über der Türklingel.

»Äh ja, Sie hatten gerade Besuch von einem jungen Mann.«

»Na und?« Misstrauisch trat sie einen Schritt zurück, die Klinke in der Hand.

»Es kommt Ihnen vielleicht komisch vor, aber ich wüsste gerne, was er von Ihnen wollte.«

»Warum?« Mit der anderen Hand tastete sie nach dem Türrahmen und versperrte dadurch den Eingang, als hätte sie Angst, ich könne das Haus stürmen.

»Wissen Sie, er ist ein Kollege ...«

»Sie gehören auch zu dieser Detektei?«, unterbrach sie mich.

Lächelnd nickte ich.

»Verschwinden Sie!«

Die Stimmlage hätte ich ihr gar nicht zugetraut.

»Niemand bekommt mehr Geld von mir. Ich lasse mich nicht mehr erpressen.«

Die Haustür schlug noch lauter zu als bei Oliver.

Ich starrte auf einen weißen Farbzipfel, der unter dem Türspion hin und her baumelte und wusste nicht, ob ich über ihre Aussage entsetzt oder erfreut sein sollte. Ich hatte tatsächlich einen Treffer ins Schwarze gelandet. Oliver erpresste seine Zielpersonen, und sobald er das Geld erhalten hatte, schloss er den Fall zu ihren Gunsten ab. Auf diese Art und Weise konnte er eine Menge Kohle einstreichen. Achim Bovarik verzichtete mit Sicherheit lieber auf zehntausend Euro, als auf eine Villa und andere Annehmlichkeiten. Kein Wunder, dass Oliver sich geweigert hatte, den Fall neu aufzurollen.

Während ich zum Auto eilte, überlegte ich, wie ich Viktor klarmachen könne, dass sein bester Mann die Seiten gewechselt hatte und ins kriminelle Milieu abgerutscht war. Das würde ein schwerer Schlag für ihn werden. Ich musste es ihm behutsam beibringen. Sollte ich ihn heute Abend zum Essen einladen und nach zwei bis vier Gläsern Rotwein mit der Wahrheit herausrücken? Das schien mir eine gute Idee. Bei Richard wirkte Rotwein jedenfalls immer sehr entspannend, warum sollte es nicht bei Viktor so sein.

Als ich in die Tiefgarage der Detektei zurückkehrte stand mein Plan fest, und ich beschloss, sofort Viktors Büro aufzusuchen. In dem Moment, in dem ich das Auto abschloss, öffnete sich die Tür zum Treppenhaus, und ich hörte Jasmins Stimme.

»Ich habe soweit alles erledigt.«

Hastig duckte ich mich. Leider konnte ich Olivers Erwiderung nicht verstehen, da die beiden hinter einem Pfeiler verschwanden und zum anderen Ende der Garage gingen. Ich schlüpfte aus meinen klappernden Sandaletten, nahm sie in die Hand und huschte von Fahrzeug zu Fahrzeug, bis ich die zwei wieder im Blick hatte.

Jasmin öffnete die Heckklappe eines Autos, holte einen mittelgroßen Hartschalenkoffer mit bunten Schmetterlingen heraus und drückte ihn Oliver in die Hand, der ihn wortlos in einem anderen Wagen verstaute.

Meine Gedanken schlugen Purzelbäume. Was hatte das zu bedeuten? Fuhren die beiden zusammen auf Geschäftsreise? Oder vielleicht in Urlaub?

Die Vorwärtsrollen fanden ein jähes Ende, als Jasmin sagte: »Keine Sorge, das wird schon klappen. Es ist alles bestens organisiert.« Sie legte eine Handfläche an Olivers Wange. »Die Sache mit dem Geld habe ich geregelt und unsere Flüge heute früh gebucht.«

Einen Moment schwiegen beide, und ich fand es äußerst beruhigend, dass ich mich mit einer Hand an der Stoßstange eines Kombis und mit der anderen an den Riemchen meiner Sandaletten festhalten konnte. Mein Atem ging flach. War es möglich, dass die beiden unter einer Decke steckten? Es passte alles zusammen. Jasmin verwaltete die aktuellen Aufträge, suchte die lukrativsten Fälle heraus und schusterte sie Oliver zu, der die Zielpersonen mit kompromittierenden Fotos oder Videos erpresste. Anschließend schloss er den Fall ohne belastende Ergebnisse ab. Jetzt hatten die beiden ordentlich abkassiert und wollten sich entweder sofort, oder in den nächsten Stunden vom Acker machen. Jasmins gepackter Koffer in Olivers Auto und die kurzfristig gebuchten Flüge, waren der Beweis dafür. Mir brach der kalte

Schweiß aus, als mir klar wurde, was mir bevorstand. Ich musste auf jeden Fall die Flucht der beiden verhindern.

Rasch schlich ich zur Eingangstür zurück und spurtete die Treppen hoch. Zum Abendessen mit Viktor blieb keine Zeit. Ich musste jetzt und sofort handeln.

»Viktor«, hechelte ich Alina Schuster an, während meine Sandaletten auf ihren Tisch flogen. »Ich muss ihn dringend sprechen.«

»Ist alles in Ordnung?« Gleichzeitig besorgt und irritiert starrte die junge Frau zuerst auf mich und dann auf meine Schuhe.

»Alles bestens«, hauchte ich um Atem ringend. »Ist er da?«

Sie schüttelte den Kopf. »Der Chef ist auf Geschäftsreise und kommt erst morgen zurück ins Büro.«

Na prima! Das hatte das Betrügerduo ja bestens geplant. Der Kapitän ging von Bord und die Ratten plünderten das Schiff. Aber die beiden hatten nicht mit der Piratenbraut gerechnet, und die würde ihnen den Goldschatz wieder abjagen. Schließlich wusste ich aus meinen Krimis ganz genau, wie man jemanden überführte und festnahm. So sehr konnten sich Realität und Fantasie nicht unterscheiden.

»Möchten Sie ein Glas Wasser?« Mit spitzen Fingern schob Alina Schuster meine Schuhe vom Tisch.

Hastig schüttelte ich den Kopf und murmelte eine Entschuldigung. Die junge Frau musste mich ja für völlig verpeilt halten.

»Haben Sie seine Handynummer, oder können Sie mir seine Adresse aufschreiben? Es ist wirklich sehr wichtig.«

»Tut mir leid, aber Herr Deffner ist heute telefonisch nicht mehr erreichbar, und seine persönlichen Daten darf ich Ihnen leider nicht geben.« Sie lächelte mich freundlich an. »Ich habe Sie neulich mit Oliver Moosmann gesehen. Wenn es so dringend ist, kann ich Sie gerne mit ihm verbinden.«

Ich schüttelte den Kopf. »Ab wann kann ich Viktor morgen sprechen?«

»Gegen zehn Uhr ist er wieder im Haus.«

Dankend nickte ich ihr zu, streifte meine Sandaletten über und spurtete zurück zum Eingang der Tiefgarage. Ich hoffte nur, dass Oliver und Jasmin nicht bereits auf dem Weg zum Flughafen waren, sondern unauffällig ihren Arbeitstag beenden würden.

Kurz bevor ich das Treppenhaus erreichte, hielt Oliver Jasmin die Tür auf. Ich wirbelte herum, hastete zu den Sitzgelegenheiten und sackte in einen Ledersessel. Aus dem Augenwinkel beobachtete ich, wie die beiden mit dem Fahrstuhl nach oben fuhren. Erleichtert versuchte ich, meine Gedanken in eine geordnete Reihenfolge zu bringen. Sollte ich vielleicht doch die Piratenbraut über Bord werfen und einen Mitarbeiter von Viktor in die Machenschaften von Oliver einweihen? Kopfschüttelnd verwarf ich die Idee wieder. Kein Kollege würde ohne entsprechende Beweise bei einer Zielperson anrufen und eine laufende Ermittlung gefährden.

Ich konzentrierte mich auf die nächste Alternative. Alexandra Dallmann hatte mir gegenüber zugegeben, dass sie von der Detektei erpresst wurde. Warum schaltete ich nicht einfach die Polizei ein und gab eine Anzeige gegen Oliver auf? Für einen Moment gefiel mir der Plan richtig gut, aber dann überlegte ich, ob Viktor mit diesem Vorhaben überhaupt einverstanden wäre. Vielleicht würde er die Angelegenheit lieber intern klären wollen? Die Polizei würde mit Sicherheit alle Fälle aufrollen, die Oliver bearbeitet hatte. Wenn Viktors Klienten davon Wind bekämen, würden sie wissen wollen, ob ihre Ermittlungsergebnisse echt oder manipuliert waren. Das ein oder andere Unternehmen könnte vielleicht sogar Schadensersatz von ihm fordern. Für die Detektei wäre die Sache ein enormer Imageverlust.

Ich kaute auf meiner Unterlippe herum. Das war mir alles zu heiß. Bevor ich nicht mit Viktor gesprochen hatte, würde ich niemandem von meiner Entdeckung erzählen. Aber ich schwor mir, Oliver und Jasmin keine Sekunde aus den Augen zu lassen und schon gar nicht in den Flieger, und wenn ich dafür ihren Wagen auf dem Weg zum Flughafen rammen musste. Ich würde meinen Beobachtungsposten in der Tiefgarage wieder aufnehmen, auf die beiden Abtrünnigen warten und ihnen folgen.

Kapitel 21

Mein Magen machte sich knurrend bemerkbar. Außerdem fühlte ich mich furchtbar steif, und sobald ich meine Beine ausstreckte, knackte es nicht nur in den Knien und Fußgelenken, sondern es schmerzten auch alle beteiligten Muskeln. Ein paar Yogaübungen wären jetzt gut, aber der Fahrersitz meines Klein-wagens gab nicht mehr als ein paar Beckenboden-übungen her, und auf der Motorhaube des Autos wollte ich nicht unbedingt die ›Wellen der Schönheit‹ praktizieren.

Ich strich meine feuchte Bluse glatt. Immer, wenn ich aufgeregt war, führten meine restlichen Hormone einen Regentanz auf.

Diesmal machte es mir allerdings nichts aus. Im Gegenteil, so viel Nervenkitzel hatte ich schon lange nicht mehr in meinem Leben, und ich genoss jede Sekunde davon. Am Schreibtisch in Kriminalgeschichten einzutauchen hatte seinen Reiz, aber live an einem Fall zu arbeiten, war definitiv eine andere Dimension. Ich drehte meine verschwitzten Locken zu einem Knoten zusammen und lehnte ihn gegen die Kopfstütze. Immer wieder spielte ich die kommenden Stunden in Gedanken durch. Was hatten Oliver und Jasmin geplant? Würde Jasmin ihr Auto in der Tiefgarage stehen lassen und mit Oliver zum Flughafen fahren, oder würden sie sich erst später dort treffen? Vielleicht würden die beiden auch ein Taxi oder die S-Bahn nehmen.

Ich betete, dass sie diese Nacht noch zu Hause verbringen und morgen wieder im Büro auftauchen würden. Aber egal was passierte, ich musste mich an ihre Fersen heften und immer zur richtigen Zeit am richtigen Ort sein.

Zwischenzeitlich zerbrach ich mir den Kopf darüber, wie ich Kommissarin Schöller aus der Depression holen könne, in die sie nach dem Scheitern der Autoschieberstory versunken war. Ich machte mir zwar ein paar Notizen über Autodiebesbanden und organisiertem Verbrechen, aber der Brüller war das nicht, und ich dachte mit Schaudern an das fette rote Kreuz in meinem Kalender, das der allerallerletze Terminaufschub war.

Ich seufzte laut auf und hoffte, dass Viktor mir einen Einblick in seine Akten gewährte, oder mir sogar etwas über den spannendsten Fall der Detektei berichtete, wenn ich ihm Oliver und Jasmin ans Messer liefern würde.

Die Treppenhaustür öffnete sich, und ich rutschte ein Stückchen tiefer. Oliver ließ Jasmin den Vortritt, und sie hakte sich lachend bei ihm unter.

Ganz ruhig, ermahnte ich mich und hätte am liebsten die volle Flasche meiner Bachblüten-Notfalltropfen geleert. Leider lag sie zu Hause in der Kommodenschublade im Flur. Während die beiden zu ihren Autos gingen, setzte ich das Kopftuch und die XXL-Sonnenbrille auf, fuhr auf die Straße und parkte etwa zwanzig Meter entfernt in zweiter Reihe.

Jasmin kam zuerst aus der Garage und bog in entgegengesetzter Richtung ab. Sekunden später brauste Oliver an mir vorbei. Da er Jasmins Koffer im Auto hatte, folgte ich ihm. Ich reihte mich in den fließenden Verkehr ein und ließ meinen Blick nicht von dem dunklen Kombi, der auf der Bundesstraße die Stadt verließ und in die ländliche Gegend fuhr, in der meine Mutter wohnte.

Nur ein paar Straßen vom Seniorenzentrum entfernt, parkte Oliver vor einem gepflegten Mehrfamilienhaus mit versetzten Balkonen.

Ich stoppte und beobachtete, wie er das Haus betrat. In dem Moment, in dem die Tür hinter ihm zufiel, brummte es auf dem Beifahrersitz und Richard lachte mir auf dem Display meines Smartphones entgegen. Mit dem Finger fuhr ich über den Touchscreen.

»Luise! Wo bleibst du?« Seine Stimme hatte eine ähnliche Klangfarbe wie neulich, als er sich Luca vorgeknöpft hatte. Ich runzelte die Stirn.

»Wir müssen in einer halben Stunde bei Walter sein.«

Verflixt! Ich hatte den Geburtstag von Richards Ex-Chef verschwitzt. Mir fiel ein, dass das Abendessen für 18.00 Uhr angesetzt war, da die beiden älteren Herrschaften pünktlich zu Bett gingen. Das würde heute knapp werden. Ich stöhnte auf.

Warum musste manchmal alles geballt auf mich einstürzen? Konnte das nicht mal schön der Reihe nach gehen, damit ich wenigstens nach jeder Katastrophe Zeit hatte, mich aufzurappeln und die Haare zu richten?

Wofür sollte ich mich jetzt entscheiden? Sollte ich Richard bitten, alleine zur Feier zu fahren? Das würde ordentlich Ärger geben, zwei bis drei Jahre Funkstille waren mir sicher. Es gab nicht viel, was Richard bedingungslos von mir verlangte, aber der Opernbesuch seiner Mutter und Walters Geburtstag gehörten dazu. Damit war mein Vorsatz ›Immer zur richtigen Zeit am richtigen Ort zu sein‹ für die nächsten Stunden Geschichte.

»Bin gleich zu Hause«, zwitscherte ich ins Handy und wischte ihn vom Display. Vorwürfe brauchte ich jetzt keine, aber dringend Unterstützung. Wen konnte ich hierher zitieren? Ulla hatte mit ihrem Clan genug am Hals und Michaela war zu auffällig, um mit irgendeiner Umgebung zu verschmelzen. Auch Luca wollte ich nicht in den Fall hineinziehen. In seinem verwirrten Pubertätszustand käme er vielleicht auf die Idee, den Helden zu spielen und sein Leben zu riskieren. Wer weiß, wozu Oliver und Jasmin fähig waren. Wer einer fast Achtzigjährigen Hundekekse vorsetzte, der schreckte vor nichts zurück. Blieb also nur Betty übrig. Nachdem Paul ausgefallen war, brauchte sie sowieso eine neue Aufgabe.

Hastig wählte ich ihre Nummer. »Mutti, ich brauche deine Hilfe. Sofort!«

»Das trifft sich gut. Ich wollte sowieso mit dir reden.«

War mir schon klar, was sie mir zu sagen hatte: »*Misch dich nicht in mein Leben ein. Ich bin alt genug, und weiß was ich tue*«.

»Später«, antwortete ich. »Traust du dir zu, jemanden für mich zu observieren?«

»Arbeitest du wirklich für eine Detektei?« In der Stimme meiner Mutter klang selten Anerkennung für mich durch, aber diesmal meinte ich sie deutlich herauszuhören. »Luca hat mir sowas erzählt.«

»Mutti! Richard wartet auf mich. Wir müssen zu Walters Geburtstag.«

»Ist ja schon gut. Natürlich kann ich die Überwachung für dich übernehmen. Bei den vielen Krimis, die ich in meinem Leben schon gesehen habe, ist das ein Klacks für mich.«

Es tröstete mich, dass Betty genauso naiv an die Sache heranging wie ich. »Kennst du die Jägerstraße? Die ist sozusagen bei dir um die Ecke.«

»Gibt es dort ein griechisches Restaurant mit einem Biergarten?«

Erst jetzt fiel mir der Geruch von gebratenem Fleisch und Knoblauch auf, der beständig durch die Lüftungsschlitze zog und meinen Magen Sirtaki tanzen ließ. Ich beugte mich über das Lenkrad und entdeckte an einem Jägerzaun ein Hinweisschild mit einem Bild der Akropolis. »Ich stehe mit dem Auto ein paar Meter davon entfernt.«

»Dann weiß ich, wo das ist.« Die Stimme meiner Mutter klang von Sekunde zu Sekunde aufgeregter. »Soll ich mir schwarze Kleidung anziehen und ein Fernglas mitbringen? Ich hätte auch noch den Säbel deines Urgroßvaters und die Lederriemchen, mit denen ich deinen Vater immer ans Bett gefesselt habe.«

»Komm einfach«, hauchte ich nur, verscheuchte die aufkommenden Bilder in meinem Kopf und fragte mich, ob es nicht doch besser gewesen wäre, Richards Schweigejahre in Kauf zu nehmen.

»Bin in ein paar Minuten bei dir.«

Betty hatte nicht übertrieben. Ihr E-Bike bremste vor der Motorhaube, bevor ich darüber nachdenken konnte, was ich ihr über Oliver und Jasmin erzählen sollte. Zum Glück hatte sie außer ihrer Handtasche nichts dabei, war aber dafür in Schwarz gekleidet. Sie setzte sich zu mir ins Auto und tätschelte meine Wange. »Ich weiß, was du über Paul und mich ...«

»Mutti, ich will jetzt nichts, aber auch gar nichts über euch beide hören.« Mir reichten die Lederriemchen für meinen Vater. Was sie mit Paul anstellte, wollte ich nicht auch noch wissen.

»Gut«, erwiderte sie etwas pikiert. »Dann lass uns über Hanna reden. Sie kommt ...«

»Ich will auch heute nicht mir dir über meine Tochter diskutieren«, unterbrach ich sie ein weiteres Mal und trommelte mit den Fingerspitzen auf das Lenkrad. Wir hatten das Thema jahrelang vermieden, da kam es auf ein paar Jahre mehr auch nicht an.

Betty zog ihre Unterlippe über die obere. »Wie du meinst.« Was so viel hieß wie *»Das wird dein Untergang«*. Sie kramte eine schwarze Strickmütze aus der Tasche, drapierte sie auf ihre Haare und drehte den Kopf zu mir. »Also, wo sind die Verbrecher?«

In den nächsten Minuten beschrieb ich Oliver und Jasmin, zeigte Betty den Kombi, auf den sie achten musste und empfahl ihr als Beobachtungsposten den Biergarten, der einen guten Überblick über die Straße und das Haus bot.

Sie sah mich neugierig an. »Was haben die beiden denn angestellt?«

Eigentlich war der Plan, Betty nicht in meinen Alleingang einzuweihen, da ich befürchtete, sie für den Rest der Ermittlungen an der Backe zu haben, aber an ihrem Tonfall merkte ich, dass sie Lunte gerochen hatte. Wie sollte ich ihr auch plausibel erklären, dass nicht einer meiner Kollegen die Observation übernahm?

»Also gut«, seufzte ich und erzählte ihr im Schnelldurchlauf die ganze Geschichte.

Betty klatschte in die Hände. »So ein spannendes Abenteuer habe ich seit Jahren nicht erlebt.« Sie wedelte mit dem Zeigefinger in meine Richtung. »Wie gut, dass du mich hast. Ohne mich, wärst du jetzt aufgeschmissen.« Bevor ich reagieren konnte, zog sie den Autoschlüssel aus dem Zündschloss. »Was mache ich denn, wenn der Mörder wegfährt?«

»Oliver ist kein Mörder«, stöhnte ich.

»Noch nicht, mein Kind, noch nicht«, mahnte sie. »Von Erpressung und Betrug bis hin zum Mord ist manchmal nur ein winziger Schritt.«

Ich verdrehte die Augen und überhörte Olivers weitere kriminelle Laufbahn. »Sobald er das Haus verlässt, rufst du mich an und folgst ihm mit dem E-Bike. Ich täusche bei Walter einen Notfall vor und komme so schnell ich kann. Olivers Ziel ist vermutlich der Flughafen. Wenn du ihn aus den Augen verlierst, fahre ich sofort dorthin.«

Der Autoschlüssel baumelte vor meiner Nase.

»Du könntest mir auch den Wagen überlassen.« Ihre Augen leuchteten auf und mir wurde mal wieder bewusst, wie gerne sie das tat, was 99% der Deutschen nicht taten: Regeln missachten.

»Mutti, du hast keinen Führerschein.«

»Das hat deinen Vater auch nie gestört«, kicherte sie, »wenn ich ihn nach einem feuchtfröhlichen Abend nach Hause fahren musste.«

Ich schnappte mir den Schlüssel und warf ihr einen unmissverständlichen Blick zu. »Ruf mich einfach an, okay?«

Meine Mutter revanchierte sich mit einem Gesichtsausdruck, der mich eindeutig als Spielverderberin einstufte.

Kapitel 22

Luise-Mieze, komm her zu mir.« Immer, wenn Richard mich so nannte, hatte er zwei Gläser zu viel von dem Cabernet Sauvignon getrunken, den Walter jeden Sommer aus ihrem südfranzösischen Feriendomizil importierte.

Richard breitete seine Arme aus, und während ich ihm auswich und zum Kleiderschrank huschte, ließ ich mein Etuikleid zu Boden gleiten. Ich kramte eine schwarze Jeans und ein langärmeliges, dunkles T-Shirt aus dem Schrank. Bettys Idee mit der schwarzen Tarnkleidung war gar nicht so dumm. Wer weiß, wo ich mich überall vor Oliver verstecken musste. Zusätzlich zog ich die alte Sturmhaube meiner jugendlichen Motorradkarriere aus der Schublade und stopfte sie in die vordere Jeanstasche.

Zwei muskulöse Arme schmiegten sich von hinten an mich, und ich spürte etwas Hartes an meinen unteren Lendenwirbeln.

Richard drehte mich um und zeigte mit dem Finger auf seine Boxershorts, die sich nach vorne ausbeulte. »Sieh mal, was du angerichtet hast«, lachte er leise, wobei seine Aussprache nicht ganz so artikuliert war wie sonst.

»Das war nicht ich.« Protestierend schob ich ihn zum Bett. »Das waren deine lüsternen Gedanken.«

Er ließ sich rückwärts auf die Matratze fallen. »Okay«, lenkte er ein, »aber du könntest das in Ordnung bringen.«

Würde ich ja liebend gerne, aber nicht jetzt. »Du weißt doch, dass ich heute Nacht einen Ermittlungseinsatz habe.«

»Aber du hast etwas gutzumachen«, versuchte er weiterhin sein Glück. »Deinetwegen sind wir eine Viertelstunde zu spät zu Walters Geburtstag gekommen.«

»Stimmt«, gab ich zu und streifte Jeans und T-Shirt über. »Helena war verärgert, die Rosmarinkartoffeln verkocht und der Krustenbraten trocken.«

»Und das nur wegen dir.« Anklagend zeigte er mit dem Finger zuerst auf mich und dann grinsend auf seine ausgebeulte Hose. »Ich habe eine Entschädigung verdient.«

»Sorry.« Ich zuckte mit den Schultern. »Aber heute muss ich ihn stehen lassen.«

»Das ist nicht fair.« Gähnend drehte Richard sich auf die Seite und schloss die Augen. Er war eingeschlafen, bevor ich ihn zudecken und einen Kuss auf die Wange drücken konnte.

Hastig lief ich die Treppe hinunter und eilte zum Kellereingang. Wir waren ein paar Stunden bei Walter geblieben, und ich wollte Betty so schnell wie möglich ablösen. Aber vorher musste ich mir ein paar Dinge besorgen, die ich für eine eventuelle Verteidigung oder Festnahme benötigte.

Luca schloss gerade die Haustür auf, als ich die Kellertür öffnete. Ich starrte auf ein blinkendes rotes Licht an seinem Motorradhelm. »Was hast du da am Kopf?«

Er klappte das Visier hoch. »Eine Actionkamera.

Damit drehen wir die Werbekampagne über Einbruchsicherheit.« Begeistert zog er ein breites Stirnband mit der daran befestigten Kamera vom Helm. »Max hat sie mir ausgeliehen, weil ich unbedingt eine Fahrt mit dem Roller filmen wollte.«

Ich hoffte nur, dass er dafür keine halsbrecherischen Stunts hingelegt hatte.

»Wo ist Papa?«

»Schläft schon. Wir waren auf Walters Geburtstag«, fügte ich erklärend hinzu.

Luca setzte den Helm ab und legte ihn auf die Garderobenablage. »Gehst du in den Keller?«

Ich nickte. »Wenn du etwas brauchst, musst du selbst gehen. Bei mir dauert es länger.«

»Nein, nein, alles okay.« Mit einem breiten Grinsen im Gesicht, spurtete er immer zwei Stufen auf einmal nehmend die Treppe zu seinem Zimmer hoch.

Ich zuckte mit den Achseln, eilte in den Keller und betrat den Wirtschaftsraum, in dem nicht nur die Waschmaschine stand, sondern wir auch alle Dinge aufhoben, von denen wir glaubten, sie irgendwann zu brauchen. Und das waren viele.

Ich schaltete das Licht an und durchquerte den Raum. An der hinteren Wand stand ein altes Sideboard meiner Oma. Erst neulich hatte ich es entrümpelt und wusste daher genau, wo ich suchen musste. Hannas Pfefferspray für nächtliche Ausflüge in die Welt der Diskotheken, Kneipen und Szeneviertel, fand ich in der Schublade neben den Strapsen, die ich an unserem Hochzeitstag getragen hatte.

Während ich an dem Gummi zog und überlegte, ob die Strapse noch über meine etwas aus der Form geratenen Oberschenkel passten, knallte oben die Kellertür zu. Ich zuckte zusammen und ärgerte mich über Luca, der mal wieder vergessen hatte, dass es Türklinken gab.

Die nächste Schublade klemmte, und ich wäre beinahe rückwärts gestolpert, als ich kräftig daran zog und das Schubfach nach vorne schoss. Zwischen Skihandschuhen und Loop-Schals wühlte ich mich bis zum Ende durch und zog grinsend ein paar rosa Plüschhandschellen hervor, mit denen Richard und ich immer noch jede Menge Spaß hatten. Nicht im Bett, nein, wir bevorzugten Orte wie die Duschstange im Bad, die Wasserohre im Heizungskeller und die Holzstange in unserem Gartenhäuschen, an der Spaten und Besen hingen.

Ich stopfte die Handschellen zusammen mit dem Pfefferspray in die hinteren Hosentaschen, als plötzlich das Licht ausging. In Sekundenschnelle verdoppelte sich mein Herzschlag, Gänsehaut kroch nicht nur über meine Unterarme, sondern bis runter zu meinen blutrotlackierten Zehen. Panisch drehte ich mich nach allen Seiten, in der Hoffnung, irgendwo einen Lichtschimmer zu erhaschen. Der Wirtschaftsraum besaß zwar einen Fensterschacht, aber mittlerweile war es auch draußen dunkel geworden.

Unsere Yogalehrerin hatte uns am Anfang des Kurses erklärt, dass alles, was man im Leben mit den Sinnesorganen aufnahm, im Unterbewusstsein gespeichert und in bestimmten Situationen abgerufen wurde.

Jetzt hatte ich den Salat. Die Situation, alleine in einem dunklen Keller zu hocken, verband mein Unterbewusstsein mit tausend Horror- und Krimigeschichten, die ich im Fernsehen gesehen, als Buch gelesen oder selbst geschrieben hatte, und die mir jetzt als Bilder durch den Kopf schossen.

Obwohl es im Keller nicht kalt war, fing ich an zu zittern. Blutverschmierte Leichen, grässliche Orks und eine Horde von Barbaren mit Äxten krochen aus den Wänden auf mich zu und kesselten mich ein. Ich roch ihren nach Verwesung stinkenden Atem und spürte die Kälte des Todes in meinem Nacken.

»Kein Problem«, sprach ich mir Mut zu. »Das findet alles nur in deinem Kopf statt. Geh einfach zur Tür und knips im Flur das Licht an.«

Vorsichtig tastete ich mich durch den Raum, schob mit den Füßen einen Wäschekorb zur Seite, was sich anhörte, als würde ein Haufen Knochen über die Fliesen klappern, und ich verfluchte die zugefallene Kellertür, die Licht von oben hereingelassen hätte. Meine Finger berührten bereits den Türrahmen, als ich stockte. Von der Treppe her war ein Geräusch zu hören, schlurfende Schritte, die immer näher kamen.

»Luca?« Ich versuchte das Zittern in meiner Stimme zu unterdrücken, es misslang. »Bist du das?« Hastig tastete ich nach irgendetwas, mit dem ich mich verteidigen konnte, bis mir das Pfefferspray einfiel. Doch bevor ich es aus der Hosentasche ziehen konnte, flammte ein Lichtkegel vor mir auf. Spitzgeschliffene, braunverfärbte Zähne fletschten mich an und ein Zombie mit leeren Augenhöhlen und vernarbter Haut wankte auf mich zu. Ich riss die Arme vors Gesicht, stolperte nach hinten, rutschte an Omas Sideboard entlang in die Hocke und schrie die Wände unseres Hauses zusammen.

»Mama! Es ist alles in Ordnung!«

Jemand rüttelte an meinem Arm. Ich schlug ihn zur Seite.

»MAMA! Mach die Augen auf!«

Erneut versuchte jemand meine Hände vom Gesicht wegzuziehen.

»Ich bin es. Luca.«

Luca? Ich brauchte ein paar Sekunden, bis ich realisierte, dass mein Sohn mit einer Zombiemaske in der Hand vor mir stand. Erst starrte ich auf das Gummiteil, an dem ein rotes Licht blinkte, dann auf die Taschenlampe in seiner anderen Hand.

»Du hast mich mit Absicht so erschreckt?« Meine Stimme klang trotz Zitterns so scharf wie die Säbelklinge meines Urgroßvaters. Ich rappelte mich auf und hielt mich am Sideboard fest, da meine Beine unkontrolliert schlotterten.

Luca nickte mit einem schiefen Lächeln. »Und für unsere Werbekampagne gefilmt.«

Mir fiel die Schülerin ein, die den Überfall nicht authentisch darstellen konnte. »Du hast mich als Opfer benutzt?« Mit jedem Buchstaben wurde ich leiser. »Untersteh dich, diese Aufnahme für euer Projekt zu verwenden.«

»Mama.« Luca sah mich ehrfurchtsvoll an. »Du warst perfekt!«

Ich riss ihm die Halloweenmaske aus der Hand und schlug damit auf ihn ein. »Mein Herz ist fast ausgeflippt! Ich könnte tot sein.«

Luca ließ sich fallen und wälzte sich lachend am Boden, während der Zombie ihm den Hintern versohlte.

»Du wolltest doch wissen, wie es sich anfühlt, wenn man überfallen wird«, verteidigte er sich und schnappte nach Luft. »Ich habe dir nur einen Gefallen getan.«

»Schreibe ich etwa Horrorgeschichten?«, fuhr ich ihn an.

»Nein, aber ich bin mir sicher, ein Einbrecher mit einem Messer in der Hand, hätte dich genauso erschreckt.«

Ich pfefferte die Maske auf seinen Bauch. »Du wirst den Film löschen, ist das klar?«

»Och Mama«, murrte er. »Mit dieser Szene wäre unser Wahlfach in die Geschichte der Schule eingegangen.«

»Klar, mit mir als Lachnummer der Nation. Vergiss es«, zischte ich.

Den Gesichtsausdruck, den er aufsetzte, hatte ich heute schon mal gesehen. Na und, es musste auch Spielverderber geben.

Ich stieg immer noch aufgebracht vor mich hinmurmelnd die Kellertreppe hoch, mit Luca auf den Fersen.

»Mama, da hängt was aus deiner Hosentasche.«

Bevor ich reagieren konnte, hielt Luca mir mit spitzen Fingern die Plüschhandschellen vors Gesicht.

»Was ist das?«

Mein Gesicht wurde heiß, und ich tat so, als würde ich einen Flusen von meinem T-Shirt schnippen. Gab es etwas Peinlicheres, als wenn das eigene Kind das Sexspielzeug der Eltern entdeckte? Nein! Ich sprach aus bitterer Erfahrung, und damit meinte ich nicht nur die Lederriemchen.

»Wonach sieht es denn aus?«, fragte ich, um Zeit zu gewinnen.

»Na ja, nach Handschellen.« Luca zupfte an dem Plüsch herum.

»Eben«, antwortete ich. »Kannst du dich etwa nicht mehr an die Cowboyspiele mit deiner Schwester erinnern?« Ich täuschte Ungläubigkeit vor.

Er warf mir einen zweifelnden Blick zu. »Cowboys

mit rosa Handschellen?«

»Nein«, widersprach ich entschieden. »Cowgirl mit rosa Handschellen. Hanna war das Cowgirl, du der Indianerhäuptling.«

»Ach so.« Luca wirkte erleichtert und reichte mir die Handschellen.

Ich stopfte sie hastig zurück in die Hosentasche, aber das Thema war noch nicht ausgestanden.

»Und was hast du damit vor?«

»Die sind für meinen nächtlichen Detektiveinsatz«, erklärte ich wichtig, womit mir ein bewundernder Blick meines Sohnes gewiss war.

»Brauchst du auch etwas, womit du jemanden erschrecken kannst?«

»Danke«, antwortete ich trocken, »deine Zombiemaske kannst du behalten.«

»Von der rede ich nicht. Im Keller sind Knallfrösche von Silvester. Wenn du die auf den Boden wirfst, klingen sie wie Pistolenschüsse.«

Das hörte sich nicht schlecht an. »Wie viele hast du davon?«

Luca spurtete zurück in den Keller und kam mit einer Handvoll grüner Knaller zurück.

»Die nehme ich mit.« Ich verteilte sie auf die vorderen Taschen.

»Mama.« Mein Sohn warf mir einen Hundewelpenblick zu. »Darf ich den Film nicht doch ...«

»Nein!«, unterbrach ich ihn. »Wenn du das tust, besorge ich mir tausend Halloweenmasken und erschrecke dich jede Nacht mit einer anderen.« Meine Augen bohrten sich in seine. »Und zwar dein Leben lang.«

***

Mein erster Blick fiel auf Olivers Auto, das zum Glück noch auf dem Parkplatz stand, der zweite galt meiner Mutter, die mit einem gleichaltrigen Herrn und einer Flasche Ouzo an einem Holztisch im Biergarten saß.

Neben den Tischen ragten aus dem Kiesbett ein paar Akropolis-Säulen gen Himmel, und ich überlegte, ob sie zur Dekoration oder als Anlaufstelle für schwankende Gäste gedacht waren. Betty sah jedenfalls so aus, als hätte sie ordentlich einen gezwitschert. Ihre Wangen waren gerötet und sie unterhielt sich angeregt mit ihrem Tischnachbarn. Die Stühle waren so platziert, dass die beiden Olivers Auto und das Haus im Blick hatten.

»Du bist schon da?«, begrüßte Betty mich mit leicht fahriger Stimme und gab mir gleich mal das Gefühl, unerwünscht zu sein. »Knut und ich haben alles im Griff.« Sie fuchtelte mit den Armen in die Richtung von Olivers Wohnung.

Um Knuts Augen bildeten sich Lachfältchen. Er erhob sich, reichte mir die Hand und verbeugte sich leicht. »Knut Janson. Freut mich sehr, die Tochter dieser bezaubernden Dame kennenzulernen.«

Betty kicherte und nippte an ihrem Schnapsglas.

Ich erwiderte seinen festen Händedruck, setzte mich auf einen freien Stuhl und überlegte, ob ich empört sein sollte. Gestern hatte meine Mutter sich mit Paul vergnügt, und heute flirtete sie bereits mit dem nächsten Kerl. Es war nicht zu leugnen, im Leben meiner Mutter fehlte eindeutig ein Mann.

Betty beugte sich zu mir und flüsterte hinter vorgehaltener Hand: »Ich habe Knut alles erzählt. Er weiß Bescheid über die beiden Verbrecher.«

So viel zur Geheimhaltung meiner Aushilfskraft.

Misstrauisch beäugte ich den Trinkkamerad meiner Mutter.

»Knut ist übrigens sehr nett.« Betty nickte nachdrücklich. »Außerdem war er Schreiner.« Das Nicken fiel noch euphorischer aus. »Er hat sogar Preise für seine Designermöbel gewonnen.« Sie schenkte sich ein weiteres Glas Ouzo ein.

Ich schob die Flasche zu Knut. Wenn er Lust hatte, konnte er sich ja die Kante geben. Betty war jedenfalls an ihrem Limit. »Mutti, du kannst jetzt nach Hause fahren.«

»Aber erst reden wir über Paul.« Ihr Zeigefinger bohrte sich fast in mein Nasenloch. »Du hast gesagt, wir reden später über ihn. Jetzt ist später.«

Hastig stand ich auf und schnappte mir ihre Handtasche. »Mit ›später‹ meinte ich irgendwann mal, aber ganz sicher nicht heute und schon gar nicht vor Herrn Janson.« Hatte meine Mutter denn gar keinen Anstand? Ich schob meine Hand unter Bettys Unterarm und zog sie hoch. Leicht schwankend stützte sie sich an der nächsten Säule ab, womit sich meine Überlegung zu deren Funktion erledigt hatte.

»Aber es ist wichtig für mich«, betonte sie. »Und für dich auch und für uns sowieso.«

Wollte sie mir jetzt etwa erklären, dass Paul mein neuer Vater werden würde? Gleichzeitig Stief- und Schwiegervater? Wie grotesk war das denn? Ich beglückwünschte mich zur Demenzdiagnose von Paul. Der war aus dem Rennen, da konnte Betty es noch so ernst mit ihm meinen. Selbst, wenn Paul lauthals seine Liebe zu ihr bekennen würde, Gerda würde alles auf seine vermeintliche Erkrankung schieben.

»Mutti, ich muss mich jetzt um andere Dinge

kümmern.« Ich übersah ihre vorgeschobene Unterlippe und schielte zum wiederholten Male zu Olivers Auto. Wie der Teufel es wollte, fuhr er davon, während ich mit Betty diskutierte. Ich wünschte Knut einen schönen Abend, und meine Mutter verabschiedete sich nicht nur von ihm, sondern auch hörbar von allen anderen Biergartengästen, was mir fürchterlich peinlich war.

»Du hast zu viel getrunken. Es ist besser, wenn du dein Fahrrad schiebst«, knurrte ich, auch wenn ich wusste, dass sie hinter der nächsten Ecke aufsteigen würde.

»Wieso?«, kicherte sie. »Den Führerschein kann die Polizei mir nicht abnehmen.« Sie öffnete das Zahlenschloss, wickelte es um den Sattel und hielt plötzlich inne. »Was hältst du davon, wenn wir beide den Fall gemeinsam lösen?«

Meine Befürchtungen waren berechtigt gewesen. Ich schüttelte den Kopf und klappte den Fahrradständer ein. »Das kommt gar nicht in Frage.«

»Aber Luischen, du könntest während der Observation einschlafen.«

Konnte ich nicht. Nicht nach den zwei Litern Cola, die ich vorbeugend bei Walter getrunken hatte. Wahrscheinlich würde ich eine ganze Woche lang nicht schlafen.

»Außerdem ist eine Überwachung sooo spannend. Immer, wenn die Haustür sich geöffnet hat, musste ich vor Aufregung einen Schluck trinken.«

Es musste Hochbetrieb im Haus gewesen sein.

»Mutti, ich finde es toll, dass du mich unterstützt hast, aber jetzt fährst du nach Hause.« Energisch drückte ich ihr das Rad in die Hand.

»Wie du meinst«, murrte sie, zog eine beleidigte

Miene und drehte sich um. »Ich muss sowieso noch einige Vorbereitungen für morgen treffen.«

Keine Ahnung, was sie geplant hatte. Paul stand jedenfalls nicht mehr zur Verfügung.

Kapitel 23

Nachdem ich eine Weile im Auto gesessen und auf Olivers Haustür gestarrt hatte, entschied ich mich, ein bisschen frische Luft zu schnappen. Ich schlenderte an dem griechischen Restaurant vorbei, das mittler-weile geschlossen war und sog den Duft von frischem Thymian und Majoran ein, die in einem Kräuterbeet am Rand des Biergartens angepflanzt wurden.

Die Nacht war angenehm lau und in den Fenstern des gegenüberliegenden Mehrfamilienhauses waren die Lichter, bis auf eines im Erdgeschoß, erloschen.

Ich drehte mich, nach nächtlichen Spaziergängern Ausschau haltend, einmal im Kreis, bevor ich auf Olivers Auto zusteuerte. Vielleicht entdeckte ich darin einen Reiseführer oder ein Hotelprospekt, irgendetwas, das auf seinen zukünftigen Aufenthaltsort schließen ließ. Ich spähte durch alle Fenster, aber außer einer Rolle Pfefferminz in der Ablage und einer hüllenlosen CD auf dem Beifahrersitz, bemerkte ich nichts.

Enttäuscht wandte ich mich ab und starrte auf das einsame Licht an der seitlichen Hauswand. Meine Neugier wurde verstärkt durch die hochgewachsenen Sträucher, die das Fenster verdeckten, und ich fragte mich, was sich um diese Zeit in dem Zimmer abspielen könnte. Von nächtlichen Heißhungerattacken bis hin zu Mord und Totschlag, kam mir alles in den Sinn. Zu gerne hätte ich einen Blick riskiert und mich wie Kommissarin Schöller während eines Einsatzes gefühlt.

Entschlossen reckte ich das Kinn nach vorne. Warum eigentlich nicht? Schließlich war ich Detektivin und allein die Berufsbezeichnung berechtigte mich zum Schnüffeln.

Ich huschte über die Pflastersteine zum Eingang, bog rechts ab bis zur Hausecke, schlug mich seitlich in die Büsche und blieb mit den Haaren im Gestrüpp hängen. Wenn das so weiterging, würde ich, bis ich das Fenster erreichte, aussehen wie Oliver.

Ich zog und zerrte an meinen Locken, wodurch einige Haarsträhnen auf der Strecke blieben. Sollte ich hier und jetzt einen Mord begehen müssen, würde die Spurensicherung Quickstepp tanzen. Mir fiel die Sturmhaube in meiner Hosentasche ein. Durch die Wechseljahre hatte sich meine Haarfülle beängstigend verringert, ich musste retten, was übrig war.

Ich kramte die Maske heraus, zog sie über den Kopf und fühlte mich augenblicklich kriminell. Kein Mensch würde mir glauben, dass ich nicht mehr plante, als durch ein Fenster zu gucken.

Der weitere Weg durch die Büsche war mühsam. Ich stolperte über Efeuranken, fluchte über Brennnesseln und atmete auf, als ich endlich neben dem Fenster hockte. Kopfschüttelnd starrte ich in das dunkle Gewirr um mich herum. Was wollte ich hier eigentlich? Ich sollte im Auto sitzen und die Haustür beobachten. Wenn Oliver jetzt wegfahren würde, würde ich mir ein Loch ins Hemd ärgern. Um mein Gewissen zu beruhigen, rechtfertigte ich die Aktion kurzerhand als Recherchearbeit. Da ich Dank Lucas Horrorbegegnung wusste, wie sich Todesangst anfühlte, wollte ich auch wissen, wie es war, wenn man nachts jemanden ausspähte.

Langsam schob ich mich mit dem Rücken an der Wand entlang aus der Hocke nach oben, lugte um die Ecke durchs Fenster und unterdrückte gerade noch einen Schrei. Direkt vor meiner Nase leuchtete mir Olivers Glatze entgegen. Er saß mit dem Rücken zu mir an einem Küchentisch, eine Tasse Kaffee und einen geöffneten Laptop vor sich.

Das ist fast wie ein Sechser im Lotto, freute ich mich wie ein Schnitzel, während Kommissarin Schöller den Daumen nach oben reckte.

Neugierig scannte ich den Raum ab. Die in Weiß gehaltene Küche war penibel aufgeräumt. Obstschale und Brotkorb waren leer, alles war für die Abreise vorbereitet. Ich stellte mich auf Zehenspitzen, reckte den Hals nach oben, dann nach links und rechts, konnte aber nicht erkennen, was sich auf dem Bildschirm abspielte. Es blieb mir nichts anderes übrig, ich musste auf die andere Seite, um an Olivers Kopf vorbeigucken zu können.

Lautlos glitt ich zurück in die Hocke und schlich auf allen vieren unter dem Fensterbrett entlang. Neben mir knackte plötzlich ein Ast, und es hörte sich in meinen Ohren wie ein Vulkanausbruch an. Ich erstarrte und wartete darauf, dass Oliver das Fenster aufreißen und mit einem Kochlöffel auf mich einprügeln würde.

Als sich nach ein paar Sekunden nichts tat, atmete ich tief durch, rappelte mich auf und wagte einen zweiten Blick. Mit verschränkten Armen starrte Oliver unverwandt auf den Bildschirm, und wie hypnotisiert starrte ich mit. Ich hatte mit allem gerechnet: Fanseite von Heino, Testberichte über Haarwuchsmittel, Sexfilmchen mit Jasmin, aber nicht mit einer Live-Videoaufnahme von der Tiefgarage der Detektei. Deutlich erkannte ich die Firmenfahrzeuge und den Eingangsbereich zum Treppenhaus. Niemand konnte das Haus betreten oder verlassen, ohne dass Oliver es bemerkte.

In meinem Kopf überschlugen sich die Gedanken nach einer Erklärung, liefen aber allesamt ins Nichts. Gebannt beobachtete ich die Aufnahme, bei der sich lediglich die Zeitanzeige in der oberen rechten Ecke veränderte. Auch an Olivers Sitzhaltung tat sich nichts, und ich vermutete schon, dass er eingeschlafen war, als plötzlich ein Auto in die Tiefgarage rollte.

Krachend kippte der Stuhl nach hinten, als Oliver aufsprang. Er klappte den Laptop zu und rannte aus der Küche.

Gerannt wäre ich auch gerne, aber der Dschungel um mich herum hielt mich davon ab. Kein Thema, Oliver fuhr in die Detektei. Das war auch nicht mein Problem. Mein Problem war die Eingangstür zum Treppenhaus der Detektei, zu der ich keinen Schlüssel hatte.

Verzweifelt schlug ich die Zweige zur Seite, knickte Äste ab und trampelte die Dahlien im Gartenbeet nieder.

Olivers Auto fuhr aus der Parklücke, als ich den Hauseingang erreichte.

Ich spurtete zum Wagen und nahm mit quietschenden Reifen die Verfolgung auf. Während der Fahrt versuchte ich, den Sinn von Olivers Aktion zu begreifen. Auf wen hatte er es abgesehen?

Ich trat das Gaspedal durch.

Traf er sich mit Jasmin in der Detektei? Wohl kaum. Dafür musste er nicht stundenlang auf ein Video starren, eine Nachricht über WhatsApp hätte es auch getan.

Mein Wagen sauste über die Kreuzung.

Hatte Oliver vielleicht einen nächtlichen Einsatz? Oder rechnete er mit einem Einbruch in die Detektei? Wollte eine Zielperson belastende Beweise vernichten? Ich hielt das für durchaus möglich, aber warum interessierte Oliver sich noch dafür? Der war auf dem Absprung in ein sonnigeres Leben. Doch dann schoss mir eine Idee durch den Kopf, die viel naheliegender war und die meinen Adrenalinausstoß vervierfachte: Jasmin war das schwarze Schaf in dem Gespann. Sie wollte Oliver ausbooten. *»Die Sache mit dem Geld habe ich geregelt«*, hatte Jasmin heute Mittag zu ihm gesagt, also hatte sie das erpresste Geld in Verwahrung. Mit dem gepackten Koffer und den gebuchten Flugtickets hatte sie ihm Sicherheit vortäuschen wollen. Er wäre ein schlechter Detektiv, wenn er nicht trotzdem Verdacht geschöpft und sich selbst von ihrer Loyalität überzeugt hätte. Aber was wollte sie nachts in der Detektei?

Von rechts näherte sich ein Linienbus. Ich stieg in die Eisen.

Natürlich, Viktors Tresor! Jasmin gab sich nicht mit einem Häuschen in der Karibik zufrieden, sie wollte ihre eigene Insel und dafür musste sie den Tresor ausräumen.

Der Motor heulte auf, als ich in einen niedrigeren Gang kuppelte, um zu beschleunigen.

Ein weiterer Gedanke holte mich ein. Jasmin besaß nicht nur den Schlüssel für den Tresor, sondern auch den für alle Aktenschränke. Was für ein Potenzial für zukünftige Erpressungen! Sie konnte sich am Strand in der Hängematte einen Wolf liegen, während kontinuierlich Geld auf ihr Bankkonto auf den Cayman Inseln floss. Kein Wunder, dass Oliver nicht vorhatte, sie am Strand Muscheln sammeln zu lassen. Und ich auch nicht!

Mein Auto driftete in die Zielstraße.

Ich verlangsamte das Tempo, schaltete die Scheinwerfer aus und beobachtete, wie Oliver in die Tiefgarage fuhr. Mit Schwung belegte ich den nächstbesten Parkplatz, sprang aus dem Auto, rannte zur Garage und rollte in James-Bond-Manier unter das sich schließende Gitter durch. Na ja, zumindest hatte ich dieses Bild vor Augen. Es reichte allerdings, dass ich den Kopf einzog. Ich huschte hinter den nächsten Pfeiler und nahm die Sturmhaube ab, unter der ich ordentlich ins Schwitzen gekommen war.

Als ich Schritte hörte, lugte ich vorsichtig um die Ecke. Oliver eilte auf die Eingangstür zu, schloss auf und verschwand im Treppenhaus. Zum ersten Mal in meinem Leben, dankte ich meiner Sportlehrerin für die jahrelange Folter in Leichtathletik. Mein Antritt zum Sprint war immer noch fantastisch. Mit vorgebeugtem Oberkörper und schwingenden Armen spurtete ich zur Tür und erreichte den Griff eine Hundertstelsekunde, bevor sie ins Schloss fiel.

Es war dunkel im Treppenhaus, und ich traute mich nicht, das Licht anzumachen. Also tastete ich mich an der Wand entlang bis zur Empfangshalle hoch. Mehr als einmal tauchte dabei Lucas Zombiemaske vor mir auf, und ich hätte ihm am liebsten noch im Nachhinein die Ohren bis nach Hamburg gezogen.

Der Fahrstuhl im Foyer verursachte ratternde

Geräusche und am Display erkannte ich, dass Oliver in die siebte Etage fuhr.

Sieben Stockwerke zu Fuß? Fluchend lief ich zurück ins Treppenhaus und schaltete diesmal das Licht an. Meine Oberschenkel brannten bereits im dritten Stock und ein Asthmaspray zur Bronchienerweiterung wäre jetzt gut gewesen. Zigmal hatte Richard mich gebeten, ihn beim Joggen zu begleiten, aber ich hatte immer mit dem Hinweis auf akuter Atemnot vehement abgelehnt, was ich nun bitter bereute. Sobald ich das Exposé und die Probekapitel geschrieben hatte, würde ich mich mit den Plüschhandschellen an Richard fesseln, sobald er in Joggingschuhen das Haus verließ. Es würde mich nicht wundern, wenn Jasmin schon gefesselt am Boden lag, bevor ich den siebten Stock erreichte. Siedend heiß fiel mir ein, dass ich überhaupt keinen Plan hatte. Nun gut, immerhin hatte ich Handschellen, Pfefferspray und Knallfrösche in den Hosentaschen. Kommissarin Schöller verdrehte die Augen, und ich konnte ihr nur zustimmen.

Kapitel 24

In der oberen Etage war es dunkel, als ich in den Flur huschte. Nur am Ende des Gangs verriet ein Lichtstreifen aus Viktors Büro, dass sich jemand dort auf-hielt. Also lag ich mit meiner Vermutung richtig. Jasmin wollte den Tresor plündern, Oliver ihr das Geld abnehmen und anschließend selbst die Fliege machen.

Schwer atmend lehnte ich mich mit dem Rücken an die Wand, was nicht nur mit den tausend Treppen zu tun hatte, sondern auch mit meiner Aufregung. Ich dachte kurz nach. Wie würde Kommissarin Schöller sich verhalten? In Gedanken sah ich sie mit vorgehaltener Waffe über den Teppich schleichen, rechts und links die Räume sichern, jederzeit bereit abzudrücken. Eine Pistole stand mir nicht zur Verfügung, aber Pfefferspray. Lautlos kramte ich es aus der Hosentasche und hielt es wie eine Waffe mit beiden Händen vor mir, die Daumen auf den Auslöser.

Ich fixierte Viktors Tür und schlich an den Büroräumen entlang. Über meiner Oberlippe bildeten sich kleine Schweißperlen, unter den Achseln die Niagarafälle. Erbost über den unpassenden Zeitpunkt, verfluchte ich Hitzewallungen im Speziellen und die Wechseljahre im Allgemeinen. Mit dem Arm wischte ich mir den Schweiß aus dem Gesicht, ohne den Blick von der Tür zu wenden.

Als ich die Hälfte des Flurs erreicht hatte, drangen Gesprächsfetzen an mein Ohr. Jasmins Stimme konnte ich nicht ausmachen, dafür aber eine andere zuordnen. Ich stockte und ließ das Pfefferspray sinken. Die letzten Meter zum Büro lief ich, und als ich mir meiner Sache sicher war, atmete ich erleichtert auf und verstaute die Dose in der Hosentasche. Mit Schwung öffnete ich die Tür.

»Viktor, ich bin so froh, dass du da bist.«

Zwei Köpfe wirbelten zu mir, und ein Mündungslauf. Erschrocken riss ich die Arme hoch und schrie das, was jeder in so einer Situation tat: »Nicht schießen!«

Die Pistole richtete sich wieder auf Oliver, und ich ließ die Arme sinken. »Musst du mich so erschrecken?«, fuhr ich Viktor an. Wenn das so weiterging, konnte ich mich auf die Warteliste für Herztransplantationen eintragen lassen.

»Setz dich auf das Sofa«, befahl er und fuchtelte mit der Waffe zur Sitzecke.

»Zuerst mache ich den Kriminellen dingfest.« Zielstrebig marschierte ich auf Oliver zu, der mit erhobenen Händen vor einem Designerregal mit runden Stäben stand und mich anstarrte, als hätte ich nicht mehr alle Akten im Schrank. Vor ihm auf dem Boden lagen ein paar Fotos.

»Wo ist eigentlich Jasmin?«, fragte ich ihn und drehte mich kurz zu Viktor um, der weiterhin mit der Pistole auf uns zielte. »Die beiden stecken unter einer Decke. Wusstest du das?«

Ich zog die Handschellen aus den Jeanstaschen, klickte eine um Olivers Handgelenk und die andere an einen Regalstab. »So, das hätten wir.«

»Ich wusste doch, dass sie dein Spitzel ist.« Oliver spuckte Viktor die Worte ins Gesicht.

»So würde ich das nicht ausdrücken.« Viktors Finger befand sich immer noch am Abzug.

»Jetzt nimm endlich die Waffe runter, bevor etwas passiert!«, herrschte ich ihn an. Musste man Männern denn alles erklären? Viktor sah doch selbst, dass Oliver am Regal festhing.

»Sie sollte dich nur ein bisschen beschäftigen.«

»Du hast sie mir ans Bein gebunden, um von dir abzulenken«, knurrte Oliver.

Das war aber nicht nett formuliert.

Viktor grinste. »Ich wusste, dass sie dich auf Trab halten würde.«

Und was sollte das jetzt heißen?

Oliver zuckte mit den Achseln. »Hat sie auch, am Anfang, aber ich habe deine Betrügereien trotzdem aufgedeckt.«

Mein Blick wanderte wie bei einem Tennismatch zwischen den beiden hin und her. Sie taten so, als wäre ich gar nicht anwesend.

»Das nützt dir jetzt auch nichts mehr. In ein paar Stunden bin ich außer Landes.« Viktor wies mit dem Kopf zu dem offenen Tresor in der Wand. »Mit dem Bargeld aus dem Safe und dem Sümmchen auf meinem Bankkonto, kann ich eine ganze Weile gut leben.«

Oliver zog eine verächtliche Grimasse. »Bei deiner Spielsucht musst du in einem Monat als Tellerwäscher arbeiten.«

Viktor lachte leise. »Im Handgepäck habe ich eine Klientenliste und Beweismaterial von unseren lukrativsten Fällen. Du siehst, ich kann jederzeit für Nachschub sorgen.«

Atme, befahl ich mir, *atme einfach weiter.*

Zum ersten Mal sprach Oliver mich an, ein gequältes Lächeln im Gesicht. »Überrascht?«

Mein Mund war in den letzten Minuten so ausgetrocknet, dass meine Lippen an den Vorderzähnen klebten. Ich fuhr mit der Zunge darüber. »Mehr als das«, erwiderte ich. Meine Theorien waren allesamt Schrott. Nicht Jasmin, nicht Oliver, nein, der nette Viktor würde auf der Sonneninsel in der Hängematte rumlümmeln. Was für eine Blamage! Am liebsten würde ich auf der Stelle ins Koma fallen und erst wieder aufwachen, wenn ich das Desaster seelisch verkraftet hatte, so in fünftausend Jahren.

»Warum hast du MICH verdächtigt?« In Olivers Stimme schwang ein beleidigter Unterton mit.

»Weil du ...«

»Ihr habt heute Nacht genügend Zeit, euch auszutauschen«, unterbrach Viktor mich und fuchtelte mit der Pistole in meine Richtung. »Gib mir dein Smartphone!«

Ich klopfte meine Hosentaschen ab, dachte kurz über den Einsatz des Pfeffersprays nach, verwarf den Gedanken aber sofort wieder, als Kommissarin Schöller wild mit dem Kopf schüttelte. Viktor hätte abgedrückt, bevor auch nur ein Pfefferkörnchen seine Netzhaut berührt hätte.

»Liegt im Auto«, antwortete ich wahrheitsgemäß und wurde plötzlich dermaßen wütend über meinen falschen Verdacht und Viktors kriminelle Machenschaften, dass ich jegliche Vorsicht vergaß. »Hast du keinerlei Verantwortungsgefühl?«, fauchte ich ihn an. »Was wird aus der Detektei und deinen Mitarbeitern?« Zu gerne hätte ich mein Knie so fest in seinen Unterleib gerammt, dass die Pinguine in der Antarktis seine Schreie gehört hätten. Der Mündungslauf, der sich kalt an meine Schläfe drückte, hielt mich davon ab.

»Interessiert mich nicht«, zischte Viktor.

Seine Grübchen kamen mir heute vor wie tiefe Schluchten, seine charismatischen Augen wie die einer Hyäne und statt des dezenten Rasierwassers, roch ich seinen Angstschweiß. Wie hatte ich bloß auf ihn reinfallen können? Ich versuchte den Lauf an meinem Kopf zu ignorieren. »Du hast eine Fürsorgepflicht deinen Mitarbeitern gegenüber.«

»Ich habe Schulden«, knurrte er. »Mehr als du dir vorstellen kannst.« Um seine Mundwinkel bildete sich ein harter Zug. »Ich hätte sowieso Insolvenz anmelden müssen.«

»Die Firma lief bestens«, höhnte Oliver, »bis du die Gewinne verspielt und Hypotheken auf das Gebäude aufgenommen hast. Deine Spielsucht hat die Detektei ruiniert.«

Viktor schubste mich in Olivers Richtung. »Ich habe nicht vor, mit der Detektei in einer Hinterhofabsteige zu landen. Ab heute gönne ich mir ein Leben ohne Schulden.«

»Natürlich!« Empört fuchtelte ich in der Gegend herum. »Da trinke ich doch lieber Tequila bei Sonnenuntergang, als den Mist wegzukarren, den ich meinen Mitarbeitern vor die Füße gekippt habe.«

»So ist es.« Viktor schubste mich ein weiteres Mal. »Du hast selbst zu mir gesagt, dass man irgendwann seine Träume leben muss, und mein Traum beginnt genau jetzt.« Er trat einen Schritt zurück und zielte wieder auf uns beide.

»Fessle dich an Oliver.«

Ich zog den roten Schlüssel in der Form eines

Herzchens aus der Hosentasche, und mein blasses Gesicht wechselte die Farbe zum tiefen Rosa der Plüschhandschellen. Herrgott waren mir die Dinger jetzt peinlich.

Viktor grinste mich an. »Ich habe mir schon gedacht, dass man mit dir jede Menge Spaß haben kann.«

Ihm würde der Spaß vergehen, wenn ich mit ihm fertig war, denn ich wusste etwas, was er nicht wusste. Ich überhörte seine anzügliche Bemerkung, kettete mich an Oliver und warf den Schlüssel auf den Boden. Viktor schob ihn mit dem Fuß aus unserer Reichweite und eilte zum Tresor. Während er das Geld in eine Sporttasche packte, zerrte Oliver an den Handschellen. Sein linker und mein rechter Arm hingen über unseren Köpfen hinter der Regalsäule, und ich musste mich auf Zehenspitzen stellen, als er seinen Arm nach unten und meinen nach oben zog.

»Lass das!«, fauchte ich. »Ich habe nicht vor, demnächst einarmig durch die Gegend zu laufen. Erzähl mir lieber, wie du Viktors Erpressungen aufgedeckt hast.« Fragend sah ich ihn an, wobei mir die aufgezwungene Nähe zu ihm nicht wirklich behagte.

Nur zögerlich antwortete Oliver. »Jasmin hat mich darauf aufmerksam gemacht, dass in letzter Zeit zu viele Ermittlungen ins Leere liefen. Von zehn Fällen hatten wir bisher durchschnittlich 80% positive Überführungen. Plötzlich waren es nur noch 20%.«

»Jemand hat also die Zielpersonen gewarnt und Schweigegeld kassiert?«

Oliver nickte.

»Aber jeder aus der Detektei hätte der Erpresser sein können.«

Er nickte ein weiteres Mal und deutete auf die am

Boden liegenden Fotos. »Ein Mitarbeiter hat während einer Observation zufällig Aufnahmen von seiner Zielperson und Viktor gemacht. Offensichtlich wusste Viktor nicht, dass sein Erpressungsopfer an dem Tag unter Beobachtung stand. Der Mitarbeiter hat sich mir anvertraut.«

Ich starrte auf die Bilder, die eindeutiger nicht sein konnten. Sogar die Geldübergabe mit Briefumschlag hatte der Detektiv festgehalten.

»Daraufhin habe ich ein bisschen recherchiert«, fuhr Oliver fort. »Und bin auf Viktors Spielsucht und die Hypothekenanleihen gestoßen.«

»Hatte Viktor auch bei Achim Bovarik die Finger im Spiel?«

»Da war ich mir sicher«, antwortete Oliver grimmig und ließ Viktor nicht aus den Augen, der in der Zwischenzeit Dokumente durch einen Aktenvernichter jagte. »An dem Tag, an dem du ihn bei der Observation verloren hast, habe ich Bovarik angesprochen und ihm Anonymität zugesichert, wenn er die Erpressung zugibt.«

»Du hast mich mit dem ›Kaufhaus am Eckstein‹ absichtlich in die Irre geführt?« Empört dachte ich an mein schlechtes Gewissen und an seine völlig übertriebene Standpauke.

Er nickte und ein Grinsen huschte über sein Gesicht, was ich überhaupt nicht lustig fand.

»Und wieso hast du mich nicht bei Viktor angeschwärzt? Damit hättest du doch einen Grund gehabt, mich loszuwerden.«

»Weil er dann gewusst hätte, dass ich mit Bovarik alleine gewesen war. Außerdem war der Königspudel die bessere Alternative.« Stirnrunzelnd sah er mich an. »Was ist eigentlich aus dem geworden?«

Eilig winkte ich ab. »Eine läufige Hündin hat ihn kurzzeitig um den Verstand gebracht. Er ist wieder zu Hause.« Ich hatte nicht vor, dass Thema ›Bovarik‹ schon zu beenden, zu viele Punkte waren offen, also hakte ich weiter nach. »Aber warum hast du mich angelogen und behauptet, dass Ulf Gehrke den Auftrag storniert hat?« Schließlich war das einer der Gründe gewesen, die mich auf eine falsche Fährte geführt hatten. Demnach war Oliver nicht ganz unschuldig an meiner Theorie, was mich wiederum beruhigte.

Offensichtlich genervt von meiner Fragerei, verdrehte er die Augen. »Weil ich angenommen hatte, dass du Viktors Spitzel bist, habe ich dir falsche Informationen zugespielt.«

»Und Alexandra Dallmann?«, bohrte ich weiter.

»Sie hat ebenfalls zugegeben, dass Viktor sie erpresst hat.«

»Nun gut.« Ich stemmte meine freie Hand in die Hüfte und baute mich vor ihm auf. »Bei den ganzen Beweisen, die dir vorlagen, frage ich mich ernsthaft, warum du nicht die Polizei benachrichtigt hast.«

Oliver seufzte. »Ich hatte keine Beweise. In dem Briefumschlag hätten auch Eintrittskarten für irgendein Event sein können, die Viktor der Zielperson abgekauft hat. Außerdem wollte kein Erpressungsopfer freiwillig gegen ihn aussagen.«

Das leuchtete mir ein. Wer würde schon aus freien Stücken zugeben, dass er in fremden Betten unterwegs war oder die Versicherung betrogen hatte.

»Und zum anderen hatte ich gehofft, dass ich Viktor zur Vernunft bringen könnte, weil ich die Detektei retten wollte.«

Jetzt hatte ich fast ein bisschen Mitleid mit ihm,

wie er da so traurig am Regal hing, aber die Nacht war noch jung.

»Nachdem ich Viktor zwei Tage lang nicht erreichen konnte, wusste ich, dass er seine Flucht plant.«

»Ihm fehlte nur das Geld aus dem Tresor«, schlussfolgerte ich.

Oliver nickte. »Und das war laut Jasmin ein sehr hoher Betrag. Ich wusste, dass er darauf nicht verzichten würde und wollte ihn auf frischer Tat ertappen.«

Kein Wunder, dass er die Tiefgarage nicht aus den Augen gelassen hatte.

Viktor baute sich mit Sporttasche und Pistole vor uns auf. »Ich weiß zwar nicht, warum du Oliver verdächtigt hast«, wandte er sich an mich, »aber dass du ihn gefesselt hast, hat mir sehr geholfen.«

In Gedanken formte ich ein paar ausgesprochen unschöne Wörter.

Er sah auf seine Armbanduhr. »Wird Zeit, dass ich mich auf den Weg mache. Ihr könnt ja noch ein paar Nettigkeiten austauschen, bevor Jasmin euch morgen früh findet.«

Als die Tür hinter ihm ins Schloss fiel, spielte Oliver wieder Marionettentheater mit meinem Arm und fluchte die unschönen Wörter vor sich hin, die ich in Gedanken formuliert hatte. Der Junge hatte echte Probleme mit seiner Selbstbeherrschung.

Ich reckte mich zu den Handschellen hoch, betätigte einen versteckten Hebel an der Innenseite, und Olivers Arm sackte unkontrolliert nach unten. Erst starrte er mich an, als könne er nicht mal ein zweiteiliges Puzzle zusammensetzen, dann stürzte er zur Telefonanlage.

»Hast du eine Ahnung, ob er zum Flughafen,

Bahnhof oder zur Bushaltestelle will?«, seufzte ich und steckte die Handschellen zurück in die Hosentasche. Wer weiß, wofür ich sie noch brauchen würde.

Oliver drehte sich um. »Natürlich nicht!«, zischte er.

»Warum willst du dann die Polizei anrufen? Viktor ist weg, bevor du deine Flüche wiederholen kannst.«

»Weil wir keine Waffe haben?«, höhnte er.

War er der beste Mann der Detektei oder ich? Ich kramte die Knallfrösche und das Pfefferspray heraus und drückte ihm die Knaller in die Hand. Sein Gesichtsausdruck änderte sich nicht zu seinem Vorteil.

»Was soll der Unsinn? Er wird uns erschießen.«

Hatte der Kerl nie Krimis geguckt? Wenn man es geschickt genug anstellte, konnte man auch einen Bewaffneten überrumpeln.

»Jetzt komm endlich.« Ich packte ihn am Arm und zog ihn mit mir in den Flur. Der Fahrstuhl war noch in Betrieb. Wir hatten eine reelle Chance. »Durchs Treppenhaus«, rief ich.

Oliver stürmte voraus, spurtete immer zwei Stufen auf einmal nehmend die Treppe runter, während ich einfach nur froh war, dass es diesmal abwärts ging.

Er wartete vor dem Eingang zur Tiefgarage auf mich, keinerlei Anzeichen von Anstrengung im Gesicht. Angesichts meines durchgeschwitzten T-Shirts, überkam mich ein Anflug von Neid, und die Idee mit dem Joggen verfestigte sich.

»Wir machen folgendes«, keuchte ich, zerrte die Sturmhaube über den Kopf und erläuterte ihm den Plan, den ich mir auf dem Weg nach unten überlegt hatte.

Oliver widersprach nicht, sondern schaltete das

Licht aus und öffnete leise die Tür. Wir schlichen in die Garage und lehnten uns flach an die Wand. Viktor hatte den Motor des Geländewagens bereits angelassen, die Scheinwerfer erhellten einen Teil der Halle.

Ich dankte Betty für die Idee mit der Tarnkleidung, huschte auf die andere Seite und hockte mich hinter einen Pfeiler. Oliver brauchte nur zwei Meter bis zu seinem Versteck. Mein Herz schlug so laut, wie die Glocken vom Kölner Dom, und ich schnaufte wie ein Dampfbügeleisen, aber trotzdem genoss ich die Situation. Es war spannend, aufregend und leichtsinnig ohne Ende. Richard würde mich lebenslänglich zu Hause einsperren, wenn er davon erfuhr.

Ich hörte, wie Viktor Gas gab und machte mich bereit. Als der Wagen etwa drei Meter vor Olivers Versteck rollte, knallte es plötzlich und eine Stichflamme leuchtete vor dem Auto auf. Luca hatte recht, es hörte sich an wie ein Pistolenschuss.

Viktor legte eine Vollbremsung hin, und Oliver feuerte ihm die nächsten Knallfrösche vor die Stoßstange. Geduckt schlich ich mich zur Beifahrerseite. Mit einem Ruck öffnete ich die Tür, drückte mit geschlossenen Augen zweimal auf das Pfefferspray und schlug die Tür wieder zu. Mich beschlich fast ein schlechtes Gewissen, als Viktor losschrie, und ich war mir sicher, die Pinguine in der Antarktis drehten die Köpfe Richtung Europa.

Oliver kam angerannt. »Das war grandios«, strahlte er mich an, und ich strahlte zurück. Er konnte ja richtig nett sein.

»Gib mir die Handschellen.« Ich warf sie ihm zu.

Er öffnete die Fahrertür, zerrte den wimmernden Viktor aus dem Auto auf den Boden und fesselte ihn ans Lenkrad.

Während wir nebeneinander an der Kühlerhaube lehnten, auf die Polizei warteten und Viktor vor sich hinwürgte, fragte Oliver erneut: »Wieso hast du mich eigentlich verdächtigt?« Er schien wirklich gekränkt zu sein.

Ich erzählte ihm von dem Post-it in Bovariks Akte, von Alexandra Dallmann und von Jasmins Koffer in seinem Auto.

»Von was für einem Koffer redest du?«

»Von dem mit den Schmetterlingen.«

Oliver lachte laut los. »Den hat Jasmin mir für meine achtjährige Tochter Lea besorgt.«

»Du hast eine Tochter?« Das konnte ja wohl nicht sein, dass Oliver Sympathiepunkte bei mir einfuhr.

»Ich sehe sie leider nicht sehr oft.«

»Und die Flüge, die Jasmin für euch gebucht hat?«

Er grinste mich an. »In zwei Wochen fliegen wir das erste Mal gemeinsam mit Lea in Urlaub.«

Ich zwang mich zu einem Lächeln. »Da lag ich ja wohl völlig falsch.«

»Aber die Indizien sprachen eindeutig gegen uns«, tröstete er mich. »Außerdem wäre Viktor jetzt über alle Berge, wenn du mich nicht verdächtigt und observiert hättest.«

Da musste ich ihm aufrichtig zustimmen. Es hatte doch alles seinen Sinn gehabt.

»Was wird aus Achim Bovarik, Alexandra Dallmann und der Detektei?«, wechselte ich das Thema.

Oliver zuckte mit den Achseln. »Auf jeden Fall werde ich der Polizei von den beiden berichten. Ob sie die Erpressungen zugeben, weiß ich nicht.« Er starrte auf seine Schuhspitzen. »Ich werde versuchen, die Detektei zu retten, aber es sieht nicht gut aus.«

Nachdem die Polizei Viktor festgenommen und

wir unsere Aussagen zu Protokoll gegeben hatten, fuhr ich nach Hause und schlich mich ins Schlafzimmer. Richard machte, wie immer nachts, merkwürdige Geräusche. Ich legte mich zu ihm, kroch mit der Hand unter die Decke auf seinen Brustkorb, und während ich mich durch die letzten Stunden der Nacht schwitzte, entwarf ich ein Exposé für Kommissarin Schöllers dritten Kriminalfall.

Kapitel 25

Mama, du bist mal wieder völlig vom Sender.«

War das ein Wunder nach den Ereignissen der letzten Nacht? Ich klammerte mich mit beiden Händen an den Kaffeebecher, stützte die Ellbogen auf den Frühstückstisch und nippte an meinem Kaffee für Härtefälle. Zum Glück war heute Samstag, und ich hatte ein bisschen länger schlafen können, aber wieso stand Luca schon neben mir und brabbelte mir das Ohr voll? Am Wochenende bekam man ihn sonst nie vor 14 Uhr zu Gesicht.

»Was hast du gesagt?« Ich drehte den Kopf zu ihm und öffnete meine Augen einen Spalt breit. Mehr war nicht drin.

»Wann geht ihr heute zur Party?« Lucas Stimme klang, als hätte er die Frage schon zehn Mal gestellt, was durchaus möglich war.

»Was für eine Party?« Ich war mir ziemlich sicher, dass wir heute nirgendwo eingeladen waren. Meine Party fand in den nächsten Tagen im Arbeitszimmer am Schreibtisch statt.

»Die Party von Oma Betty.« Luca machte mich ganz nervös, wie er hinter meinem Stuhl hin und her lief.

»Setz dich hin oder ich tackere deine Beine am Tisch fest«, herrschte ich ihn an.

»Hast du wieder eine Laune heute«, murrte er und hockte sich auf seinen Platz.

Na also, ging doch. Mir gegenüber raschelte es, und Richard wagte einen Blick über den Zeitungsrand. Im Hintergrund dudelte das Radio einen Sommerhit im Salsa-Rhythmus.

»Wann gehen wir denn jetzt zur Party?«, fragte Richard.

»WAS FÜR EINE PARTY?«

Sein Gesicht verschwand schneller hinter der Zeitung, als ich blinzeln konnte.

»Du bist aber wirklich schlecht drauf«, murmelte er, während Luca vor sich hin grinste.

Das Brotmesser kullerte aus dem Brötchenkorb, als ich meinen Kaffeebecher auf den Tisch knallte. »Kann mir mal jemand sagen, worum es hier eigentlich geht?«

Luca beugte sich zu mir. »Oma Betty hat für das Seniorenzentrum eine Party organisiert«, erklärte er mir in einem Tonfall, als wäre ich ein Kleinkind.

»Aber sie hat doch gar nicht Geburtstag«, wandte ich völlig zusammenhanglos ein.

Luca seufzte, als wäre ich ein hoffnungsloser Fall. »Nein, hat sie nicht, aber Paul wollte mal wieder tanzen.«

Meine Mutter organisierte eine Party, um mit Paul zu tanzen? Ich sehnte mich augenblicklich zurück in Viktors Büro, mit der Pistole an meiner Schläfe. Das war tausendmal besser, als dieser nicht enden wollender Albtraum mit Betty und Paul.

»Das wird also eine Tanzveranstaltung für Paul?« Meine Stimme war nur noch ein Flüstern.

»Genau, Oma Betty hat die Party über Facebook organisiert.«

Zum dritten Mal in Folge starrte ich ihn entgeistert an. »Oma Betty ist einundachtzig! Die weiß nicht mal, wie man das Wort schreibt.«

»Aber sie hat doch mit Paul einen Seniorenkurs in einem Internetcafé besucht.«

Meine Kinnlade klappte in den Kaffeebecher, meine Antennen für herannahendes Unheil stellten sich senkrecht auf.

»Weil Oma Gerda mal wieder tanzen will.«

Es musste an den Baustellen in Lucas Gehirn liegen, dass er völlig wirres Zeug redete, aber eines davon hatte ich verstanden. »Einen Computerkurs fürs Internet?«

Luca nickte begeistert.

»Betty und Paul zusammen?«

Die Brötchenhälfte in seinem Mund nickte mit.

»Hast du ihnen den Kurs besorgt?«

Sein Kopf wackelte weiter.

»Was hängen für Bilder in dem Schaufenster dieses, äh … Internetcafés?«

»Verschiedene Cartoons«, antwortete er mit vollem Mund. »Und über dem Café ist ein Hotel, das ›Ambiente‹ oder so ähnlich heißt.«

Hätten mich nicht Richards ausgestreckten Beine gestoppt, wäre ich vom Stuhl gerutscht. Ich war drauf und dran nach oben zu rennen, meine Koffer zu packen und das Land zu verlassen. Oder sollte ich Viktor um Asyl in seiner Zelle bitten? Oh Gott! Was hatte ich getan? Wie sollte ich jemals wieder meiner Mutter, geschweige denn meinem Schwiegervater, unter die Augen treten? Ich hatte ihn des Betrugs an seiner geliebten Gerda bezichtigt, und ihn in einem Taucheranzug Rolltreppe fahren lassen. Mein Gesicht wurde so rot wie die Salamischeibe auf Lucas Brötchenhälfte, als ich an Pauls Gesichtsausdruck dachte, nachdem ich ihm meinen Verdacht an den Kopf geschmettert hatte. Ich stöhnte auf. Das war es also, worüber Betty gestern Abend unbedingt mit mir reden wollte. Ich würde auf Knien zu den beiden rutschen müssen, um Abbitte zu leisten.

»Und wer will jetzt mit wem tanzen?«, krächzte ich, den Kopf knapp über der Tischkante.

Richard faltete die Zeitung zusammen und legte sie auf den Tisch. »Um es mal auf den Punkt zu bringen.«

Ja, das war eine gute Idee. Ich hievte mich zurück auf das Sitzpolster.

»Paul hat Betty erzählt, dass Gerda mal wieder tanzen möchte.«

»Deine Mutter? Tanzen? Lustig sein und Spaß haben?«

Ein strafender Blick von Richard traf mich.

Ich räusperte mich. »Mach weiter.«

»Du kannst dir sicherlich denken, dass deine Mutter Feuer und Flamme war.«

Ja, konnte ich, aber deswegen musste er mich nicht so ansehen, als wenn ich schuld daran wäre, dass Betty sich für alles begeistern konnte.

»Sie hat meinem Vater angeboten, mit ihm zusammen eine Überraschungsparty für Gerda zu organisieren.«

Für Gerda hatte meine Mutter das sicherlich nicht getan, wohl eher für sich selbst. Betty liebte Partys mehr als ihre Strickmützen.

»Und wieso weißt du davon, und ich nicht?« Empört hieb ich mit dem Kaffeelöffel auf das gekochte Ei vor meinem Teller.

»Betty hat mich gestern Nachmittag angerufen und uns eingeladen.«

»Ach? Gestern? Wann hattest du vor, mir davon zu erzählen? Übermorgen?« Das Ei hing erledigt im Eierbecher.

»Du bist ja nie zu Hause«, erwiderte er genauso empört. »Und gestern Abend waren wir wegen Walters Geburtstag so in Eile, dass ich es vergessen habe.«

»Viktor Deffner, Inhaber der Detektei Deffner, wurde gestern Nacht in der Tiefgarage seiner Firma verhaftet«, informierte uns der Regionalsender aus dem Radio hinter mir.

»Ist das nicht die Detektei, in der du diese Woche gearbeitet hast?« Fragend sah Richard mich an.

Ich nickte nur und betete, dass keine Einzelheiten ausgeplaudert wurden.

An der Stimme des Moderators erkannte man, dass er vor unterdrücktem Lachen kaum sprechen konnte. *»Eine Mitarbeiterin seiner Detektei brachte ihn mit Knallfröschen und rosa Plüschhandschellen zur Strecke«.*

Luca prustete quer über den Tisch, wobei er sich an seinem Brötchen verschluckte. »Mama«, würgte er hervor, »warst du ...«

Während ich ihm kräftig zwischen die Schulterblätter klopfte, donnerte ich gleichzeitig mit dem Fuß gegen sein Schienbein und warf ihm einen warnenden Blick zu.

Richard lachte lauthals los. »Mit Knallfröschen und Plüschhandschellen. Das muss ja ein verrücktes Huhn gewesen sein.« Wenn er gewusst hätte, dass er seit neunzehn Jahren mit diesem verrückten Huhn verheiratet war, wäre ihm das Lachen in die Socken gerutscht. Er stutzte. »War das etwa dein Einsatz letzte Nacht?«

Ich bemühte mich um einen unschuldigen Blick.

»Ich habe nur im Auto gesessen.«

Luca rollte mit den Augen.

Ein weiterer Tritt beendete seine Faxen.

»Wieso hat Betty eigentlich die Party über Facebook organisiert?«, wechselte ich rasch das Thema.

»Weil es in ihrer Seniorenanlage kaum Männer gibt, hat sie alle Bewohner anderer Einrichtungen über Facebook eingeladen.« Luca schmierte sich eine extra dicke Schicht Erdnussbutter auf die andere Brötchenhälfte. »Heutzutage hat fast jede Institution einen Facebook-Auftritt.«

»Meinst du alle Bewohner Deutschlands, oder nur diejenigen aus den Seniorenzentren in unserer Nähe?«, hakte ich nach, während mein Magen sich plötzlich ungesund verknotete.

Luca fiel das Brötchen aus der Hand. Seine Gesichtsfarbe wurde zusehends blasser. »Ich habe ihr das mit der privaten und öffentlichen Einstellung erklärt, aber nicht ihr Posting kontrolliert«, stammelte er.

Richard und ich sahen uns an.

»Hol dein Tablet«, wies ich ihn an und wandte mich wieder an Luca. »Hat Oma Betty die Leitung des Seniorenzentrums informiert? Oder wird das auch für Frau Walle eine Überraschungsparty?« Ich brauchte keine Antwort von ihm, seine Miene verriet mir, dass er völlig ahnungslos war.

Richard legte das Tablet auf den Frühstückstisch und tippte sichtlich angespannt auf dem Touchscreen herum. »Luca, wie heißt das Facebook-Profil von Oma Betty?«

»›Flotte Betty-Biene‹.«

Wortlos schüttelten Richard und ich den Kopf.

Luca zuckte mit den Achseln. »Paul fand den Namen auch cool.«

Ein paar Sekunden lang herrschte Stille, dann vergrub Richard den Kopf in den Händen, ich sackte auf meinen Stuhl zurück, und Luca stieß einen Laut aus, der einem Hundejaulen ähnelte.

»Über zweitausend Kommentare«, flüsterte Richard und nahm die Hände vom Gesicht. Er starrte auf das Display und las uns zwei davon vor: *»Werft die Krücken einfach raus, heute rocken wir das Haus«, »Holt die Oldies aus dem Bett, nachher wird es richtig nett«.*

»Wir müssen sofort die Polizei benachrichtigen«, keuchte ich.

Richard schob Luca das Tablet zu. »Kennst du Oma Bettys Passwort?«

Luca nickte und zupfte schuldbewusst an der Kordel seiner Kapuzenjacke. »Ich habe gedacht, der Kursleiter würde ihr die Einstellungsfunktionen noch mal erklären.«

»Darüber brauchen wir nicht mehr diskutieren«, antwortete Richard. »Das Kind ist bereits in den Brunnen gefallen.«

Ich hoffte nur, dass wir es vor dem Ertrinken retten konnten. Hastig googelte ich über mein Smartphone nach der Rufnummer der regionalen Polizeidienststelle.

»Du postet jetzt im Namen von Oma Betty«, fuhr Richard fort, »dass die Party des Seniorenzentrums wegen akuter Magen-Darm-Infektion der Belegschaft ausfallen muss.«

»Wir können doch nicht Oma Bettys Party sabotieren.« Empört verschränkte Luca die Arme.

»Das Posting lesen doch nicht alle«, stöhnte Richard. »Es werden immer noch mehr kommen, als du dir vorstellen kannst. Aber diejenigen, die deine Nachricht lesen, sind wir schon mal los.«

Während die beiden einen Text aufsetzten, erklärte ich dem Polizisten am anderen Ende des Handys unser Problem.

»Ich durfte mir erst mal einen Vortrag über den verantwortungsvollen Umgang mit sozialen Medien anhören«, seufzte ich, nachdem ich aufgelegt hatte. »Die Polizei wird das Gelände großräumig absperren«, erklärte ich weiter und zeigte auf Luca. »Du fährst jetzt zu Oma Betty und erklärst ihr die Situation. Ich telefoniere mit Frau Walle und anschließend kommen wir nach.«

»Erst muss ich Hanna mit dem Roller vom Bahnhof abholen«, wandte Luca ein.

Ich horchte auf. »Deine Schwester kommt auch zur Party?« Bekam ich eigentlich gar nichts mehr mit? *Nicht, wenn du anderen Leuten nicht zuhörst*, maßregelte ich mich selbst, dachte dabei auch an Frau Butze von der Buchhandlung und gelobte Besserung.

Luca nickte. »Sie hat gestern Abend angerufen, nachdem du zu deinem Einsatz gefahren bist.«

Das war endlich mal eine gute Nachricht. Vielleicht musste ich gar nicht wochenlang die Wohnung meiner Tochter besetzen, um mit ihr ein klärendes Gespräch führen zu können.

Kapitel 26

Richard parkte unser Auto ein paar hundert Meter von der Seniorenanlage entfernt, und wir machten uns zu Fuß auf den Weg. In meiner Fantasie hatte ich mit randalierenden und betrunkenen Besuchermassen gerechnet und atmete daher erleichtert auf, als uns nur vereinzelt Leute entgegenkamen. Die Zufahrten und Eingänge waren mit Absperrbändern und Polizisten gesichert. Wir gingen auf einen der Beamten zu, der mir irgendwie bekannt vorkam.

»Hallo, Frau Wenzel.« Er begrüßte mich überschwänglich mit Handschlag und wandte sich dann an seine Kollegen. »Das ist unsere Heldin mit den Knallfröschen und rosa Plüschhandschellen.«

Gab es irgendwo einen Gullydeckel, durch dessen Löcher ich verschwinden konnte? Ich setzte ein gequältes Lächeln auf. Alle starrten mich an, und ich wollte nicht wirklich wissen, ob sie mehr über meine Heldentat oder über die rosa Handschellen nachdachten.

Richard räusperte sich und warf mir einen Blick zu, der so viel bedeutete wie »*Komm du mir nach Hause!*«

»Wollen Sie ins Seniorenzentrum?«, fragte der Polizist, der Viktor letzte Nacht abgeführt hatte.

Ich nickte. »Wie ist denn im Moment die Lage?«

Er musterte mich. »Hört sich so an, als wüssten Sie mehr über die Facebook-Einladung als andere.«

»Kann man wohl sagen«, seufzte ich. »Meine Mutter ist die Organisatorin.«

Wieso sah er mich an, als hätte er nichts anderes erwartet?

»Wir haben bereits einen Großteil der Besucher nach Hause geschickt«, antwortete er. »Nur wer hier Familienangehörige oder Freunde hat, darf durch die Absperrung.«

»Ich bin Ihnen sehr dankbar, dass alles so reibungslos abläuft.«

Er winkte ab und zwinkerte mir zu. »Dafür haben Sie gestern unseren Job erledigt.«

»Du hast mich belogen«, knurrte Richard, als wir zum Eingang gingen.

»Und du mich als verrücktes Huhn bezeichnet«, konterte ich.

»Stimmt, aber genau das liebe ich so an dir«, flüsterte er mir ins Ohr. »Waren das etwa unsere rosa Plüschhandschellen?«

Schuldbewusst nickte ich. Mein Ohrläppchen wurde ganz heiß, als er daran herumknabberte.

»Du hast einiges wiedergutzumachen.« Seine Zungenspitze wanderte meinen Nacken entlang. »Wir treffen uns heute Nacht mit einer Flasche Rotwein im Gartenhäuschen. Dann will ich alles über deine Heldentat wissen.« Er grinste mich an. »Und vergiss die Handschellen nicht.«

***

Im Essenssaal waren die Tische und Stühle zur Seite geräumt, und die Party war bereits im vollen Gange. Luftballons und Girlanden hingen über Lampen, Gardinenstangen und Türrahmen. Aus einer Anlage dröhnten deutsche Partyschlager und Leute jeden Alters schwebten über die Tanzfläche. Sogar eine Polonaise aus Rollatoren und Rollstühlen schob sich durch die Menge.

Hinter einem kalten Buffet am Ende des Raumes, entdeckte ich Luca und Hanna. Während Hanna Brötchen garnierte, füllte Luca die Käseplatte auf und schenkte den Gästen Erdbeerbowle nach. Ich blieb kurz stehen, um sie zu beobachten und spürte, wie mir Tränen in die Augen stiegen, als mir bewusst wurde, wie dankbar ich für meine Kinder war und wie stolz darauf, dass sie selbstbewusst ihren Weg gingen.

»Luischen, da bist du ja.« Meine Mutter tanzte in Knuts Armen zu mir. »Du erinnerst dich an meine Bekanntschaft von gestern Abend?« Die beiden schmachteten sich an und für einen Moment glaubte ich, rote Herzen aus ihren Augen schweben zu sehen. Ich war heilfroh, dass jemand in Bettys Leben getreten war, der nicht Paul hieß. »Luca hat mir alles erklärt. Es tut mir so leid, dass ...«

»Schwamm drüber«, unterbrach sie mich mit einer großzügigen Handbewegung. »Lasst uns zu Paul und Gerda gehen. Ich habe ihnen Knut noch gar nicht vorgestellt.«

Richard stand bei seinen Eltern am Büfett und hielt Hanna im Arm. Meine Tochter fiel mir zur Begrüßung um den Hals, was ich gar nicht von ihr kannte. Anscheinend hatte die räumliche und zeitliche Entfernung zu uns positive Auswirkungen.

»Mama«, flüsterte sie mir ins Ohr, »kann ich nachher mal mit dir reden?«

»Jederzeit«, antwortete ich. Das klappte ja besser als erwartet.

Gerda bohrte mir den Finger in die Seite. »Wusstest du, dass Paul die Party als Überraschung für mich organisiert hat?«

Ich sah meinen Schwiegervater schuldbewusst an, der mir zuzwinkerte, was ich erleichtert als Vergebungsaktion interpretierte. »Deshalb war er also heimlich unterwegs«, antwortete ich, während Gerda selig nickte. Soweit ich mich erinnern konnte, hatte ich sie nie so strahlen sehen.

Richard hob sein Bowleglas und sprach den Organisatoren einen Toast aus.

Gerdas kleiner Finger spreizte sich dramatisch ab, als sie an ihrem Glas nippte. Manche Dinge änderten sich eben nie.

»Aber ich weiß immer noch nicht«, überlegte sie, »warum mir diese Frau erzählt hat, dass sie Paul im Kaufhaus gesehen hat.«

»Was für eine Frau?«, hakte Richard nach.

»Äh, weiß ich auch nicht so genau«, stammelte Gerda.

Ich konnte ihr Dilemma nachempfinden. Nachdem Paul ihr einen derartigen Liebesbeweis geliefert hatte, konnte sie schlecht zugeben, dass sie ihm misstraut und eine Detektivin angeheuert hatte.

»Und was will sie gesehen haben?« Mit einem Pikser angelte Richard eine Erdbeere aus der Bowle.

»Dass Paul in einem Taucheranzug die Rolltreppe rauf und runter gefahren ist. Mit Schnorchel und Flossen.« Sie dachte kurz nach. »Und Harpune.«

Richard warf mir einen entgeisterten Blick zu, Betty tippte sich mehrmals mit dem Zeigefinger gegen die Stirn, und ich zuckte nur mit den Achseln. Jetzt musste Gerda aber höllisch aufpassen, dass sie nicht in die Demenzfalle rutschte, aus der Paul sich erfolgreich befreit hatte.

»Möchten Sie auch etwas für die Party spenden?« Frau Walle hielt uns unmissverständlich ein pinkfarbenes Sparschwein unter die Nase und beugte sich zu mir. »Wenn Ihre Mutter uns weitere Überraschungen beschert«, zischte sie, »gehe ich in den Vorruhestand.«

Zerknirscht kramte ich mein Portemonnaie aus der Handtasche und steckte Gerdas Honorar für die Detektei in das Sparschwein. Ich wollte es sowieso einem guten Zweck zukommen lassen, und wenn man in die leuchtenden Gesichter der Partygäste sah, war es hier richtig angelegt.

Nach mehreren Tänzen mit Richard, Knut und Paul, brauchte ich eine Pause an der frischen Luft. Durch die Terrassentür ging ich nach draußen und setzte mich auf eine Holzbank mit Blick in den Garten. Es duftete nach Lavendel, Grasnelken und Flieder. Ich nahm den Duft in mich auf und fühlte mich zum ersten Mal in dieser Woche rundum zufrieden. Meine Prioritätenliste war, bis auf das Gespräch mit Hanna, erledigt, und ich hatte in der letzten Nacht eine Entscheidung getroffen, die meine berufliche Zukunft aufpeppen würde.

»Mama?« Hanna setzte sich neben mich. »Ich muss dir etwas sagen.« An ihrem Gesicht sah ich, dass sie angespannt war.

Eine Haarsträhne fiel ihr in die Stirn, und ich strich sie liebevoll zur Seite. »Ich freue mich, dass du da bist. Du fehlst uns.«

Sie nickte, als hätte sie mir gar nicht zugehört. »Ich bin schwanger.«

Was sagte man zu seiner neunzehnjährigen Tochter, wenn sie ein Kind erwartete? Ich biss mir auf die Zunge. Bloß nichts Falsches.

»Na ja, ich wechsle sowieso gerade die Jahre, da ist es kein Problem den Status von Mutter auf Oma zu ändern.«

Es wurde mir erst bewusst, als ich das Wort ausgesprochen hatte: Oma! Herrgott noch mal, hätte das Kind nicht ein paar Jahre warten können? Hatte ich nicht gerade erst meine eigenen Babys im Kinderwagen durch die Gegend geschaukelt? Jetzt wurde ich mit einem einzigen Satz in die Seniorenliga katapultiert. Und was wurde aus Hannas Zukunft, ihrem Studium? Und wer war überhaupt der Vater? Am liebsten hätte ich sie geschüttelt und gefragt, ob sie noch nie etwas über Verhütungsmittel gehört hatte. Hatte Betty meine Tochter etwa nicht aufgeklärt? Innerlich stöhnte ich auf und vergrub alle Vorwürfe, die man in solch einer Situation am liebsten von sich gegeben hätte, ganz unten in die Kiste für Sätze, die kein Mensch brauchte. Ich nahm Hanna in den Arm und sagte: »Ein Kind ist etwas Wunderbares.«

»War ich etwas Wunderbares für dich?« Als sie mich ansah, lag ein hoffungsvoller Ausdruck auf ihrem Gesicht.

»Du warst das Ergebnis unserer ersten gemeinsamen Nacht, unsere Sternschnuppe, der Anfang unserer Liebe. Ich habe dich vergöttert.«

»Bis Luca kam«, flüsterte meine Tochter.

Ich spürte, wie Hannas über Jahre aufgebaute Schutzschicht bröckelte. Gefühle, die sie unterdrückt und weggesperrt hatte, drängten nach außen.

»Er war so klein und brauchte deine ganze Fürsorge.« Sie knetete ihre Hände im Schoß und wandte sich von mir ab. »Du warst wochenlang jeden Tag von morgens bis abends bei ihm im Krankenhaus, und ich war allein.«

Mir schnürte es die Kehle zu. Ich wusste, dass ich meine Dreijährige damals vernachlässigt hatte, aber die Ärzte hatten mir eindringlich versichert, dass Luca meine körperliche Nähe brauchte, um Langzeitschäden zu vermeiden. Auch Richard konnte meine Abwesenheit nicht ausgleichen, da er sich gerade selbständig gemacht hatte und in Arbeit versank. Blieb nur Betty übrig. Es war nicht so, dass sie sich aufgedrängt hatte, sie war einfach da. Sie brachte Hanna in den Kindergarten, holte sie wieder ab, kochte das Mittagessen und schmiss den kompletten Haushalt, während ich abends todmüde ins Bett fiel, und vor lauter Sorge um Luca und schlechtem Gewissen gegenüber Hanna, nicht schlafen konnte.

Ich nahm meine Tochter in den Arm. »Es tut mir so leid, dass ich nicht für dich da sein konnte. Wenn ich damals gewusst hätte, dass du dich so von mir abwenden würdest, hätte ich versucht, mehr Zeit mit dir zu verbringen.« Ich spürte etwas Nasses im Gesicht und wusste nicht, ob es Hannas oder meine Tränen waren. »Aber ich habe immer gedacht, dass du bei Oma Betty gut aufgehoben bist, und dass sich alles andere schon wieder regeln wird.«

Ich hielt sie ein Stück von mir weg und sah in ihre verweinten Augen. »Warum hast du nie etwas gesagt? Ich habe dich so oft gefragt.«

Hanna zuckte mit den Achseln und senkte ihren Blick. »Am Anfang wusste ich nicht, wie ich es sagen sollte, und irgendwann war es einfach zu spät.«

Ich nickte. Es gab Dinge, über die man erst reden konnte, wenn man älter war. Hanna war nie ein Kind gewesen, das Aufmerksamkeit einforderte. Still und leise hatte sie sich bei Konflikten zurückgezogen, bis nach Hintertupfingen.

»Und jetzt werde ich selbst Mutter und weiß nicht, ob ich genügend Zeit für mein Baby haben werde«, brach es aus ihr heraus. »Ich muss doch mein Studium beenden, wie soll ich sonst mein Kind ernähren?« Weinend klammerte sie sich an mich, und ich spürte ihre Zerrissenheit, als würde es mich selbst betreffen. Es musste ein Albtraum für sie sein, in eine Situation zu geraten, die sie mir im Stillen ihr Leben lang vorgeworfen hatte.

»Wir werden dir helfen«, beruhigte ich sie.

»Ich möchte wieder nach Hause. Ihr fehlt mir alle so sehr.«

Die Schublade in meinem Herzen, mit all den vergangenen, verletzenden Worten von Hanna, zerbröselte zu einem Häufchen Sägespäne. »Das wäre wunderbar«, flüsterte ich und drückte einen Kuss auf ihr Haar. »Und was ist mit dem Vater deines Kindes?«

Ihre Handbewegung reichte mir als Antwort.

Betty trat vor uns und schmunzelte. »Und, Oma Luischen, was sagst du zum Familienzuwachs?«

Ich lachte. »Gerade wollte ich Hanna erzählen, dass sie sich mit einem unehelichen Kind nahtlos in die Schande unserer weiblichen Familienmitglieder einreiht.«

»Musste Oma Betty etwa auch heiraten?« Hanna machte große Augen.

»Irgendwie haben wir es in der Familie nicht so mit der ›richtigen‹ Reihenfolge.« Meine Mutter malte zwei Gänsefüßchen in die Luft. »Deswegen liege ich seit neunzehn Jahren mit Gerda im Clinch. Als sie erfuhr, dass deine Mutter ein Kind bekommt, hat sie sie als

Schlampe bezeichnet.« Immer noch empört darüber, schüttelte sie den Kopf. »Außerdem hat sie behauptet, dass Luise absichtlich schwanger geworden ist, um sich einen Bauingenieur zu angeln.« Sie kicherte. »Darum muss ich deinen Vater ab und zu mal als Maurer bezeichnen.«

Wir saßen zu dritt auf der Bank, Hanna in unserer Mitte, und es fühlte sich einfach nur gut an. Und dann kam mir plötzlich die beste Idee der Woche. Zwar hätte ich meine Tochter auch gerne wieder zu Hause gehabt, aber ich spürte, dass sie das nicht wollte. Und es war auch nicht wichtig. Wichtig war nur, dass sie in der Nähe war und wir die Chance hatten, einander näherzukommen. »Was haltet ihr davon, wenn ihr beide eine Wohngemeinschaft gründet?« Ich grinste in mich hinein. Das wäre mit Sicherheit auch im Sinne von Frau Walle.

Betty und Hanna sahen sich an, als hätte ich ihnen einen Sechser im Lotto beschert.

»Wir könnten in die Stadt ziehen«, schwärmte Betty.

»In die Nähe von der Uni«, fuhr Hanna begeistert fort und legte einen Arm um ihre Oma. »Du wärst nicht mehr alleine.«

»Ich könnte auf dein Baby aufpassen.«

»Und ich mein Studium beenden.«

Während die beiden Zukunftspläne schmiedeten und bereits ihre gemeinsame Wohnung einrichteten, klingelte mein Smartphone. Susanne war am anderen Ende. Ich stand auf und schlenderte ein Stück durch den Garten.

»Wie sieht es zeitlich bei dir aus?«, fragte sie. »Mein Chef sitzt mir im Nacken. Kannst du mir in ein paar Sätzen die Handlung des neuen Krimis schildern?«

Nichts leichter als das! Ich erzählte ihr von zwei Partnern einer Detektei, die sich mit einer Autoschieberbande anlegten und in die Mühlen der Mafia gerieten. Einer der Partner setzte sich mit den Einnahmen der Detektei auf die Cayman Inseln ab, während der andere sich in seine Sekretärin verliebte, die von der Mafia entführt und mit Hundekeksen vergiftet wurde.

»Du solltest dafür auf jeden Fall ein paar Tage in einer Detektei recherchieren«, reagierte Susanne begeistert.

»Keine schlechte Idee.« Ich schmunzelte von einem Creolenohrring zum anderen. »Allerdings gründe ich meine eigene kleine Detektei.«

Sekunden lang herrschte Stille. Ich sah förmlich vor mir, wie meiner Lektorin das Gesicht entglitt.

»Und was wird aus Kommissarin Schöller?«, stotterte sie.

»Bekommt ständig neuen Stoff für ihre Kriminalfälle.« Bei stundenlangen Observationen konnte man prima den Text auf ein Diktiergerät sprechen. Außerdem würde Kommissarin Schöller mir mit ihrer Erfahrung hilfreich zur Seite stehen. Sowie Herr Wittmann, den ich gut als Fassadenkletterer gebrauchen könnte. Oder Knut, der mir sicherlich bei der Einrichtung einer Detektei helfen würde. Vielleicht hätten sogar Paul und Gerda Interesse an gelegentlichen Observationen in Opernhäusern. Aber vor allem wollte ich Betty in meinem Team aufnehmen. Gab es eine bessere Tarnung als Uroma Betty und Oma Luise mit Kinderwagen?

»Wie bist du denn auf diese verrückte Idee gekommen?« Susannes Stimme klang immer noch fassungslos.

Tja, ich musste nur drei Girls-Days überleben, um zu wissen, dass das Leben noch viel zu bieten hatte und verdammt spannend sein konnte. Zusätzlich hatte Sonnenhütchen mich in der Idee bestärkt, dass es nie zu spät war, um etwas Neues zu beginnen.

Und genau das würde ich tun, mit einer lebensbejahenden Begeisterung, die Berge versetzen konnte: Ich will das! Ich kann das! Ich schaff das!

Was kümmerten mich da zwei unproduktive Eierstöcke?!

Autorenprofil

Rosi Wanner las schon als Kind alles, was einen Buchdeckel und mindestens zwei Seiten hatte, und das am liebsten auf dem Sofa umgeben von Vollmilchschokolade, Schokoküssen und Schokokeksen. Notfalls auch mit der Taschenlampe unter der Bettdecke, da ihr Vater abends vors Haus marschierte und kontrollierte, ob in ihrem Zimmer noch Licht brannte. Als ihr Sohn in die Schule kam und begeistert Abenteuerbücher las, beschloss sie, die Geschichten aufzuschreiben, die sie als Kind so gerne erlebt hätte. Fünf Bände umfasst ihre Kinderkrimireihe *Die Karottenbande*, mit der sie bundesweit Lesungen an Grundschulen hält.
Mit *Von außen bist du nur Fassade* hat sie einen Jugendkrimi verfasst, bei dem sie zusammen mit den Protagonisten Tränen vergoss, und *Hormonyoga und Pfefferspray* ist ein heiterer Frauenroman, den sie vor sich hin kichernd geschrieben hat, und der in *Cocktail und Wasserpistole* seine Fortsetzung findet.
Ein Liebesroman stand als nächstes auf der Wunschliste und den hat sie sich mit *...lieb mich einfach* erfüllt.

Rosi Wanner lebt mit ihrer Familie in Kürnach bei Würzburg.

Mehr zur Autorin finden Sie unter www.rosiwanner.de

Veröffentlichungen:

Die Karottenbande, Der Dieb im Schrebergarten,
Band-1, Buch Verlag Kempen, 2013
Die Karottenbande, Der geheimnisvolle Geldkoffer,
Band-2, Buch Verlag Kempen, 2013
Die Karottenbande, Das Versteck der Wilderer,
Band-3, Buch Verlag Kempen, 2013
Die Karottenbande, Das Rätsel um die Zirkuskinder,
Band-4, Buch Verlag Kempen, 2013
Die Karottenbande, Der verschwundene Bandenchef,
Band-5, Buch Verlag Kempen, 2013

Von außen bist du nur Fassade,
Buch Verlag Kempen, 2015

Hormonyoga und Pfefferspray, Luise 1.0,
kindle edition, 2015

Cocktail und Wasserpistole, Luise 2.0,
kindle edition, 2018

… lieb mich einfach,
kindle edition, 2018

29408262R00157

Printed in Poland
by Amazon Fulfillment
Poland Sp. z o.o., Wrocław